大学者小文章丛书

蒋寅　主编

半江楼丛札

BANJIANGLOU CONGZHA

张宏生　著

河北出版传媒集团
河北人民出版社
石家庄

图书在版编目（CIP）数据

半江楼丛札 / 张宏生著. -- 石家庄 : 河北人民出版社, 2023.2
（大学者小文章丛书 / 蒋寅主编）
ISBN 978-7-202-15939-2

Ⅰ. ①半… Ⅱ. ①张… Ⅲ. ①中国文学一古典文学研究一文集 Ⅳ. ①I206.2-53

中国版本图书馆CIP数据核字(2022)第187018号

丛书名	大学者小文章丛书
丛书主编	蒋　寅
书　　名	半江楼丛札
著　　者	张宏生
选题策划	王斌贤　王　静
责任编辑	陈冠英
美术编辑	李　欣
责任校对	余尚敏
出版发行	河北出版传媒集团　河北人民出版社 （石家庄市友谊北大街330号）
印　　刷	河北新华第一印刷有限责任公司
开　　本	850毫米×1168毫米　1/32
印　　张	8.25
字　　数	175 000
版　　次	2023年2月第1版　　2023年2月第1次印刷
书　　号	ISBN 978-7-202-15939-2
定　　价	55.00元

1957年出生于江苏徐州。1989年在南京大学获得博士学位。南京大学文学院教授，香港浸会大学中文系讲座教授。《全清词》主编。曾任哈佛大学、耶鲁大学访问学人。兼任中国明代文学学会、中国词学研究会副会长。主要研究领域为中国文学史、古籍整理、词学等。著有《感情的多元选择》《江湖诗派研究》《宋诗：融通与开拓》《清代词学的建构》《清词探微》《读者之心》《经典传承与体式流变》《中美文化交流的先驱》等著作十余种。

文化快餐时代的古典文学阅读

进入21世纪，伴随着高速的经济增长给社会带来的相对富裕，全民的文化需求也像旺盛的物质需求一样蓬勃高涨。教育水平的普遍提高也在无形中滋养了这种需求。当央视的《百家讲坛》和《中国诗词大会》迅速创下令人惊讶的收视率后，学界和出版界开始意识到一个文史知识的巨大市场已悄然形成。

不过，同时也可以想见，一个满足大众消费的巨大市场，很难成为精致文化产品和高雅文化品味的流行场域。公众文化水准的标尺决定了文化产品的基线，都市快节奏的生活也圈定了文化消费品的形态。当美团外卖越来越占据我们的餐桌时，简单粗浅的文化制品也在占满手机、电视屏幕和各种纸媒。简、粗、快的特性，不再只意味着品质，更意味着风格和时尚；不再只体现为餐食的潮流，也将成为主流文化的标签。快餐的时代，需要配备快餐的文化，一如炸鸡搭配孜然、椒盐，薯条搭配番茄沙司。

进入21世纪以来，古典文学首先充当了文化快餐的素材。央视《百家讲坛》《中国诗词大会》等节目，凭借现代传媒的巨大影响力，在迎合社会对传统文化的旺盛需求之余，也将古典文学的普及和传播引向快餐化的方向。应该肯定，视听媒体对古典文学作品的普及和传播是功不可没的，如果它寓教于乐的形式能引起社会对古典文学的兴趣和关注，更是善莫大焉。但现实却是，快速、简单、平面的视听接受排挤了传统的阅读，造成大众对书籍的疏远，甚至消解了20世纪80年代鉴赏辞典热所燃起的阅读热情，这就值得我们警惕了。视听取代阅读，不只是简单的文化接受方式改变的问题，从某种意义上说也可能是文化繁荣表象下潜藏的一个危机。手机、电视这些视听媒体无疑有着声画兼容、形象生动的优长，但其传播的瞬态方式同时也带来平面化、肤浅化的弊端。当被动的视听取代了自主的涵泳玩味之后，人们会安然满足于享受视听之愉，而将书卷束之高阁，不再有深入阅读的意愿。这不能不说是非常可惜的。我突然想起现代京剧《龙江颂》里江水英的这句台词:“巴掌山挡住了你的双眼！”

调查显示，我国国民的平均阅读量在世界上排名一直比较靠后。国民平均阅读量最高的国家是以色列，达到人均每年64本。而据中国新闻出版研究院发布的国民阅读调查报告，2019年我国成年国民人均纸质书阅读量为4.65本。2021年虽有所增长，提高到4.76本，仍远远低于欧美及日韩等国家。近年来B站、抖音等网络新媒体的爆红，更挤压了国人的阅读空间，导致人均纸质阅读量愈益走低。国民人均阅读量的这种差距，直接与软实力的差距相对应，显示出当前我国文化发展相对于经济发展的滞后，这反过来又会影响到经济发展和社会文明进步。

这少得可怜的国民人均阅读量，不只是国民素质的问题，它也折射出教育的缺失、出版的缺陷，在某种程度上更与学者的写作意识相关。如何为广大读者提供更好的读物，以弥补视听媒体平面化、快餐化的接受所带来的缺陷，是摆在学界面前的重要任务，凡我学人莫不与有责焉。为此，当河北人民出版社王静编审嘱我策划一套面向古典文学爱好者、在普及的基础上提供延伸阅读的小丛书时，我欣然应允，并立即驰函邀约一批学界同道共襄盛举。所谓同声相应、同气相求，很快第一批书稿就确定下来。

关于丛书的命名，我本来倾向于用“大学问小文章”，但社方觉得“大学者小文章”更为醒目，我和各位作者力争不遂，只得妥协由之，等着分谤。从私心来讲，如果我只是一个主持人而不是作者，我也很乐意使用现在的名字。这些作者在各自的研究领域应该都当得起大学者之称，而小文章则取大著作的残墨余沛之意。总之，这套丛书是面向喜爱古典文学的朋友，供大家进一步延伸阅读的补充读物。各位作者都是多年研究古典文学、术业有专攻的专家，略开腹笥，出其绪余，即便是大学问的点滴余沥，也凝聚着涵泳沉思的心得，闪现着学术睿智的灵光，好似陈年老酒，酌其一勺，也固有醉人的醇香。这就是我所谓的“大学问小文章”的意趣——大学问是我们研究的对象，我们从事的工作，小文章则指写作文体的灵活多样，相比学术论著、高头讲章更显得深入浅出，平易近人，相信不仅古典文学爱好者能够从中汲取许多真知灼见，就是文史专业学生读后也能获得一些启示，体会到其中的学术含量。我们希望得到广大读者的欣赏，同时当然也期待专家的批评。

蒋　寅

2022 年 10 月 15 日于花城信可乐斋

目录

MULU

文史散札

诗词赏读

文史散札

疑处的功夫

读朱熹《诗集传》札记

朱熹治学，除了《四书》外，可能在《诗经》上用力最深，其《诗集传》一书也因此在《诗经》学史上具有了很高的地位。这个地位的获得，和他的怀疑精神分不开。

宋学的建立以带有强烈的怀疑色彩的学风为基础。这种学风大致肇自欧阳修、苏辙等，经过郑樵、王质等，到朱熹而集大成，因而也不能不在《诗集传》中有所体现。

自东汉郑玄为《毛传》作笺后，《诗经》学渐趋一尊。至唐代，孔颖达采取“疏不破注”的原则为《毛传》《郑笺》再作疏释，而成《毛诗正义》，并被作为标准注本颁布全国后，《诗经》学更差不多完全走向统一。儒生习《诗》，按要求应该信守《正义》，不能有丝毫违背。传、笺、疏基本上三位一体，越来越繁琐，浸淫其中，不敢越雷池一步，这就难免思想僵化。大体说来，朱熹作《诗集传》，也能看到对这一体系的传承，但他往往有所变化。其中较为明显的一点，就是向多年来已趋于定型的《正义》所规定的训诂和义疏挑战，大胆进行简化。如《诗・王风・中谷有蓷》:"中谷有蓷,暵其干矣。"《毛传》:"蓷,鵻也。"《郑笺》:"鵻音佳,《尔雅》又作萑,音同。"《孔疏》:"《释草》云:萑,蓷。李巡曰:臭秽草也。郭璞曰:今茺蔚也,叶似萑,方茎白华,华注叶间,又名益母。陆机《疏》云:旧说及魏博士济阴、周元明皆云菴蕳是也。韩诗及三仓说悉云益母,故曾子见益母而感。按《本草》云:益母,茺蔚也,一名益母。故刘歆曰:蓷,臭秽。臭秽即茺蔚也。"《诗集传》:"蓷,鵻也,叶似萑,方茎白华,华生叶间,即今益母草也。"他采用了《毛传》的说法,却对《郑笺》弃而不取,或者是认为,《毛传》以鵻注蓷,《郑笺》又去注鵻的读音,显得枝蔓。而在《孔疏》中,则取其最切近的文字,而删除了一些他认为是无关紧要的部分,使其一目了然,便于掌握。又如《诗・豳风・七月》:"春日迟迟,采蘩祁祁。"《毛传》:"迟迟,舒缓也"。《孔疏》:"迟迟者,日长而暄之意,故为舒缓。计春秋漏刻,多少正等,而秋言凄凄,春言迟迟者,阴阳之气感人不同。张衡《西京赋》云:'人在阳则舒,在阴则惨。'然则人遇春暄则四体舒泰。春觉昼景之稍长,谓日行迟缓,故以迟迟言之。及遇秋景,四体褊躁,不见日行急促,唯觉寒气袭人,故以凄凄言之。凄凄是凉,迟迟非暄,二者观文似同,本意实异也。"《诗集传》:"迟迟,日长而暄也。"更是单刀直入,仅从《孔疏》中摘取七个字,用以解释"迟迟"二字的本义,至于引申出来的感觉,朱熹认为详细写出,显得多余,于是一概删除。这两个例子说明,朱熹对毛、郑、孔这个系统确实很看重,基本上是在其中腾挪。而且,看起来只是做了一点减法,似乎显得微不足道。但是,评价古人,要回到他所生活的时代，而且主要看他比他的前人多提供了些什么。在传统的《诗经》注疏系统占据统治地位的情形下，即使只是敢于简明训诂，也需要很大的勇气。若没有对传统的怀疑精神和挑战勇气，无法做到这一点。

当然，朱熹治《诗经》，是将“一部《诗》并诸家解都包在肚里”（《朱子语类》卷八十一），于是又体现出多方参酌，择善而从的特色。他在《吕氏家塾读书记后序》中对《诗经》学史有所回顾：“《诗》自齐、鲁、韩氏之说不得传，而天下之学者尽宗毛氏，毛氏之学，传者亦众，而王述之类，今皆不存，则推衍说者又独郑氏之《笺》而已。唐初，诸儒为作疏义，因讹踵陋，百千万言，而不能有以出乎二氏之区域。至于本朝，刘侍读、欧阳公、王丞相、苏黄门、河南程氏、横渠张氏，始用己意，有所发明。虽其浅深得失有不能同，然自是之后，三百五篇之微词奥义，乃可得而寻绎。盖不待讲于齐、鲁、韩氏之传，而学者已知《诗》之不专于毛、郑矣。”特别肯定的是“始用己意，有所发明”，去冲破《正义》的束缚。宋末王应麟对《诗集传》也有这样的认识：“朱文公《集传》闳意眇指，卓然千载之上。言《关雎》则取匡衡；《柏舟》妇人之诗，则取刘向；笙诗有声无词，则取《仪礼》；上天甚神，则取《战国策》；何以恤我，则取《左氏传》；《抑》戒自警，《昊天有成命》道成王之德，则取《国语》；陟降庭止，则取《汉书注》；《宾之初筵》饮酒悔过，则取《韩诗序》；不可休思是用不就彼岨者岐，皆从《韩诗》；禹敷下土方，又证诸《楚辞》。一洗末师专己守残之陋。”（《诗考语略序》）试为举例。如《诗·商颂·长发》：“禹敷下土方。”《诗集传》：“《楚辞·天问》：禹'降省下土方'，盖用此语。"按《楚辞·天问》："禹之力献功，降省下土方。"朱熹《楚辞集注》卷三："'下土方'，盖用《商颂》语。"蒋骥《山带阁注楚辞》亦从朱说。又如《诗·周南·汉广》："南有乔木，不可休息。"《集传》：息，"《韩诗》作思"，"思，语辞也"。按王先谦《诗三家义集疏》卷一："《韩》息作思。"又如《诗·小雅·宾之初筵》，《集传》："《毛诗序》曰：卫武公刺幽王也。《韩诗序》曰：卫武公饮酒悔过也。今按诗意，与《大雅·抑》戒相类，必武公自悔之作，当从韩义。"按王先谦《诗三家义集疏》卷十九："《后汉·孔融传》李注引《韩诗》曰：卫武公饮酒悔过也。朱子《集传》引作《韩诗序》。《易林》：大庄之家人，举觞饮酒，未得至口，侧弁醉酗。拔剑斫怒，武公作悔。《齐》义与《韩》说同。……《齐》《韩》以为悔过，当从之。"这里重要的启示就是能够冲破门户之见，所以才能"一洗末师专己守残之陋"，影响后世甚深。

说到这一点，又不能不提到朱熹对《诗序》的态度。千百年来，《诗序》问题可谓"说经之家第一争诟之端"（《四库全书总目》卷十五《诗序》提要）。《毛诗正义》这一体系以为《诗序》为圣人所制，故本《序》说《诗》，不敢有丝毫违背。至北宋欧阳修、苏辙等人，始对《诗序》进行重新评价，到了南宋，在郑樵等人的倡导下，疑《序》、废《序》更是蔚然成风。

朱熹治《诗》，最初一本《序》说，后来滋长了怀疑精神，曾著《诗序辨说》，对《诗序》进行批评。他的《诗集传》全部废《序》不录，并时常指摘《诗序》之误。如《诗·大雅·民劳》,《集传》云:“《序》说以此为召穆公刺厉王之诗,以今考之,乃同列相戒之辞耳,未必专为刺王而发。”然而,朱熹对《诗序》的认识却又有着自己的出发点。他说:“旧曾有一老儒郑渔仲,更不信《小序》。只依古本与叠在后面。某今亦只如此。令人虚心看正文,久之其义自见。盖所谓序者,类多世儒之谈,不解诗人本意处甚多。”(《朱子全书》卷三十五)这段话里有两点值得注意,一是他认为研究《诗经》应“将元诗虚心熟读,徐徐玩味,候仿佛见个诗人本意,却从此推寻将去,方有感发”(《朱子全书》卷三十五)。也就是说,应该从文本出发,以《诗经》本身为第一手材料,从而避免那种“只知有《序》而不知有《诗》”(《朱文公全集》卷八十二《书临漳所刊四经后》)的弊病。二是他认为《诗序》只是“世儒之谈”,而非圣人所制。既然《诗序》只是“世儒之谈”,亦即后世儒生对《诗经》的研究成果,那么,固然有“不解诗人本意处”,但也一定有合理处。因此,有时他在注释中也会引《诗序》加以说明。如《诗·大雅·常武》,《集传》云:“王道甚大,而远方怀之,非独兵威然也。《序》所谓‘因以为戒’者是也。”姚际恒曾据此指责他“阳违《序》而阴从之”(《诗经通论·自序》),若是了解了朱熹的动机,就知这是一种误会。因为朱熹废《序》是从宏观的研究方法着眼的,而他用《序》,则是将其视为前人的研究成果来加以选择的,本身并无矛盾之处。至于一些具体注释中,如常以疑似的口吻提出判断(如释《大雅·行苇》《周颂·酌》);或本事不明,便注以“未详”(如释《小雅·鼓钟》《周颂·般》);倘二说皆同,则并列之(如释《小雅·常棣》《小雅·巷伯》)。这些本是一个严肃的学者所采取的实事求是的态度，但考虑到当时《毛诗正义》的权威注疏地位，朱熹对已经定型的注疏表示不信任，便是对传统的挑战了。

朱熹对《诗经》文学性的阐发也是人们常常提及的。自从汉代儒生将《诗》三百篇冠之以“经”后，在很长的一个时期内，对《诗》三百篇的研究只是停留在经学的范围，直到梁刘勰《文心雕龙》出，《诗经》的文学价值才得到了一定程度的重视。其后，《诗经》的文学研究逐步向深入发展。这些宝贵的遗产，理所当然地要对朱熹产生影响。但朱熹以前的批评家对《诗经》进行文学研究，多半是印象式和总结性的，至于结合具体的注疏，从表现手法、创作经验、艺术风格等各个方面对《诗经》进行综合性文学研究，朱熹堪称走在前面的人。而对赋比兴的思考，就是其中之一端。

虽然早在《诗·大序》中提到“六义”时就已将赋比兴并列而言了，后来也不断有人涉及这些概念，但朱熹也能做出自己的贡献，其中又以对“兴”的理解，较前人有所发展。“毛公述《传》，独标兴体。”（刘勰《文心雕龙·比兴》）但《毛传》所标出的116例“兴”，大都带有譬喻的性质，意在从经学的角度来表现教化的观念。即使是后来刘勰撰《文心雕龙》，专辟《比兴》一章，但其对“兴”的理解仍基本上在“托喻”（刘勰《文心雕龙·比兴》）。相对而言，朱熹更注重从诗歌本身的特点去加以挖掘。如《诗·鄘风·鹑之奔奔》：“鹑之奔奔，鹊之彊彊。人之无良，我以为兄。”《集传》云：“兴也。鹑鹌属。奔奔，彊彊，居有常匹，飞则相随之貌。人，谓公子顽。良，善也。卫人刺宣姜与顽非匹耦而相从也。”又如

《诗·卫风·芄兰》:“芄兰之支，童子佩觿。虽则佩觿，能不我知。容兮遂兮，垂带悸兮。”《集传》云:“兴也。芄兰，草，一名萝摩，蔓生，断之有白汁，可啖。支，枝同。觿，锥也，以象骨为之，所以解结。成人之佩，非童子之饰也。知，犹智也。言其才能不足以知于我也。”以上二例说明，兴作为诗歌意群的发端，可以有含义，也可以没有含义，朱熹虽未在理论上明确指出这一点，但其注疏实践显然以此为原则。百余年后，朱熹的后学刘玉汝著《诗缵绪》，专门发明《集传》，曾指出“有取义之兴，有无取义之兴”(《四库全书总目》卷十六《诗缵绪》提要引)，正是见到了这种特色。另一点需要提及的，是朱熹创造的兼体说。《诗集传》共1141章，其中赋727，比111，兴247，兼体27。所谓兼体，便是一章诗中，兼有赋、比、兴中的二体，或竟全部包括。这一点，若从文学的角度去理解，不无道理。文学作品往往很有弹性，“以意逆志”的不易，除了对“知人论世”的要求外，文学本身的诸因素也不可忽视。因此，从读者的角度看，文学作品（尤其是诗歌）常常是多义的，而同一作品，并列或交叉着几种表现手法，也很正常。朱熹本人在文学创作上成就突出，在文学批评上也富有真知灼见，这就使他以作品为本位去加以思考。如《诗·郑风·野有蔓草》:“野有蔓草，零露漙兮。有美一人，清扬婉兮。邂逅相遇，适我愿兮。”《集传》云:“赋而兴也。蔓，延也。漙，露多貌。清扬，眉目之间婉然美也。邂逅，不期而会也。男女相遇于野田草露之间，故赋其所在以起兴。”这章诗是体兼赋兴。从诗意来看，首二句交代了主人公所处的环境，与后四句成为一个严密的整体，故为赋，而同时，剔透晶莹的露珠凝聚在青草上，这一意象与“清扬”的美人又有着某种程度上的关合，显然属于有义之兴。朱熹的解释增强了诗的内涵。又如《诗·小雅·頍弁》：“有頍者弁，实维伊何。尔酒既旨，尔殽既嘉。岂伊异人，兄弟匪他。茑与女萝，施于松柏。未见君子，忧心奕奕。既见君子，庶几说怿。”《集传》云：“赋而兴又比也。……此亦燕兄弟亲戚之诗，故言有頍者弁，实维伊何乎，尔酒既旨，尔殽既嘉，则岂伊异人乎，乃兄弟而匪他也。又言茑萝施于木上，以比兄弟亲戚缠绵依附之意，是以未见而忧，既见而喜也。”这章诗体兼赋、比、兴，虽然略显含糊，但用朱熹的原则来检验，也可以创造更大的解读空间。当然，这只是朱熹的一家之言。无论是对赋、比、兴的涵义有不同认识，还是对《诗经》文本本身的涵义有不同认识，都可能会得出不同的看法。因此，朱熹的见解虽然独特，可怎样进一步对其利弊作出判断，还需专门撰文讨论。这里只想指出一点，即他创造的兼体说对后世有着一定的影响。如翁方纲《石洲诗话》卷二云：“元相《望云雅歌》，赋而比也。玉川《月蚀》诗点逗恒州事，则亦赋而比也。”可见，这一艺术手法引起了后世批评家相当的关注。

《四库提要》中的《诗经》学

中国的目录学从一诞生起，便带有鲜明的学术史性质。这表现在，它不仅是一个书目的排列，而且，它还体现着编目者对学术的盛衰兴亡以及学术的各部类价值的看法，因而具有“辨章学术，考镜源流”（章学诚《校雠通义·序》）的功用。尤其是，随着目录学的发展，学者们创造了“提要”的形式，就使得这种功用表现得更为明显。以《七略》为蓝本的《汉书·艺文志》是我国较早的官修目录学著作，其中一段论及《诗经》：“汉兴，鲁申公为《诗》训故，而齐辕固、燕韩生皆为之传。或取《春秋》，采杂说，咸非其本义。与不得已，鲁最为近之。三家皆列于学官。又有毛公之学，自谓子夏所传，而河间献王好之，未得立。”对西汉以前《诗经》的流传状况作了简要的论说，既有客观的描述，也有作者的主观批评。私家著述也同样如此。晁公武《郡斋读书志》著录各书，皆有提要，对作者生平、著作要旨、学派渊源及各家异说，都有不同程度的阐发。如在卷一《毛诗诂训传》的提要中论及《诗序》：

“萧统以为卜子夏所作，韩愈常以三事疑其非，至介甫独谓诗人所自制。……《韩诗》序《芣莒》曰：‘伤夫也’;《汉广》曰：‘悦人也’。《序》若诗人所自制，《毛诗》犹《韩诗》也，不应不同若是。况文意繁杂，其不出一人之手甚明。不知介甫何以言之，殆臆论也。”选取了《诗经》研究史上非常敏感的《诗序》问题来立论，对《诗序》作出了自己的判断，同时，也对宋学《诗经》研究的一种倾向——“臆论”进行了批评。

因此可以看出，中国的目录学家往往本身就是批评家，中国的目录学著作本身也是学术史的一种形式。这一传统，绵亘于中国二千年的文化史发展之中，到了清朝乾隆年间编纂《四库提要》时，更得到了全面的继承和发展。在这部集中国古代目录学之大成的著作中，对《诗经》的研究，就其深度和广度而言，不仅超越了历代的任何一部目录学著作，而且，置于整个《诗经》研究史中，也有其不可低估的贡献。

《四库全书》各书提要，出于不同人之手，但总纂纪昀做了大量的删削修订工作，他也自称是“殚十年之力，始勒为《总目》二百卷”（纪昀《诗序补义序》），因此，学术界一般认为《提要》能够反映纪昀的学术成就。

一部《诗经》学的历史，贯串着各派别、各门户之间的纷争。西汉文、景之时，今文经学就开始进入官学，至武帝时期，董仲舒对先秦儒学进行改造，加进了阴阳五行的学说，客观上适应了当时统治阶级的需要，今文经学更为繁盛，因此，齐、鲁、韩三家诗为主流所推崇，均被立为博士，而古文毛诗则不被重视，只能流传于民间。嗣后，今文经学逐渐暴露出其缺点，古文经学的地位便不断上升，终于在东汉时也被立为官学。郑玄的《毛诗传笺》作为古文学派的代表，集中标志着今古文之间的消长趋势，从此，《诗经》学中的今古文之争、汉宋学之争以及新旧汉学之争，纷然不已，展示了《诗经》研究的漫长历程和独特风貌。《提要》总结《诗经》学的历史，非常富于纵向的发展意识，因此，能够站在一定的高度，通过总体观照，对从汉初到清初这近千年的《诗经》研究史进行轮廓上的勾勒，并断以己见。事实上，在《四库提要》中，一部较全面的《诗经》研究史已具雏形。从《提要》卷十五《毛诗本义》、《吕氏家塾读诗记》、《毛诗讲义》，卷十六《三家诗拾遗》、《诗经大全》、《毛诗稽古编》、《续诗传鸟名》、《诗所》等文献中可以梳理出这样一条脉络：西汉之时，今文齐、鲁、韩三家《诗》独尊，《毛诗》仅传于民间。至东汉，三家《诗》衰落，《毛诗》大盛，也被立为官学。魏晋南北朝隋唐时期，说《诗》者无异学，莫敢议毛、郑，但也时有争执，如“王肃首起而驳郑，王基遂踵而难王，孙毓复申王说，郑统又明郑义”。至两宋则疑古之风大盛，自欧阳修起，经过苏辙、郑樵，议毛、郑，驳《诗序》，而朱熹集其大成。有些学者如吕祖谦、林岊等“坚守毛、郑”，“笃信谨守”。元明两代说《诗》，皆羽翼朱《传》，宋学一统天下。清代初年，汉宋学之争渐起而盛，其中毛奇龄“续《毛诗》而正朱《传》”，李光地“阐朱《传》而求《诗》意”。如此勾勒，相当清晰，但又并不只作纯客观的叙述，而是往往史中有论，发表见解。如对汉、宋学的看法，《提要》指出汉儒学问“淳实严谨”，而宋儒“以识胜之”（卷十五《诗补传》）。至于明儒，虽然号称承宋而来，却“喜骋虚辨”，流于空疏（卷十六《毛诗稽古编》）。这些，都反映出对《诗经》研究各阶段特点的认识。

清代以来，相当长的时间里，《诗经》研究中仍多门户、派别之见。理论上说，纷争不是坏事，真理越辩越明，可以推动学术发展。但是，倘若顽固坚持门户之见，不能实事求是，只是一味攻击，也会表现出很大的片面性。《提要》的《经部・诗类序》开宗明义便指出了这一点："《诗》有四家，毛氏独传，唐以前无异论。宋以后则众说争矣。然攻汉学者，意不尽在于经义，务胜汉儒而已；伸汉学者，意亦不在于经义，愤宋儒之诋汉而已。各挟一不相下之心，而又济以不平之气，激而过当，亦其势然欤？"这可能一定程度上也是对康熙年间姚际恒的呼应："前之遵《序》者，《集传》出而尽反之，以遵《集传》；后之驳《集传》者，又尽反之而仍遵《序》。更端相循，靡有止极。"(《诗经通论・自序》)

大体说来，《提要》表现出来的经学思想偏于汉学，对宋学，甚至诋之为"务立新奇，自矜神解"(卷十五《毛诗本义》)，认为《诗经》研究自宋学大盛之后，就有流于空疏的趋势，尤其是"明季说《诗》之家，往往簸弄聪明"(卷十五《毛诗陆疏广要》)，夸耀学识。实际上，他们的著作"多不根之创解"，"往往恍惚而无著"(卷十七《桂林诗正》、《诗经说通》)。这种情形与明代的学风不无关系。因为，明人著书，多喜抄袭。胡广等所著《诗经大全》，号称卷帙繁富，但不过是本之元代刘瑾的《诗传通释》稍加损益而已。林兆珂的《毛诗多识编》也是如此。结果，"贪多务博，颇乏持择"，"征引故实，累牍连篇"(卷十七《毛诗多识编》)，表面看似博通，实则空疏不学。对此，《提要》中往往痛加讽刺。但是，如上所述，过重门户，会影响客观的判断，因此，一旦接触到《诗经》研究的实际，也能根据情况，有所调整，往往提倡“不激不随，务持其平”（卷十五《诗集传》）的研究方法，赞扬“是是非非，绝不坚持门户”（卷十六《诗传旁通》）的治学态度。如称赞杨简的《慈湖诗传》，“于一名、一物、一字、一句，必斟酌去取，旁征远引，曲畅其说。其考核六书，则自《说文》《尔雅》《释文》以及史传之音注，无不悉蒐；其订正训诂，则自齐鲁韩毛以下，以至方言、杂说，无不博引。”这是杨书达到“折衷同异，自成一家”（卷十五）之境界的重要原因。对于汉学长于训诂，短于玩索义理之弊，《提要》也有清醒认识，从而能够一定程度上肯定宋学一派的特点和贡献。如朱善《诗解颐》大抵以推阐朱熹《诗集传》为主，“不甚训诂字句，惟意主借诗以立训，故反复发明，务阐兴观群怨之旨，温柔敦厚之意”。既有自己的独特见解，又符合中国传统的教化要求，对此，《提要》誉之为“有裨于人事”，立论“笃实”（卷十六）。乾嘉以后的一段时间里，在汉学得到普遍重视的情况下，仍有学者研讨宋学。如胡承珙作《毛诗后笺》，常引宋代学者的疏释来反驳《郑笺》，或也从中获取过资源。

在《提要》的论说中，有一点需要特别指出来，就是对创新的鼓励。《提要》所讨论的著作，凡能“多出新意，不肯剽窃前人”（卷十六《诗说解颐》），只要不是“爱奇嗜博”，以致于“反掩其所长”（卷十八《陆堂诗学》）者，都给与赞赏和表扬。例如，对于孔子与《诗》三百篇的关系，清代的李钟侨指出，孔子未尝删《诗》，只不过“据所得编之而已。若谓三千删为三百，则春秋时君卿大夫所赋多三百篇中所有，且其人皆在夫子之前，岂能预合圣人之意而去取之？"《提要》认为，这是“前人未有之说”（卷十八《诗经测义》），但言之成理，于是加以首肯。当然，对于孔子删诗表示怀疑者，此前就已经出现，李氏所言，或者只是角度不同，但这反映出《提要》的基本思想，即僵化的、一成不变的理论，只能导致学术的衰退，惟有不断创新，不断突破，才能为学术研究带来全新的生命力。

如我们所熟知的，评价古人的标准，主要是看他比其前辈多提供了些什么以上。以上对《提要》在《诗经》研究上的成就作了简单的述评，可以看出，其中有关《诗经》学的论述，不仅在完整性和系统性方面达到了当时的较高水平，而且，在某些具体问题的论述上，也有一定的见解，而这些研究成果又是体现在一部宏伟的目录学著作之中，因此也就把目录学的学术史性质推向了空前高的层次。

当然，《四库提要》也有一些疏漏和错误，前辈学者如余嘉锡等都有所指摘。即以其中对《诗经》的论述而言，也有可议者，如比较排斥对《诗经》的文学研究，认为“以后人诗法诂先圣之经，不免失之佻巧”（卷十七《诗触》）。至于某些具体的结论，也不一定完全能够站得住。但从总体上看，《四库提要》总结了清代乾隆以前的《诗经》研究的历史，一定程度上完善了《诗经》研究的方法论，在《诗经》学的发展过程中，起着承先启后的作用。直到今天撰写《诗经》学史，仍可以从这部著作中得到启发。

江湖之诗与诗之江湖

漫谈南宋江湖诗派

南宋中后期，中国诗坛上出现了江湖诗派，成为继江西诗派之后，又一个重要的诗歌流派。从字面意思来看，“江西”一词具有较为明确的地方色彩，而“江湖”一词则更为复杂一些，颇难予以周全的解释，但从基本情况看，则至少具有与入仕相对并且漂流四方的意思，而这个意思，正与这个群体中相当一部分人的基本的社会身份和生活方式相关。

江湖诗人是一个非常复杂的群体，从各种流传到现在的江湖诗集来看，其中的诗人有在朝者，也有在野者，有隐士，也有官员，还有先为布衣，后入仕宦者，甚至有些人还由于一些特殊的原因，做到了朝中高官。不过，就其主体而言，这个群体的社会身份主要是未走入仕途的下层文人，一般来说，生活都并不宽裕。因此，他们的生活方式，有一个非常突出的特点，就是漫游江湖，在这个过程中，干谒权贵，求取钱财。比较集中对这一特点加以描述的是宋末元初的文人方回，他在《瀛奎律髓》卷二十评论戴复古《寄寻梅》一诗时，专门谈到了这种风气：

> 石屏戴复古，字式之，天台人。早年不甚读书，中年以诗游诸公间，颇有声，寿至八十余，以诗为生涯而成家。盖江湖游士，多以星命相卜，挟中朝尺书，奔走阃台郡县糊口耳。庆元、嘉定以来，乃有诗人为谒客者。龙洲刘过改之之徒不一人，石屏亦其一也。相率成风，至不务举子业，干求一二要路之书为介，谓之阔匾，副以诗篇，动获数千缗以至万缗。如壶山宋谦父自逊，一谒贾似道，获楮币二十万缗，以造华居是也。钱塘湖山，此曹什佰为群，阮梅峰秀实、林可山洪、孙花翁季蕃、高菊磵九万，往往雌黄士大夫，口吻可畏，至于望门倒屣。石屏为人则否，每于广座中，口不谈世事，缙绅多之。

从这一条资料中，可以看到以下几点：

第一，这种风气是从南宋庆元（1195—1200）、嘉定（1208—1224）年间开始的，这大体上正是江湖诗派登上诗坛的时候；第二，这些干谒者都是诗人，他们是一个有一定规模的群体，其目的是求取钱财；第三，干谒的方式是求得有声望、有地位的人士的介绍信，连同自己的诗，一起呈送；第四，这些人往往集中在杭州，杭州是南宋的首都，这里聚集着许多达官贵人，而在江湖诗派的形成过程中起到重要作用的书商陈起，正是在杭州开书肆；第五，方回所点出来的代表性人物，有戴复古、刘过、宋自逊、阮秀实、孙季蕃、高九万等，而戴复古的人品与其他人不同，因而方回未予苛评。

方回指出的“诗人为谒客”的现象，在他同时代人的一些描述中，也得到了印证。如林希逸《跋玉融林鏻诗》：“今世之诗盛矣，不用之场屋，而用之江湖，至有以为游谒之具者。”（《竹溪鬳斋十一稿续集》卷十三）戴表元《题汤仲友诗卷》：“旧时江湖间诸公以诗行不少，谓之诗客，公卿折节交之。”（《剡源集》卷十八）至于行谒的具体情况，方回在文中提到了宋自逊谒贾似道，获楮币二十万缗，以造华居。贾似道位高权重，历任江州知州、江陵知州、江西路安抚使、京湖制置使、京湖安抚制置大使、同知枢密院事、临海郡开国公等职，经常宾客盈门，正是江湖诗人行谒的重要对象，相关作品，如薛嵎有《刘荆山谒贾秋壑》（《云泉诗》）、宋伯仁有《送庐陵王月窗秀才之武昌谒秋壑贾侍郎》（《雪岩吟草补遗》）等，都有描述。至于林洪和阮秀实、孙季蕃、高九万四人，由于文献阙如，对于他们行谒江湖的情况，还要继续做详细考察。但戴复古和刘过二人，却可以结合其他记载，勾画出一个更为清晰的轮廓。

刘过原有较为强烈的功名心，他在《沁园春·卢蒲江席上时有新第宗室》一词中曾自述：“四举无成，十年不调，大宋神仙刘秀才。”可见他最少参加过四次科举考试，却都没有得中。由于进身无路，不得已选择了奔走江湖的谒客生涯。在这条路上，他度过了漫长的岁月，从某种意义上说，比较成功。据岳珂《桯史》卷二记载：“嘉泰癸亥岁（1203），改之在中都。时辛稼轩帅越，闻其名，遣介招之。适以事不及行，作书归辂者。因效辛体《沁园春》一词并缄往，下笔便逼真。其词曰：‘斗酒彘肩……’辛得之大喜，致馈数百千，竟邀之去。馆燕弥月，酬唱亹亹，皆似之。逾喜。垂别，赒以千缗，曰：

‘以是为求田资。’”又据张世南《游宦纪闻》卷二记载：“黄尚书由帅蜀，中阁乃胡给事晋臣之女。过雪堂，行书《赤壁赋》于壁间。改之从后题一阕，其词云：‘按辔徐驱……’后黄知为刘所作，厚有馈贶。寿皇锐意亲征，大阅禁旅，军容肃整。郭杲为殿岩，从驾还内，都人昉见一时之盛。改之以词与郭云：‘玉带猩袍……’郭馈刘亦逾数十万钱。”两段材料记述了刘过的三次干谒，从中可以看出，他善于揣摩对方的心思，特别是和辛弃疾交往时，他刻意模仿辛引以为自豪的词体风格，因而能够投其所好，获得成功。

方回提到的戴复古，一生布衣，往来江湖40多年，到处漫游，主要也是靠达官贵人的接济而生活。他寓居泉州时，曾写有《园亭即事十首》，其中第九首说：“寄迹小园中，忽有乌衣至。手中执圆封，州府特遣馈。罗列满吾前，礼数颇周致。四邻来聚观，若有流涎意。呼童急开樽，四邻同一醉。”（《戴复古诗集》卷一）看来，这罗列身前的礼物主要是酒，所以，当邻居们围观而表示羡慕时，他就能急忙开樽，邀请大家同谋一醉。当然，也可能并不都是酒，还有其他的日用品。另有一次，还是在福建，有一位姓王的太守也对他有所馈赠，据其《谢王使君送旅费》的记载：“岁里无多日，闽中过一年。黄堂解留客，时送卖诗钱。”（《戴复古诗集》卷四）说是“卖诗钱”，显然是符合其江湖诗人身份的干谒所得。当然，在福建之外的其他地方也是如此。如他游扬州时，有一诗题为《见淮东制帅赵南仲侍郎，相待甚厚，特送买山钱，又欲刊石屏诗，置于扬州郡斋，话别叙谢》，写侍郎赵葵对他多方关照，不仅送钱，助其“买山”（这是宋代的一种文化现象，即富人愿意出资为隐士提供合适的生活条件，见戴表元《剡源集》卷五《敷山记》），而且愿意帮他刊诗。在方回的那段话里，对其他以干谒为生的江湖游士都评价不高，唯独盛赞戴复古，说戴为人稳重，无论什么境遇，都从容对待，与人相交，宽厚为怀，“每于广座中，口不谈世事”，即不轻易臧否人物，“缙绅以此多之”。“多之”的结果是，戴复古在达官贵人那里特别受欢迎，其友人邹登龙曾写《戴式之来访，惠〈石屏小集〉》一诗，是这样说的：“诗翁香价满江湖，肯访西郊隐者居。瘦似杜陵常戴笠，狂如贾岛少骑驴。但存一路征行稿，安用诸公介绍书。篇易百金宁不售，全编遗我定交初。”（《江湖小集》卷六十九《梅屋吟》）诗中称赞戴的诗名载誉江湖，广受欢迎，因此也就特别容易得到资助。

当然，方回所提到的，只是此类江湖诗人中的一小部分，还有一些重要人物被他忽略了，其中最有代表性的就是姜夔。姜夔是江西人，曾数次参加科举考试，都没有成功，因此，一生不曾仕宦，漂流江湖，主要靠着依附达官贵人而生活。他所依附者，先后有萧德藻、范成大、张鉴等。他的朋友陈造在《次尧章饯南卿韵二首》其一中这样描述他的生活：“姜郎未仕不求田，依赖生涯九万笺。”说他既不求仕，又不躬耕，过的是典型的江湖诗人的生活。在《次姜尧章赠诗卷中韵》其二中又说：“诗传侯王家，翰墨到省寺。姜郎粲然文，群蜚见孔翠。……念君聚百指，一饱仰台馈。”（《江湖长翁集》卷六）说他以诗而见赏于张鉴，十口之家，都是靠他干谒所得来过活。宋末元初的戴表元在《送张叔夏西游序》一文中记载张鉴与姜夔等的交往时说：“叔夏之先世高曾祖父，皆钟鸣鼎食。

江湖高才词客姜夔尧章、孙季蕃花翁之徒往往出入馆谷其门。千金之装，列驷之聘，谈笑得之，不以为异。”（《剡源集》卷十三）就写出了姜夔受到的欣赏。

方回在谈到江湖诗人的干谒生活时，还特别说明了其干谒的方式，是“干求一二要路之书为介，谓之‘阔匾’，副以诗篇”。意思是说，在干谒的时候，要谋求有地位的人加以介绍、称扬，连同自己的诗一并投献，这样才能增加成功的概率。朱南杰的《陈梅隐求诗》这样写：“早岁走江湖，那堪岁又除。隐梅非活计，行李盍宁居。自有珠玑集，不携朝贵书。酬君无好语，索笑漫踟蹰。”（《学吟》）描写这位叫作陈梅隐的江湖诗人早年即行走江湖，一年一年过去，这种生活仍然没有改变，这是因为家计贫寒的缘故，不能不继续在江湖上漂泊。但他诗才过人，诗写得好，因此不用干求朝中权贵的推荐信，也能达到自己的目的。朱南杰称赞陈氏“不携朝贵书”，正好从反面证明，对一般人来说，“朝贵书”还是非常重要的。方岳有一首诗，可以被视为“阔匾”，诗题为《欧阳相士谒书诣梁权郡诗以代之》：“江皋误洗荷锄手，滴尽沧浪书满家。第一讳穷人谬甚，再三称好子虚耶。霜眠茅屋可无酒，春到梅梢怕有花。烦见歙州梁别驾，为言诗骨雪槎牙。”（《秋岳先生小稿》卷七）前六句表达的意思是作为一个读书人，过着贫困的生活，寒冬而无酒可以御寒，春来无心欣赏梅花，显示处境之糟糕。末二句即点出以诗代书，说“诗骨槎牙”，有寒瘦之意，也有不平之意，因而热切地期待汲引。方岳，字巨山，号秋崖，绍定五年（1232）进士，曾知南康军、邵武军，后历知袁州、抚州。关于方氏，有一种说法认为他是江湖诗人，即使如此，他曾官至知州，也是另一种类型。方回描述江湖游士时，说他们“多以星命相卜，挟中朝尺书，奔走阃台郡县糊口”，这位姓欧阳的诗人是相士，正符合方回的说法。他要前往歙州谒取梁姓别驾（即通判），希望方岳写信推荐。看来，所谓推荐信，写法可能比较多样，因此，方岳以诗来代替，应该也是当时所许可的。当然，推荐介绍虽然很重要，但如前所述，也不一定都要如此，早期江湖诗人危稹曾有《上隆兴赵帅》一诗，其中写道：“买宅须买千万邻，季雅喜得王僧珍。买山百万复谁与，襄阳节度真主人。……平生骂钱作阿堵，仓卒呼渠宁肯顾。君侯地位高入云，笔所到处皆成春。万间广厦芘许远，岂无一室栖贫身。王邓故处为邻曲，更得赵侯钱买屋。便哦诗句谢山神，饮水也胜樽酒绿。”（《巽斋小集》）诗的开头用宋季雅百万买宅、千万买邻的故事，隐约点出自己的目的；再用唐代贞元年间于頔出镇山南东道（治所在襄阳），庐山隐士苻载乞百万钱买山的故事，赞扬古风。下面就直写愿望，称颂赵侯地位之高，待士之厚，希望能“得赵侯钱买屋”。这种写法，非常直率，可能也是非常特殊的。

在中国文学史上，姜夔与范成大的关系是一段难得的佳话。姜夔一生漂泊江湖，依附别人而过活，曾经感叹“四海之内，知己者不为少矣，而未有能振之于窭困无聊之地者”（周密《齐东野语》卷十二引）。但范成大却是对他非常欣赏的一个。范成大，字致能，号石湖居士，曾任参知政事等职，晚年退居石湖。善诗，以礼贤下士著称。姜夔去见范成大是在宋光宗绍熙二年（1191）的冬天，介绍人是杨万里。杨以诗的形式，写了一封介绍信，也就是方回所说的“阔匾”。诗题为

《送姜夔尧章谒石湖先生》：“钓璜英气横白蜺，欬唾珠玉皆新诗。江山愁诉莺为泣，鬼神露索天泄机。彭蠡波心弄明月，诗星入肠肺肝裂。吐作春风百种花，吹散濒湖数峰雪。青鞋布袜软红尘，千诗只博一字贫。吾友夷陵萧太守，逢人说君不离口。袖诗东来谒老夫，惭无高价当璠玙。翻然却买松江艇，径去苏州参石湖。”（《诚斋集》卷二十二）先写姜夔才华过人，诗思敏捷；继说其奔波江湖，虽作诗盈箧，却不遇知音，贫困交加；再说由于老友萧德藻的推重，得以结识，但自己分量还不够，无法给予适当的提携，因此最后说最恰当的恩主应该是范成大，可以持这首诗到苏州去进谒。杨万里的地位虽然不如范成大高，但也可以说是“当世显人”了，这封介绍信也写得非常有分量，范成大的接纳当是必然的事。

对于这些到处行谒的江湖诗人，社会一般的评价并不高，如江万里在《懒真小集序》中就说：“诗本高人逸士为之，使王公大人，见为屈膝者，而近所见猥甚，……往往持以走谒门户，是反屈膝于王公大人。”（《江湖后集》卷十五）其中尤以理学家方回的批评更甚，认为江湖诗人“借是以为游走乞索之具，而诗道丧矣”（《桐江集》卷首《滕元秀诗集序》）。并特别指出，“以诗为干谒乞宽之资”的状况，使得“江湖之弊，一至于此”（《桐江集》卷三《送胡植芸北行序》）。前引《瀛奎律髓》卷二十所提到的江湖诗人，方回大都是持否定态度的。不过也有例外，像戴复古，虽然是“以诗为生涯而成家”，但他在江湖上的口碑很好。另一个普遍得到好评的江湖诗人是姜夔。前面曾经提到，姜夔前往石湖谒见范成大，他到底有什么确切想法，我们现在已经无法知道，但既是进谒，必有所求。

可是看他在《暗香》一词的小序中所写:“辛亥之冬，予载雪诣石湖。止既月，授简索句，且征新声，作此两曲。石湖把玩不已，使工妓肄习之，音节谐婉，乃名之曰《暗香》《疏影》。”(《白石诗词集》)他在石湖待了一个多月，好像天天就是在“授简索句，且征新声”这样的生活中度过。元代陆友仁《砚北杂志》记载:“小红，顺阳公(即范石湖)青衣也，有色艺。顺阳公之请老，姜尧章诣之。一日，授简征新声，尧章制《暗香》《疏影》两曲，公使二妓肄习之，音节清婉。尧章归吴兴，公寻以小红赠之。其夕大雪，过垂虹，赋诗曰:‘自琢新词韵最娇，小红低唱我吹箫。曲终过尽松陵路，回首烟波十四桥。’尧章每喜自度曲，吟洞箫，小红辄歌而和之。”姜夔去见范成大，肯定不是为了得到一个小红，但他却如此喜悦，可见，进谒这件事，对于姜夔来说，是得固可喜，不得亦欣然，体现出一种随缘自适的韵度。因此，这也就体现了姜夔和一般江湖诗人的不同:他无法摆脱这种生活，似乎也并不拒绝这种生活，但是，他却总是能够保持平静的内心，在俗的生活中，得到雅的意韵。这显然得到了普遍的尊重，所以周密记载说:“参政范公以为翰墨人品，皆似晋宋间之雅士。”(周密《齐东野语》卷十二引姜夔《自叙》)陈郁描述说:“白石道人姜尧章气貌若不胜衣，而笔力足以扛百斛之鼎，家无立锥，而一饭未尝无食客。图史翰墨之藏，充栋汗牛。襟期洒落，如晋宋间人。”(《藏一话腴》内编卷下)姜夔这种生活态度，在江湖诗人中应该是一个异类，因此才获得那么多的赞扬，甚至在后代成了下层文人的一个标杆。

在中国古代，诗的地位一直很高。孔子云:诗“可以兴，可以观，可以群，可以怨。迩之事父，远之事君”（《论语·阳货》）。曹丕认为包括诗歌在内的文章是“经国之大业，不朽之盛事”（《典论·论文》）。而白居易则更进一步提出了“上以纽王教，系国风；下以存炯戒，通讽谕”（《白居易集》卷六十五《策林》四《议文章碑碣词赋》）的价值观。然而，尽管诗具有这种政治上、教化上的尊崇的地位，在宋代以前，作诗却始终未能成为社会分工的一种。因为，受着社会的政治、经济和文化的制约，诗人的职业化是不可能的。从根本上看，诗歌在政治社会生活中还是居于附庸的地位。

但到了宋代，由于科举考试不再完全重视诗赋，因此，诗的地位乃较前大为降低。叶适《题周简之文集》说：“长老谓诗为外学，乃致穷之道，几稍进于时文尔。”（《叶适集》卷二十九）戴表元《陈晦父诗序》说：“至唐人乃设此以备科目，人不能诗，自无以行其名，故不得不攻耳。近世汴梁江浙诸公，既不以名取人，诗事几废。人不攻诗不害为通儒。……科举其得之之道，非明经则词赋，固无有以诗进者。间有一二以诗进，谓之杂流，人不齿录。”（《剡源集》卷十一）这些论者多与江湖诗人同时，他们不约而同地指出诗歌地位的降低，或许是有感而发。在这种情况下，诗“不用之场屋，而用之江湖”（前引林希逸语），甚至以之作为求乞钱财的工具，也有其不得不然之处。但是，这个以追求较为丰裕的物质为主要目的的诗人群体的出现，却是中国文学传统中的一个不小的变化。它意味着，诗歌由对政治的依附，一定程度上转为对经济的依附，出现了诗人作为一个职业而独立存在的可能。后来，在话本小说和戏剧的发展中，文人逐渐有了一定的独立性，书会才人们不仅已成职业作家，而且有了自己的团体，这与江湖诗人的生活方式之间，显然有着某种关系。然而，由于中国的商品经济不够发达，由于诗歌作为正宗文学有着强大的传统力量，由于蒙古贵族建立的元朝迅速消灭了南宋政权，江湖诗人的这种职业化倾向很快就被扼杀了。之后，再也没有出现过类似的以追求经济目的为主的庞大的诗人群体。

但是，江湖诗人虽然流落江湖，大多处于社会的底层，深深打上了市民阶层的烙印，但他们仍然是士大夫阶层的一部分，因而正统的儒学思想对他们不能没有影响。这种情况也导致了不少江湖诗人一方面长期靠着谒人过活，另一方面也经常对自己的这种生活方式进行反省。如刘过《寄程鹏飞》："往事游边忆少年，未尝携刺五侯门。春风跃马汉南道，落日椎牛淮上村。科举未为暮年计，途穷不忍向人言。男儿慷慨头当断，未有人施可报恩。"（《龙洲集》卷五）戴复古《都下书怀》："半月不把镜，羞看两鬓尘。读书增意气，携刺减精神。道路谁推毂，江湖赋采蘋。从来麋鹿性，那作帝乡人！"（《石屏诗集》卷四）或留恋少年，不胜今昔之感；或向往山林，厌作王城之游。总之，都是对自己的"携刺"感到羞惭。这些都表现出南宋江湖谒客在当时社会环境中所形成的内心世界的复杂性。更不用说，即使行谒江湖，并不一定有所得，像毛珝《关心》一诗所写："关心岁月似惊波，少日无成奈老何？别久帝京知事少，住长客舍识人多。典衣酤酒杯难满，借壁题诗字易磨。早信出门无遇合，故山只应守樵柯。"（《吾竹小稿》）在求谒无门的感伤中，也有自己的反省。

当然，把艺术与商品联系起来，能够产生什么样的作品，是一个值得深入研究的问题。江湖诗歌，从总体上来说，比起宋代的江西诗派以及南渡诸大诗人，是比较平庸和缺乏创造力的。不过，他们既然要求得达官贵人的赏识，则在诗歌艺术上也不能不有所追求。这个群体往往多是小作家，写作的气象也比较小，这是他们的局限，同时也是他们的特点，从这一点出发，他们也可以追求一字一句之工，以此体现出自己的创造力。江湖诗人的先驱永嘉四灵曾经追求对字句的锤炼，叶适在为徐玑所写的墓志铭中说："初，唐诗废久，君与其友徐照、翁卷、赵师秀议曰：'昔人以浮声切响、单字只句计巧拙，盖风骚之至精也；近世乃连篇累牍，汗漫而无禁，岂能名家哉！'四人之语遂极其工，而唐诗由此复行矣。"（《叶适集》卷二十一《徐文渊墓志铭》）这里所说的"唐诗"，实际上是"敛情约性，因狭出奇"（《叶适集》卷二十九《题刘潜夫〈南岳诗稿〉》）的晚唐体，经四灵提倡，在江湖诗人中也非常盛行。晚唐体的特征之一，就是注重五言律诗，尤其注重其中的字句锤炼，江湖诗人在这方面展现出鲜明的特色，如朱继芳《湖荡》："鱼唼垂丝柳，鸥眠折叶茭。"（《静佳乙稿》）叶绍翁《和葛天民呈吴韬仲韵赋其庭馆所有》："篆叶虫留字，衔泥燕理家。"（《靖逸小集》）罗与之《旅思》："霜严雀语涩，风定雁飞迟。"（《雪坡小稿》）周弼《病起幽园检校》："虫声低覆草，螺壳细生苔。"（《汶阳端平诗隽》卷二）都很有炼字的功夫，能够使读者获得比较新鲜的艺术感受。事实上，不少江湖诗人都标榜"苦吟"，如胡仲参《偶得》："挑灯伴寒夜，兀坐行炉边。赤脚知吟苦，时将山茗煎。"（《竹庄小稿》）胡仲弓《寄西涧叶侍郎》："形役犹甘分，肠枯费苦吟。升堂定何日，洗耳听规箴。"

（《苇航漫游稿》卷二）可以想象，这是他们获得赏识的重要原因之一。

综上所述，可以看出，江湖诗人的生活方式有着一定的独特性，加强对这个群体的研究，不仅有助于了解宋代文学史，而且有助于了解宋代的社会文化史，因而有着重要的意义。

确定研究的基点

撰写《江湖诗派研究》的体会

1985 年，我开始对江湖诗派进行研究，用了差不多 10 年的时间，写成《江湖诗派研究》一书（主体部分于 1989 年完成），于 1995 年 1 月由中华书局出版。承蒙《古典文学知识》编辑部的美意，要我谈谈“治学门径”，可我每加自我评判，觉得自己还在门外，需要努力学习，怎能侈谈什么“门径”呢？但转而一想，毕竟自己曾花了这么多的精力和时间，把其间的得失体会总结一下，也并不是没有意义的。

我选择江湖诗派作为研究课题时，学术界对这一文学现象还没有给予充分的注意。1989 年，我曾对 1949 年以来国内学术界对江湖诗派的研究作过一个统计，发现除了欣赏和漫谈者外，正式的研究文章只有 34 篇。其中 12 篇是考证文字，其余各篇重点多落在刘过、姜夔、刘克庄和永嘉四灵身上，而对这一流派进行宏观研究者，则几乎没有。事实上，较有分量的研究成果多出现于 1987 年以后，因此，我从事这一工作时的基础是比较薄弱的。也就是说，在开始工作的时候，我并不明确将要勾勒的内容和切入的角度，也就无法为其“定位”。但研究基础薄弱，从某种意义上来说也是件好事，这使我从一开始就沉潜于具体作品之中，沉潜于与那一特定时代有关的政治、经济、文化等史料，不加任何框框地去发现问题和探索问题。

文献的清理或许是研究江湖诗派的最基础的一环。陈起以南宋以来“以诗驰名者”的作品为主，选成《江湖集》，刊行于世，标志着这个诗歌流派作为群体的力量正式出现于诗坛。但这部重要的选本，却由于政治斗争的需要，被言官指为同情济王，反对史弥远，遭到劈板之祸。此后，虽经历代目录学家和有关学者的努力恢复，但总的来说，这一流派的面貌长期以来是不够清晰的。比如江湖诗派的成员应该怎样确定，多年以前梁昆的《宋诗派别论》把《四库全书》本《江湖小集》和《江湖后集》中所收者统统列入，其结论虽然多年来一直被研究者所沿用，但总的来说是不够严密的。我经过广泛的调查，发现残本《永乐大典》中保存着九种江湖诗集，明、清人的影、抄、刊本江湖诗集也有 11 种以上。这些江湖诗集是陈起的原刻，还是后人对陈起原刻的恢复，或是出自后人的依托，一时尚不容易搞清楚，但在没有其他材料的情况下，这些江湖诗集，连同当时一些笔记、诗话、书目中的记载（如陈振孙《直斋书录解题》、罗大经《鹤林玉露》、张世南《游宦纪闻》、张端义《贵耳集》、叶绍翁《四朝闻见录》、周密《齐东野语》、方回《瀛奎律髓》、韦居安《梅涧诗话》等都记载了陈起原刻《江湖集》的收录情况，可据以恢复），就成为确定江湖诗派成员的原始依据。不过，收入江湖诗集中的诗人，不一定就是江湖诗派成员。因为，陈起当年刊刻《江湖集》，主观上并不一定是开列一份江湖诗派成员的名单，像郑清之这样的宰相，或许就是出于报恩心理而收入的。在明、清人的诸江湖诗集中，或收有北宋人及元人，或收有一些高官，或收有女性诗人，都值得推敲。所以，我从社会地位、活动时间、诸本收录情况、与陈起的唱酬情况以及传统看法等方面，制定了 5 条标准，在全部诗人中，确定了 138 人为诗派成员，排除了 32 人，另有 11 人生平无考，则不予置论。这种划分方法是否可行，还可以讨论，但其文献基础却可以说是尽可能厚实的。经过这些工作，我为自己的研究确立了一个尺度，找到了一个基点，明确了一个标准。所以，也许大量地翻资料、排比文献很枯燥，也许看了很多书，与课题有关的东西只是一点点，甚至一无所得，但回想那差不多整整两年专门泡图书馆的日子，仍然深切感到它的不可替代性。我有将近 10 年的时间，一直在南京大学中文系受到文献学的严格训练，这在撰写《江湖诗派研究》的过程中得到了充分检验，而我也的确深深体会到，文献学是学术研究的基础。

江湖诗人在当时和后世，也往往被称为江湖谒客，这是指他们在生活中，每以诗歌为谒具，奔走势要之门，干乞钱财。这一现象虽然很早就有人提出了，但学者们进行研究时，仍然更多地从文学的角度着眼，忽略了其谒客属性的价值。对江湖诗派这个课题，我本来所知甚少，心中也没有数。但中国古代历来有文史不分的学术传统，南京大学中文系的古代文学专业也一直将其视为重要的治学方法，所以，我在一开始，就没想把这个课题做成纯文学的，而是在政治史、经济史和文化史等方面下了不少功夫。这方面的书越读，越感到江湖诗派的文化意义绝不低于其文学意义。循着这一思路，我探讨了江湖谒客行谒的内容和方式，谒客阶层的形成，谒客的出现与幕府、荐举制的关系，当世显人和谒客自身对行谒的态度等，从而认为，从文化上看，宋代以来，士大夫以其拥有的文化知识参与国政，而较少像唐及先唐那样依据门第，知识分子的社会作用也越来越重要。江湖谒客虽然都是些下层知识分子，但他们在那一特定的时代里，却活跃于社会的各个阶层，因此，他们的种种表现，可以使我们从一个侧面加深对宋代士大夫阶层的理解。不仅如此，我还更进一步考察了中国的仕与隐的传统，认为江湖谒客作为一个非官非隐的阶层，反映了知识分子的双重性格，它的出现，是中国文化发展中的一个新现象。而就对宋代知识分子的研究来说，过去往往只注意了其正面形象，经常忽略那些与宋代正统的文化精神相悖的部分，这一探索则增强了对宋代知识分子的全面理解。说到这一点，还应该特别谈谈对陈起的认识。每一种在文学史上能够占有一席之地的文学现象都必然有其独特性，找出了这种独特性，也就把握了其本质，这无疑是研究者所要着力追求的。我一开始接触江湖诗派，就有一个强烈的印象，陈起以一个书商之力，就能促成一个如此规模的流派的形成，在整部中国文学史中，恐怕也是绝无仅有的。所以，我专门作了一篇《〈江湖集〉编者陈起交游考》，又详细分析了陈起为江湖诗人选诗，有目的地组稿刊刻，以及提供陈氏书铺作为活动中心等事实，说明了这位书商在诗派形成中的重要的声气鼓吹和组织联络作用，并进一步指出，这与南宋商品经济的发达，刻书业的进一步发展是密切相关的。尽管后世书商并没有像陈起那样与一个文学流派有着如此密切的关系，但他们的作用却越来越广泛，越来越明显。尤其是明清两代，各种思潮此起彼伏，其间，书商的活动往往起了迎合或推动作用。如明代嘉靖年间，翻刻旧籍之风甚盛，显然与复古运动有关；清代乾嘉之际的刻书业，似乎与乾嘉学派的出现互相配合；一直到现代，茅盾、叶圣陶等组织文学研究会，主编《小说月报》等刊物，郭沫若、郁达夫等组织创造社，主编《创造》诸刊，在当时都产生了极大的影响，这两个组织后来形成两个流派，当与他们的出版活动不无关系。站在整个学术文化史的高度，反观陈起的诸项活动，就更能看出其独特意义了。我觉得，在文学研究中，具有一种文化史的眼光，对于开阔研究者的视野，开拓研究的深度和广度，都是很有必要的。

历来的文学史研究，对江湖诗派的评价都偏低。我感到，从情理上来说，一个能够风行诗坛五六十年的流派，一定有其存在的价值，因而绝对不应该给予近乎完全的否定。这一点，随着研究的不断深入，也越来越明确。问题是翻案文章该怎么做。近些年来，有些学者为了突破以往的传统观念，往往对遗产进行重新清理，纠正成说，争出新义。这当然无可厚非，应该鼓励。但在这一过程中，有时也往往由于对研究对象的偏爱，任意加以拔高或溢美，失去了实事求是的治学态度。我的这一研究涉及翻案之处不少，如何把握合适的尺度，始终是我非常重视的。如关于江湖诗人作品的政治内涵，我以《南宋六十家小集》为对象进行了统计，发现在全部 5340 首诗中，体现忧国忧民情怀，即具有政治内涵的诗便有 180 首以上。这个占比应该说是不小的，在数据统计的基础上，我从两个方面进行了具体论述：一是对恢复失地的期待，江湖诗人的笔下，几乎写遍了当时所有重要的时事；二是对农民生活的关心，史学家们的著作中所反映的南宋社会租赋猛增、苛捐杂税繁重的局面，都在江湖诗人的笔下得到了形象的刻画。所以，有理由说江湖诗人的作品中并不缺少政治内涵。但是，一切作品都有一个写什么和怎样写的问题。确定了江湖诗中的政治内涵，指出江湖诗人并不脱离现实，这只是理解问题的出发点。下一步要做的，便是将其置于一定的历史范围之内，进行价值判断。比如第一个方面的内容，实际上整个南宋都是如此，并非江湖诗派所独有。因为，人们的生活方式可以被时代同化，但心灵上的那层阴影却始终无法消除，所以，反映故国之思的作品确实在南宋非常普遍。但我所特别希望指出的是，主题的相同并不能说明没差别。正如整个江湖诗在南宋诗坛上呈现着低潮一样，其中的爱国呼声比起前（如陆游等人）、后（如郑思肖等人）两个时期，也是微弱的。其突出的表现，不在于量，而在于质。因此，在本质上，可以说，江湖诗歌中忧国忧民的政治内涵，在深度、广度和强度上，都较南宋前期和末期的诗歌为弱。朱熹曾批评当时的诗歌“秤斤注两，作两句破头，是多少衰气”（《朱子语类》卷一百九），江湖诗中的政治内涵，从比较的角度来说，也是“衰气”的一种表现。所以，我在研究中，涉及翻案之处，一是努力避免爱而讳其恶，二是尽量以特定的标准作同类的比较，这样，或许更能说明些问题。

江湖诗，从整体上来说，艺术水准是不高的，在这一点上，我的看法也许和现在一些希望提升其地位的学者相反，而对传统的意见有所认同。我在读硕士和博士期间，按照所学专业的部署，曾精读了《诗经》《楚辞》《论语》《孟子》《庄子》《左传》《史记》等典籍。在唐宋诗中，对李白、杜甫、韩愈、李商隐、苏轼、黄庭坚诸家也下过功夫。严羽在《沧浪诗话》中说：“入门须正，立志须高。”我读江湖诗，经常由于自觉不自觉地与诸大家相比，感到不能引起审美愉悦。有时同学之间谈论起来，我就会开玩笑地说，成天读江湖诗对艺术心灵真是一种折磨，还是读那些大家的作品过瘾。但玩笑归玩笑，工作还得做。一个学者应该能够欣赏异量之美，包括不同类型的美和不同方面的美。江湖诗的水平虽然不高，但作为那个特定时代的产物，作为那个特定群体的心灵活动，一定有其特殊的认识价值，关键在于是否具有足够的敏感去发现这一点。对于江湖诗，前人经常加以讥评的，一是“小”，一是“粗”，我就想，如果不戴有色眼镜，这能否理解为一种不同于前人的审美情趣呢？循着这一思路，我探讨了江湖诗的纤巧之美、真率之情、俗的风貌和清的趣味。第一点从小、巧、纤、细四个方面去谈，说明这是他们创作个性之所在，也是他们取得成功的根本原因。第二点涉及他们对社会、人生以及个人欲望的直率表达，并认为这种感情影响了其作品的结构、句式、修辞和声律等。第三点从题材、表现手法、语言等方面叙述了其俗的风貌，并指出这一点与他们低下的社会地位和受到当时蓬勃兴起的市民文艺的影响有密切关系。第四点论述了江湖诗语言之清新、境界之清寂、风格之清瘦和辞气之清和，并说明了其中的深层内涵是对晚唐诗风的学习和对江西诗风的反拨。通过这几点的探讨，一方面，我想揭示江湖诗派在宋代诗坛上的独特意义，另一方面，也想说明，所谓研究方法虽然具有一定的宏观指导意义，但没有一种方法是可以通用的，换句话来说，不同的对象有不同的特点，如果你能够抓住这个特点，又能很好地加以阐发，那么你就算是掌握了最合适、最恰当的研究方法，你的研究也就能够具有方法论的意义。在这一点上，我觉得，最要紧的还是要脚踏实地地去钻研原始文献，否则，一切都是白搭。

另外，我还要简单说一下我在具体操作时的某些考虑。有时候，同行之间谈起来，常说先唐文学患在材料太少，宋以后文学患在材料太多，这当然不足深论。但由于我这十几年来所写的文章大都是宋以后的，所以就有了一个强烈的感受，除了材料的繁杂外，更主要的恐怕还是定位问题。也就是说，研究后代的文学，必须对前代文学有着相当的了解，即使不说是精深的了解的话。否则，你说到的某种特色，怎么知道在前人那儿没有已成陈迹呢？所以，比较的方法是不可缺少的。我在这部书里，考虑到江湖诗派与中晚唐姚贾一派颇有渊源，所以常常以此为基点，与唐代作家作纵向比较；考虑到江湖诗派是打着反对江西诗风的旗号走上诗坛的，所以把与江西诗风的比较放在重要位置；又考虑到江湖诗派在整个南宋诗歌的发展中处于低潮，所以也注意与南宋前期诸大家作比较，以说明诗风的发展变化。但说起来容易，做起来难，受到各种条件的限制，或者难免有时强人以就我，表现得过于主观。我觉得这个问题对研究文学，尤其是研究后段文学也许有着一定的意义。所以在这里提出来。

《乐府补题》与元初文网

南宋灭亡后，王沂孙、张炎、李彭老等 14 位遗民曾结吟社，作《乐府补题》五咏 37 首。这些词感情凄凉，意旨微茫，学界已公认有故国之思在内。但有人据此推断作者之所以采取比兴寄托的手法，乃是由于元初文禁严酷之故，却未必符合实际。

在历史上，元代文网不严，终元之世也没有兴起过什么值得一提的文字狱。《元史》卷一〇五《刑法志 · 禁令》中有一条说："诸乱制词曲，为讥议者，流。"似乎对以文字定罪有过具体规定。其实，元代从未制定过一部完备的律典，所谓《刑法志》，不过是从具体案例中抽出判词汇集而成，不能视为通例。文中所说的这一条，当时可能确有其事，犯人被判流放，但这并不意味着元代曾在全国范围内颁布过这样一条法令，明确限制词曲创作的内容。以前常被人们视为元初文字狱例证的，是《至正直记》卷二所载梁栋一事。梁栋登大茅峰，曾在壁上题诗，其中有四句道："大君上天宝剑化，小龙入海明珠沉。安得长松撑日月，华阳世界收层阴。”有个道士与梁栋有私仇，据此诗到县衙控告梁栋谤讪朝廷，有思宋之心，于是梁栋被投进监狱。但从具体情形看，是怨家出首，而并非朝廷网罗。况且，梁栋所受的处理也并不严重，仅被关押三年，便放了出来。这与清初的文字狱简直不可同日而语。

总的说来，元朝取代宋朝，是一个生产力较低的民族对一个生产力较高的民族的征服。由于蒙古族汉化程度还不深，平南之初，尚未及从思想文化上整治人心。当时的著名诗人如林景熙、谢翱、汪元量等都写了不少深切怀念故国，直接指斥元兵的诗，也并没有受到迫害。因此，在元代初年，应该并不存在足以让知识分子深深畏惧的文网。

至于《乐府补题》的作者，作为亡国遗民，互相结社唱和，抒发故国之思，也许心中确有某种忧惧，因而隐约其辞，但更可能的是与词的创作特点有关。因为咏物词自北宋以来，其比兴寄托的写法自苏轼有所尝试，南宋的辛弃疾、姜夔等将其发扬光大，衍至宋末，已渐成风气。词这种体裁本来就长于写低徊要眇之致，南宋兴起的咏物之风更让词人们发现了新的天地，所以，以咏物寄兴来抒写亡国之恨、身世之悲，原是一种自然的选择，因为词人们觉得，用这样的方式来表达，更能写出内心的隐微之情。换句话说，《乐府补题》所使用的比兴寄托之法，与文学传统和作品样式关系更为密切，比较起来，现实政治的因素或许是次要的。这也就告诉我们，研究文学现象，社会学是一种重要的方法，却不是唯一的方法。

故国之思与社会心态

谈南宋遗民的创作

在中国历史上，宋朝在对外关系上是一个比较软弱的朝代。总的来说，面对外患频仍的局面，统治阶层往往妥协退让，委曲求全。从“澶渊之盟”，到“靖康之难”，最后到南宋的灭亡，某种程度上，都是这种心态结出的苦果，这或也给整个社会心理注入了一定的消极因素。因此，有宋一代，尤其是南宋时期，令人感到笼罩着一种感伤情绪，而这种情绪，到了宋亡之后，就进一步转化为悲愤了。这是因为，北宋亡国，还可以逃往江南，偏安一隅，而此时却是“江南无路”（刘辰翁《永遇乐·余自乙亥上元诵李易安〈永遇乐〉，为之涕下。今三年矣。每闻此词，辄不自堪。遂依其声，又托之易安自喻。虽词情不及，而悲苦过之》），连残山剩水也不可能保留了；同时，“王师北定中原”（陆游《示儿》）的愿望终于破灭，人们最后竟只能以亡国遗民的身份，等来“九州同”（林景熙《书陆放翁诗卷后》）之日。面对这一民族的悲剧，人们倾诉了深沉的怨愤，其中对亡国过程的记述，感人至深。这可以举汪元量的作品为例。汪元量的身份是宫廷琴师，在那沧桑巨变之际，他目睹了南宋政权的覆灭，并且，由于元人“索宫女、内侍、乐官诸色人等”（刘一清《钱塘遗事》卷八），还被迫随三宫北上。这一独特的经历，使他用饱蘸血泪的笔，以诗歌形式，写下了南宋亡国的“伤心”“野史”（汪元量《答林石田》）。“钱塘江上雨初干，风入端门阵阵酸。”（汪元量《北师驻皋亭山》）在一片凄风苦雨之中，南宋最高统治者奉上了“降表”（汪元量《醉歌》）。对于统治阶级的投降政策，汪元量是痛恨的。可是大厦已倾，他回天无力，而“空有泪千行”（汪元量《醉歌》）。在他的笔下，我们看到了深重的民族苦难：“南苑西宫棘露牙，万年枝上乱啼鸦。北人环立阑干曲，手指红梅作杏花。”（汪元量《醉歌》）前两句的描绘，传达了故国离黍的凄凉和侵略者肆无忌惮的暴行，后两句的暗示，则浓缩了非常丰富的社会内容：它反映了“风物眠西子，笙歌醉北人”（林景熙《西湖》）的悲愤，它表现了“江南女裙，四尺合秋千”（刘辰翁《乌夜啼》刘自注：“北妆短，后露骭，秋千合面并起”）的感慨，它更展示了“江南总解单于曲”（方夔《初秋杂兴三首》），“南人堕泪北人笑”（汪元量《送琴师毛敏仲北行》）的痛苦现实。此外，他对“六馆衣冠沦道路，三宫珠玉走风砂”（汪元量《唐律寄呈父凤山提举》）的悲惨情景，也有着真实的描写。其中，特别注重对宫女形象的刻画，如“宫娥抱膝船窗坐，红泪千行湿绣衣”“宫女垂头空作恶，暗抛珠泪落船头”“宫女不眠开眼坐，更听人唱哭襄阳”（汪元量《湖州歌》）。这种亡国贱俘的心理，当然不是宫女所独有的，这是船上所有被押赴北者（包括他自己）乃至全国人民所共有的。北上几千里，山河一梦中。举目所见，一片疮痍，国土既已沦丧，人民还在呻吟。“销金帐下忽天明，梦里无情亦有情。”（汪元量《湖州歌》）今昔对比，诗人产生了强烈的梦幻之感。

这种梦幻之感有着普遍的社会心理依据。这表现在，人们面对天翻地覆的历史变动，难以相信客观的存在，或者毋宁说，他们不愿意接受那“朝为绮罗丛，暮作瓦砾场”（方夔《感兴二十七首》）的现实。因此，看到“御街”上摆摊卖起“南京（指商丘）枣”（刘辰翁《千秋岁·和尚学林寿筵即席》），听到“酒边对客续朱弦”的歌女弹起“向来供奉曲”（汪元量《歌楼感事》），都使他们深切感到“前朝旧事过如梦”（黄超然《秋夜》）。然而，他们是那样深深地留恋着“前朝”的一切，即使在梦里，也要执着追求。“梦里瞢腾说梦华”——这是张炎《题周草窗〈武林旧事〉》中的词句。他认为，对于个人来说，亡国已如一梦，而记下故国繁华，则是梦中说梦。即使明知道梦中说梦，也始终眷恋执着，这正是故国之思的强烈表现。我们且看他们对元宵节的咏唱。元宵节是中国的传统节日，历来受到人民的重视和喜爱。在南宋，特别是杭州，元宵节就有着“翠帘销幕，绛烛笼纱，遍呈舞队，密拥歌姬，脆管清亢，新声交奏”（周密《武林旧事》卷二）的盛况。可是，宋亡后，却是“零乱遗钿空宿草，升平叠鼓散春涛”（林景熙《灯市感旧》）。元朝统治阶级虽未明令禁止度元宵，可是，当时曾有“禁夜”的规定。《元史》卷一百〇五《刑法志·禁令》：“诸夜禁，一更三点，钟声绝，禁人行。五更三点，钟声动，听人行。”由于“禁夜”，使得元宵灯会这一通宵达旦的娱乐活动不能正常进行，实际上也就等于被取消了。在南宋时期，元宵节通常是彻夜狂欢的，辛弃疾《青玉案·元夕》的“凤箫声动，玉壶光转，一夜鱼龙舞”可证。但宋亡后，时人有“十载废元宵”（刘辰翁《卜算子·元宵》）的慨叹，当时普遍的怀念元宵节的情绪，带有无穷感怆。其中，刘辰翁的作品，以特有的心理刻画，使我们看到了这种感怆的程度之深。词人对于赏灯的快乐，有着热切的期待，现实中没有，他就只好到梦里去寻找，“梦灯火扬州化城”（刘辰翁《太常引·和香岩上元韵》）；就连那并不存在的“豫赏”同样使他留连忘返：“便作香尘随步想”（刘辰翁《减字木兰花·腊月初晴，月佳甚，有上元花柳意，不能忘情》）。他的《望江南》写道：“春悄悄，春雨不须晴。天上未知灯有禁，人间转似月无情。村市学箫声。”（刘辰翁《望江南·元宵》）通过人们在阴雨之夜的独特感受，用移情的手法反映了人们对无灯可看的失望，并透露出对元朝统治的不满。很显然，对元宵节的怀念便是对故国的怀念，而慨叹元宵节现状的凄凉，则是对亡国的伤悼。当时类似的描写很多，都是表面上是写对旧日生活的留恋，实际上是写对故国沦亡的悲愤的。

有时，人们倾诉亡国的悲愤，不是通过直抒胸臆的方式，而是在一种幽婉凝噎、朦胧迷离的描写中显示出来。周密、张炎、王沂孙等的一些作品，便是如此。这里，我们只看王沂孙的《齐天乐·蝉》：

> 一襟余恨宫魂断，年年翠阴庭树。乍咽凉柯，还移暗叶，重把离愁深诉。西窗过雨。怪瑶珮流空，玉筝调柱。镜暗妆残，为谁娇鬓尚如许。　　铜仙铅泪

似洗，叹携盘去远，难贮零露。病翼惊秋，枯形阅世，消得斜阳几度。余音更苦。甚独抱清高，顿成凄楚。谩想薰风，柳丝千万缕。

这首词中的蝉，显然带有作者的影子。“余恨”和魂断的描写，使得词人的情绪一开始便笼罩着凄苦的氛围。接着的“乍咽凉柯”三句，就像张炎《解连环》中对孤雁的描写一样（张炎《解连环·孤雁》：“自顾影，欲下寒塘，正沙净草枯，水平天远。”）一字一泪，对人们暗地里挣扎着倾诉故国之思的状况，作了十分感人的刻画。这只蝉刚在阴凉的树枝下呜咽着叫了几声，马上又躲进幽暗的树叶中间，在那里，重新把离愁别恨诉说：这正是亡国遗民的某种忧惧心理的写照。而“镜暗妆残”二句，则反复申明自己并不因为宋朝的覆灭而减弱眷恋故国的执着。下面，是对三宫北狩所产生的永远难以平息的伤感。古人认为蝉是餐风饮露的，现在，“铜仙”（借指皇帝和故国）已经“去远”，再也没有盛露水的盘子了，蝉又靠什么来生活呢？几句话，写尽亡国之人孤苦、绝望的心境。而如此“病翼”“枯形”，又能“消得斜阳几度”！又怎能不感到“余音更苦”！那么，那“熏风”吹过，“柳丝千万缕”的情景，即故国之盛事，想起来，真是情何以堪！

在宋元之际这样巨大的历史变化之中，每个人的身上都不可避免地要打上时代的烙印。由于战争的冲击，使得许多文人士大夫“无家可著”（舒岳祥《示儿》），“故国山川，故园心眼，还似王粲登楼”（周密《一萼红·登蓬莱阁有感》），他们离乡背井，四处漂泊，在个人的身世之悲中，感受到了亡国的痛苦。如蒋捷，他的词，大量描写了战争对人们温暖舒适的家庭生活的无情摧残，其中《贺新郎 · 兵后寓吴》云：

> 深阁帘垂绣，记家人，软语灯边，笑涡红透。万叠城头哀怨角，吹落霜花满袖。影厮伴，东奔西走。望断乡关知何处？羡寒鸦，到著黄昏后。一点点，归杨柳。

这里，一开始便展现了一个小小的富有情趣的家庭生活片断，寄托着人们对和平生活的无限向往。是战争，给他们带来了重重“哀怨”，使他们不得不漂流他乡，“东奔西走”。他们羡慕寒鸦的向晚而归，哀叹自己的漂零无着。人和鸦的对比，过去和现在的悲欢离合的对比，都非常具体，非常鲜明。在这种状态中，更为现实的困难，是物质生活的难以维持。作为亡国前的士大夫阶层，许多作家对这一落千丈的生活状况都有痛切的感受。比如张炎，出身于大官僚家庭，是个世家贵公子，亡国前，他整天“鼓吹春声于繁华世界，飘飘徵情，节节弄拍，嘲明月以谑乐，卖落花而陪笑”（郑思肖《玉田词题辞》），过着穷奢极欲的生活。可随着南宋的覆灭，他赖以生活的根基也整个遭到摧毁，只好“书剑漂零”（张炎《木兰花慢》），流浪江湖，甚至潦倒在鄞卖卜（袁桷《赠张玉田》：“循王五世孙来鄞设卜肆”）。抚今思昔，“欢游转眼惊心。”（张炎《高阳台 · 庆承园即韩平原南园，戊寅岁过之，仅存丹桂百余株，有碑记在荆榛中，故末有亦犹今之视昔之感，复叹葛岭贾相之故庐也》）那“舞扇招香，歌桡唤玉”（张炎《台城路 · 庚辰秋九月之北，遇汪菊坡，一见若惊，相对如梦，回忆旧游，已十八年矣，因赋此词》）的日子永远地逝去，给他带来了多少惆怅。在一个元宵之夜，他慨叹着："奈今宵，别是光阴。帘底听人笑语：'莫教迟了口青'。"（《风入松 · 闰元宵》）张炎的另一首词《木兰花慢 · 元夕后，春意盎然，颇动游兴，呈霅川吟社诸公》，描写了元宵之夜，游玩的人群被元朝巡逻队伍驱散，扫兴的心情："锦街穿戏鼓，听铁马，响春冰。甚舞绣歌云，欢情未足，早已收灯。"可与之相对比。"帘底听人笑语"一句，非常形象地表现了他的生活状况的今昔不同，而且，显然是和李清照的晚年生活产生了共鸣并受到李词的影响。沈祖棻先生云："李清照'向帘儿底下，听人笑语'，这决不是住在深宅大院、有重重门户的大户人家所可能"，"只有一般市民，居宅浅狭，开门见街"，才会如此（沈祖棻《宋词赏析》）。李清照在南渡之后，生活落魄，家境贫寒，与张炎的遭遇非常相似。由此，我们认识到，国家的命运和个人的命运是何等的密切，一荣俱荣，一损俱损，覆巢之下，安有完卵。人们悲叹着自己的身世，当然寄托着亡国之痛。

人们痛悼亡国时的基调是悲愤的。有时，这种悲愤中，又有强烈的不甘心接受现状的愿望。文天祥在被元军俘获后，针对友人"铜雀春情，金人秋泪，此恨凭谁雪"（邓剡《醉江月 · 驿中言别》）的心理，曾豪迈地宣称："江流如此，方来还有英杰"（文天祥《酹江月 · 和〈驿中言别〉》），对兴复事业有着乐观愿望。而谢枋得等人的活动，一度曾为这一愿望作了延伸。谢枋得在亡国后的十年里，以卖卜为生，有其深意。正如洪光基《挽谢叠山先生》中所说："后死十年应有待，轻生万里故非狂。"（《谢叠山先生文集》卷五附录）亡国后，谢枋得含辛茹苦，卖卜十年，复国之心不泯。如其《思亲诗》:“临行有恳慈心喜，再睹衣冠儿便归”“衣冠礼乐江东聚，此是痴儿奉母时”。又如《代贺宗臣正启》:“愿消西北之严凝，广布东南之温厚。扫清飙雾，见旧日之官仪；充满乾坤，贺今春之喜气。”当他被逼北行之际，朋友赠诗盈几，其中游古意诗云：“行藏自信床头易，卧病惟餐陇首薇。傥过宗周见离黍，几多新泪向残晖。”（游古意《赠叠山先生》）怀古伤今，悲不胜言。对此，谢枋得和道:“无志何劳悲庙黍（自注:《离黍》一诗忠矣，然略无兴周之志），得仁更不食山薇。儒冠有愧一厮养，何忍葵心对落晖。”（谢枋得《和游古意韵》）这几句，是一个爱国作家不甘心沉溺在悲愤的感情中，希望有所作为而发出的强烈呼声，是对所谓“离黍之悲”作出的全新解释，也是对当时整个时代的伤感心理的一种非议。

但是，如果说，那“手指红梅作杏花”的描写，还只是刚刚亡国的象征的话，那么，随着“北地人今已熟看”红梅（杨公远《红梅》）局面的出现，则标志着元朝建立的统治已经强大和巩固。因此，人们的匡复愿望，如果在亡国之初还具有现实意义的话，越往后，就愈成为一种幻想。这种幻想往往是很微弱的。虽然他们常责备自己“从容浮沉，与时周旋”（邓牧《代旌德观祭先贤文》），为自己不能兴亡继绝而惭愧，但他们却不敢将这一理想付诸实际的行动，只是从那偶尔发出的诸如“何日山河还正朔，汉人重睹旧衣冠”（王镃《时事》），“倘留心不死，嘘拂待春工”（林景熙《枯树》）的呼声中，我们能够感受到他们心底的热情。在他们的作品中，更多的是感慨“局败棋难著，愁多酒易中”（王镃《避乱柯岩，绿坡诸公以诗见寄》)，“天长地阔多网罗，南音渐少北语多，肉飞不起可奈何？行不得也哥哥！”（邓剡《鹧鸪词》）浓重的失望情绪，反映了他们身上的矛盾。他们不甘屈服，却又束手无策；他们满腔激愤，却又不得不压抑。林景熙的《久雨》很有代表性：“闭门荒草合，宿雨掩春华。西海无回日，东风几落花。雾冥猿自啸，荡冷雁犹家。谁是补天手，空怀炼石娲。”年去年来，几度落花。眼见“西海无回日”已成定局，可还是留恋过去的“春华”。那猿啸雁啼，凄清哀楚，使人增添了无穷烦恼。末二句，虽对兴复事业还寄予希望，格调却显得很低沉。这种难以排遣的夹杂着希望的悲愤，有着震慑人心的力量。

面对着惨酷的历史，人们抒发了强烈的故国之思，其中蕴含着的悲愤，与北宋南渡诸作家相比，显然更加强烈。这是因为，他们所经历的，是在汉族历史上第一次整体意义的亡国，他们已成为彻底的亡国奴，而且，并不存在任何具体的、现实的希望。然而，若是与其所经受的苦难相比，他们的反抗性却是太微弱了。关于这一点，如前所述，也许可以在整个时代对外关系的软弱中得到解释。

词别是一家

词是专门之学。所谓专门，大致上指其长短句的形式、富有音乐性的语言和具有特殊韵味的风格等方面。词本来是音乐文学，后来抒情性愈益增强，所以形成和诗既有共性又相疏离的特色。

关于词起源于何时，学术界至今仍然没有一致的看法。作为一种文体，“词”在唐五代经常被称为“曲子”或“曲子词”等，一直要到宋代，其辨体才真正展开。几乎和词的兴盛同步，对词学的探讨也开始展开。其中，有关词的起源问题一直是吸引词学研究的重要课题之一。总结自宋代以来的有关研究，词的起源，从长短句的外部特征说，可以追溯到《诗经》以及古乐府；从音乐的表现形式说，或谓出自古歌，或谓出自唐代声诗；从语言风格上说，则往往溯源于六朝乐府。以上论述多为传统文人的看法，但所描述的问题非常具体，至 20 世纪，在新的文学史观指导下，又有词起源于民间之说，虽然具有挑战性，不免失之笼统。如果说，燕乐作为这种新的歌辞形式的重要催生剂已经基本得到公认的话，那么，民间音乐当然也可以作为燕乐的重要补充。民间无疑是最具有创造力的空间，只是这不能被当成标签，到处乱贴。总的说来，经过20世纪众多词学家的讨论，目前关于词的起源，究竟与何种因素有关，还在争执不休，但大体的时间已经确定，即所谓隋唐之际，或者说是初唐。因为一种新的文体出现，虽然存在某些超前的因素，却也不能完全失去特定时空的规定性。

前人提到词，每有“诗庄词媚”或词为“艳科”的说法，以作为对词的特质的规范。这当然是对现有的文学遗产所作出的认识。但从理论上说，词的内涵和风格本不一定趋于这种定式。文学史上已经公认，中国诗歌的发展，由四言以至五言、七言或杂言，除了音乐、节奏等方面的原因外，与社会生活的繁复、心灵活动丰富需要有较为复杂多变的形式来加以表现不无关系。如关于五言诗的兴起，钟嵘《诗品序》说：“夫四言，文约意广，取效《风》《骚》，便可多得。每苦文繁而意少，故世罕习焉。五言居文词之要，是众作之有滋味者也，故云会于流俗。岂不以指事造形，穷情写物，最为详切者耶？”又游国恩等《中国文学史》第五章第一节《五言诗的起源》也指出：“汉初的四言诗本是继承《诗经》三百篇的形式，后来四言诗不能表达日益丰富的社会生活内容，作者才不得不突破旧形式，采用民歌的新形式来代替它。所以东汉初年便出现了文人创作的五言诗。……具体地说，五言句所包含的词和音节可以比四言句多，运用起来伸缩性也较大，所以在表达上确实更灵活更方便些。”从这个意义来看，词的长短句形式也应该更为适合愈益丰富多彩的社会生活，因而其内涵和风格也应该是多样的。道理很简单，长短句的节奏音声繁，变化多，而受着社会生活的影响，人们的心灵活动节奏也同样如此，二者正可以协调起来。事实也证明了这一点。20 世纪初，在敦煌莫高窟藏经石室中发现了“敦煌曲子词”，这是词学史上的一件划时代的大事。在这些主要是作于民间的词中，其内容有“边客游子之呻吟，忠臣义士之壮语，隐君子之怡情悦志，少年学子之热望与失望，以及佛子之赞颂，医生之歌诀”，还有敦煌人民反对外族统治阶级的剥削和压迫的壮烈歌声（王重民《敦煌曲子词集叙录》）。总之，所反映的社会生活面比较广泛。如我们所熟知的，文学艺术的源头往往和民间创作有关，其后才被文人们所发现和接受，并加以发扬光大。倘若按照词的这一初始形态往下走（一般地说，也应该如此），词的发展道路或许不会像现在文学史上所展示的那么曲折。

作为一种富有生命力的崭新的文学样式，词在从民间兴起不久，就引起了文人作家的注意和仿效。不过，早期的文人词在表现社会生活上尚未囿于一端。一直要到晚唐五代，即这一题材比较盛行之后，剪红刻翠之作才多了起来，并成为词坛的总体趋势，以至于渐渐形成创作的定格（参看缪钺《〈花间〉词平议》，载《灵溪词说》）。晚唐五代，一方面是社会矛盾的日益尖锐复杂，另一方面是一部分士大夫的偏安逸豫，流连光景。风雨飘摇中的醉生梦死，是当时社会的一个非常奇特的现象。而词在其初兴时，又只是一种为应歌而写的乐府新辞，它适应了士大夫们在这一方面的生活要求。加上当时唱词者以女子为主，词人在填词时往往取材于当前情事，于是就多叙写歌女的容貌、才艺以及词人与歌女的欢聚爱慕、伤离怨别之情，与此相应，其风格也就必然是清丽婉约、缠绵悱恻的。欧阳炯在《花间集序》中曾描写词在晚唐五代盛行时的背景："则有绮筵公子，绣幌佳人。递叶叶之花笺，文抽丽锦；举纤纤之玉指，按拍香檀。不无清绝之辞，用助妖娆之态。自南朝之宫体，扇北里之倡风。"这一段经常被后人引用的话说明，词在开始盛行时，是一种"宫体"和"娼风"的结合体，其内容和风格趋于香艳，正合乎本来的逻辑。

历史的积淀常常构成个人和集体无意识。由于词在其盛行时期多为狎妓宴饮的产物，由于后人在进行词的创作时把这一部分作品当作直接的接受和效仿对象（敦煌词一方面是因为其失传多年，另一方面，即使仍然传世，其艺术上的粗疏也不易引起文人的认同），所以，柔媚绮艳之词不仅在相当长的时期里成为词坛的主要创作取向，而且，在历代词作中，它都在数量上占据压倒的优势。李清照关于词的"别是一家"之说，正应该从这个层面去理解。

在李清照提出"别是一家"之前，北宋文坛上最重要的作家苏轼也曾有"自是一家"之说，这是他在创作出豪放词《江城子·密州出猎》之后写给友人的信中说出的观点。不过，苏轼的意思是他所创作的豪放词在当时的主流词坛上，可以别成一种风格，而李清照则是把词放在抒情文学传统中，认为词有其特殊的品质，带有辨体的性质。值得注意的是，苏轼的创作，在词里注入诗的因素，希望词也能像抒情诗一样，表现更为开阔的生活，这是一种出于诗词同源观点的尊体；而李清照在《词论》中批评许多词作其实只是"句读不葺之诗"，是站在词的文体特性立场上说的，也是一种尊体。这两种尊体，看起来似乎矛盾，其实涉及了词学发展的一些基本思路，因而也就不时在后世产生回响。事实上，尊体之说在词学史上一直在延续着。如果说，陈维崧、朱彝尊和张惠言诸人的学说，主要承袭了“自是一家”说的精神的话，则万树作《词律》、戈载作《词林正韵》，以及其他类似的探讨，则更多地从“别是一家”而来。宋代的词学探讨，已经基本决定了清代的词学精神，实则并不是所谓“豪放”“婉约”所能限制的，尽管后代往往根据明代张綖《诗余图谱》的看法，把“婉约”“豪放”二派作为词史发展的基本思路。但二者的关系究竟怎样理解，仍然可以进一步思考。

两宋是词的创作大盛的时代。两宋词坛，思潮多变，不仅豪放婉约，双向演进，而且彼此交叉，日渐繁复。词学观念也愈益体现出复杂性，即以所谓本色而言，从词体看，有传统定式；从作者看，又有个性思想之别。总体趋势是越来越文人化，越来越格律化，不过北宋和南宋仍然有区别。于是在词史上乃有南北宋之分，影响后世词学非浅。词家之有宋犹如诗家之有唐。其内在理路，亦如诗学中有宗唐宗宋之说，引导着明清的诗学建设；清词复兴中对南北宋的选择取舍，也是词学思潮流变的基本出发点。至于以四唐说比附宋词的发展，虽然古人已经开其端，是对宋词流变进一步重视的必然结果，但宋词中有音乐文学和文士文学比例消长的问题，并不能单纯从抒情诗的角度立论。这个问题在词乐失传的情况下，详细地辨析已有难度，不过这也说明简单作为抒情文本的局限性。总的说来，角度的多元和文类的沟通是基本趋势，因此，有不少问题的解决还期待着交叉与渗透，如音乐和文学，音韵学和文学等。

在词史上，词向诗（甚至还有文、赋等）的靠拢是一个非常明显的现象，不仅创作中不断增强诗的因素，理论上也不断借鉴诗学的成果，这在清代词学的建设中尤其明显。其中几个著名的流派群体，如阳羡词派的“存经存史”之说，浙西词派的“醇雅清空”之说，以及常州词派的“意内言外”“比兴寄托”之说等，无不打下诗学的烙印，而以常州派所立之论影响特别大。常州词派张惠言兄弟感于日益危殆之时局，希望文学能够有助于世道人心，于是编纂《词选》一书，提出向上一路，经过周济和谭献等的发挥和完善，终于形成在词学史上最有体系的理论，在近代词坛上发挥的作用尤其大。后来陈廷焯的“沉郁”说，况周颐的“重拙大”说，王国维的“境界”说等，某种程度上都是常州词派理论的进一步发展。而且，常州词派理论中产生了“作者之心未必然，读者之心何必不然”（谭献《复堂词话》）的阐释论，是对传统诗学一定的突破，具有重要的文学理论价值。理论和创作的不协调是文学史上经常出现的现象，但常州词派的理论在后世往往得到自觉的实践，只是如何看待有无寄托，以及寄托深浅，固然是诗学中的大问题，在词学中似乎更加难以具体把握。于是“比兴寄托”之说的局限性也理所当然引起人们的思索，不过怎样把问题说得更为透彻，还有非常大的探讨空间。

词是专门之学，虽有文体上的规定性，但所包容的范围非常大。20 世纪的词学大师夏承焘曾经为自己的词学研究拟出一些题目，择其要者列之如下：①年谱及编年事辑，如《词人年表》《词林补事》《词人地表》《词林索事》《宋词大事考》《宋词考事》《唐宋诗词系年总表》《唐宋金元词系年总谱》《唐宋金元词编年》等；②词学考证，如《词学讨源》《词例》《词乐考》《词学考》《词集名物考》《词史》《唐宋词史料丛札》《词学典》《词学志》《词学谱表》《词解典》《词调索引》等；③词集整理和词人研究，如《唐宋元词集提要》《唐宋词集分类统计表》《宋词通變》《苏辛词系》《辛词例》《陈其年词笺》等；④词选及普及读物，如《本色词选》《宋词比兴笺》《词最》《受宋诗影响的宋词选》《宋词绍骚编》《宋人滑稽词注解》等；⑤词谱、词话等，如《词苑续谈》《校注词苑丛谈》《词话丛话》《宋词主客图》《词谱三书索引》《词谱易读》等（陶然《规模宏阔　金针度人——记夏承焘未及成书的著述》）。这些，夏先生多没有来得及去做，但对今天的词学研究无疑有很大的启示。

从写情到思理

词史演进的一个角度

陆机在进行文学辨体时曾经说过："诗缘情而绮靡。"（《文赋》）从文学发展史来看，这确实是对诗之体性的一个准确说明，因此，一直以来，受到批评家的认可。广义说来，尽管词是诗的一种表现形态，若是以"缘情"的概念来衡量诗词，则明显可以看到，它更像是对词所下的定义。回顾诗的发展，进入其高峰时期的唐代以后，破体现象亦随之产生。由杜甫开其端，经过韩愈而大力提倡的以文为诗，至宋代而更加得到发展，导致了诗的创作方式更加丰富，如理趣、散文化、大肆铺张排比等。

诗中有理趣，至少陶渊明已肇其端，杜甫创作《白小》诸作，悲天悯人，止戮戒杀，为其作品别开生面。而宋代苏轼诸人更是以生动的理趣，推动了宋诗的建设，体现出宋诗的一个非常重要的面貌。他的《题西林壁》诸作，已经成为宋诗的重要代表。至于理学家朱熹诸人，当然也积极参与了这一建构，从而使得宋诗展示了全新的风采。不过，我们看词的发展，从其兴起的唐五代，到规模大盛的两宋，基本上都是沿着“缘情”（并不是说诗不是“缘情”的）的道路向前走。宋诗反映生活的面更加广阔，而词则似乎有着自觉的分工，境界局限在一个较小的范围。尽管有苏轼、辛弃疾诸人不断开疆拓土，大致趋势仍然如此。至于以词的形式来写理，则似乎离词的文体规定更远，因此，两宋时期，罕有所见。沿至元明，词学衰微，更无发展。

应该承认，就辨体而言，人们对诗的要求较宽，而对词的要求较严，因此，以词写理，即使在词学复兴的清代，人们虽然已经有了较为宏通的观念，但仍然谨守分际，很长时间不肯逾越。不过，即使如此，清初已经有人开始了尝试。如王夫之《卜算子·咏傀儡示从游诸子》：“也似带春愁，却倩何人说。更无半字与关心，吐出丁香舌。　红烛影摇风，斜映朦胧月。铅华谁辨假中真，皮下无些血。”王夫之是清初坚持志节的遗民，他的这首词咏傀儡，或许是暗讽那些出仕新朝者，全无定念，随风俯仰，但是广义上，一切任人摆布，失去自我者，皆可如是观。傀儡戏是一种传统的表演形式，台上的表演全由幕后操控，本来就可以由此对人生有所感发，以之入诗，原已有之，写入词中，仍觉别致。不过，此词毕竟还带有咏物寄托的意致，试看浙派后劲郭麐的《菩萨蛮·北固题壁》：“青天欲放江流去，青山欲截江流住。侬也替江愁，山山不断头。　片帆如鸟落，江住侬船泊。毕竟笑山孤，能留侬住无。”在“留”和“流”这一对同音字上做文章，可以启发读者无限的想象空间。比如，成就大事业之人，志存高远，孜孜追求，前程远大，生机无限，然而，前进道路上亦不免小人的挑唆阻隔，经历种种困境，只是前途是光明的，道路是曲折的，山山相连，欲阻江水奔流，仍然无法阻挡必然的趋势。虽然可能见仁见智，但这首词完全可以给我们这样的启发。从意象上说，或许受到辛弃疾“青山遮不住，毕竟东流去”（《菩萨蛮·书江西造口壁》）数句的影响，但辛词乃表示一种决心（对于辛弃疾这首词的“闻鹧鸪”，以往大约有两种理解：一种是表示失望，把鹧鸪的声音听成“行不得也哥哥”；另一种是表示决心，把鹧鸪的声音听成“但南不北”。本文取后一种理解），与郭词所指，仍有不同。

常州词派的开创者张惠言以词言理，又是别一种样貌。他享有大名的《水调歌头·春日赋示杨生子掞》五首，曾得到谭献的高度评价：“胸襟学问，酝酿喷薄而出，赋手文心，开倚声家未有之境。”（《箧中词》二）所谓“未有之境”，主要是联章而用赋法，使得其赋咏的主题得到大大的强化，而以大篇而谈理，应该也是一个方面。在这五首词中，既有对于岁月流逝、青春不再的悲慨（如第三首：疏帘卷春晓，蝴蝶忽飞来。游丝飞絮无绪，乱点碧云钗。肠断江南春思，黏着天涯残梦，剩有首重回），也有珍惜青春、及时努力的追求（如第二首：看到浮云过了，又恐堂堂岁月，一掷去如梭。劝子且秉烛，为驻好春过）；既有时光不居、功业难就的伤感（如第四首：今日非昨日，明日复何如。竭来真悔何事，不读十年书。为问东风吹老，几度枫江兰径，千里转平芜。寂寞斜阳外，渺渺正愁予），又有择善固执、坚守自振的情怀（如第五首：长镵白木柄，劚破一庭寒。三枝两枝生绿，位置小窗前。要使花颜四面，和着草心千朵，向我十分妍。何必兰与菊，生意总欣然）。

特别是第一首中诸句:“难道春花开落，更是春风来去，便了却韶华。花外春来路，芳草不曾遮。”写花开花落，乃是自然之常，花落无需伤感，因为第二年春天仍然会来，曾经的盛开所蕴含的春意，会永远存在。此处和前举郭麐之作相比，内蕴正可以互参。张惠言运用一个传统的主题，表达他对人生的体悟，形象之中含有哲理，以此教诲后学，也是一种创造。

尽管如此，以上这些作品仍然更多的是表现出一种理意，只是在强调某一个侧面，突出其中的某些理念，终究和传统的比兴寄托说有一定的关系。若说真正将词赋予形而上的意义，还要等到王国维来完成。

作为一个对于中西哲学都有着深入研究的学人，王国维将哲理的内涵引进词中，对他来说，是一个顺理成章的趋势，而且，似乎也是他有意的追求。王国维对自己所创作的词，有着强烈的自信，他曾经这样说:“近年嗜好之移于文学，亦有由焉，则填词之功是也。余之于词，虽所作尚不及百阕，然自南宋以后，除一二人外，尚未有能及余者，则平日之所自信也。虽比之五代北宋之大词人，余愧有所不如，然此等词人亦未始无不及余之处。”(《苕华词自序》)他的能够超越五代南北宋的作品，当然可能有若干方面，但关于形而上词的创作，显然是非常重要的一个部分。

在这些作品中，有的是用比较传统的方式来写，如《蝶恋花》:“百尺朱楼临大道。楼外轻雷，不间昏和晓。独倚阑干人窈窕。闲中数尽行人小。　　一霎车尘生树杪。陌上楼头，都向尘中老。薄晚西风吹雨到，明朝又是伤流潦。”楼上楼下，或窗里窗外的描写角度，在古典诗词里并不罕见，但是，王国维所建构的绾合双方的写法，由异而同，却表现了他所体认的人生大悲哀，即无论何人，都在奔波与等待中老去。被看的固然是悲剧，看人的何尝不是悲剧？从中可以看出他的人生观和哲学观。王国维是《红楼梦》研究的大家，《红楼梦》第一回有曲云："乱烘烘你方唱罢我登场，反认他乡是故乡。甚荒唐。到头来，都是为他人作嫁衣裳。"就可以和这首词互参。从表现手法上看，楼上楼下互易宾主，无疑体现了善于换位的敏感心灵，也开创了一种表现模式。现代诗人卞之琳有一首题为《断章》的诗："你在桥上看风景，看风景的人在楼上看你。明月装饰了你的窗子，你装饰了别人的梦。"似乎也可以从王国维这里找到渊源。

更值得提出的是他所创造的抒情方式，即善于以"造境"来表达某种理念。如《鹧鸪天》："阁道风飘五丈旗，层楼突兀与云齐。空余明月连钱列，不照红葩倒井披。　频摸索，且攀跻，千门万户是耶非。人间总是堪疑处，惟有兹疑不可疑。"叶嘉莹先生已经在《王国维及其文学批评》一文中指出，词中所描写的并不是实有之境，而是为了某种理念而造出来的。那么，王国维要表现的是什么呢？周策纵先生指出："盖静安所云攀跻摸索，尤具有《浮士德》'上穷碧落下黄泉'永远追求之意境。妙在不言所追寻者为何，故主题乃在永远追寻之本身。谓为永远者，盖'千门万户是耶非'，此一问题永无答案也。此种无尽追寻之意境，比静安自已所云古今之成大事业、大学问者必经过之三种境界，皆更高深。且人间事事堪疑，惟此之疑问之存在为不可疑，则此疑尤现其永恒与实在，于是兹疑益疑矣。"(《论王国维〈人间词〉》) 这一见解，能得词心。

与此相似的一首是《鹊桥仙》:“沉沉戍鼓，萧萧厩马，起视霜华满地。猛然记得别伊时，正今日、邮亭天气。　　北征车辙，南征归梦，知是调停无计。人间事事不堪凭，但除却无凭两字。”借咏唱情人之别，行人乘车向北，而归梦向南，二者难以调和，备感无奈，极写人生充满矛盾，永远无法把握的悲哀。试比较苏轼《泗州僧伽塔》:“我昔南行舟系汴，逆风三日沙吹面。舟人共劝祷灵塔，香火未收旗脚转。回头顷刻失长桥，却到龟山未朝饭。至人无心何厚薄，我自怀私欣所便。耕田欲雨刈欲晴，去得顺风来者怨。若使人人祷辄遂，造物应须日千变。今我身世两悠悠，去无所逐来无恋。得行固愿留不恶，每到有求神亦倦。退之旧云三百尺，澄观所营今已换。不嫌俗士污丹梯，一看云山绕淮甸。”其中的“耕田欲雨刈欲晴，去得顺风来者怨”二句，写人生中的矛盾，正是王国维的先声，但王国维最后所作的哲理性总结，却是苏轼也无法达到的深度。

词至晚清，哲理意味已经甚为自觉，如俞樾《金缕曲》一词，序云:“次女绣孙倚此咏落花，词意凄惋，有云:‘叹年华，我亦愁中老。’余谓少年人不宜作此，因广其意，亦成一阕。”词曰:“花信匆匆度。算春来、瞢腾一醉，绿阴如许。万紫千红飘零尽，凭仗东风送去。更不问、埋香何处。却笑痴儿真痴绝，感年华、写出伤心句。春去也，那能驻。　　浮生大抵无非寓。慢流连、鸣鸠乳燕，落花飞絮。毕竟韶华何尝老，休道春归太遽。看岁岁、朱颜犹故。我亦浮生蹉跎甚，坐花阴、未觉斜阳暮。凭彩笔，绾春住。”春去难驻，然年年岁岁，花仍然会开，所以，春天的精神永远存在。这种哲理，可以令我们想起晏殊的《浣溪沙》:“一曲新词酒一杯，去年天气旧亭台。夕阳西下几时回。　　无可奈何花落去，似曾相识燕归来。小园香径独徘徊。”（不过，大晏似是妙手偶成，仍赖解读）可以想起前引张惠言的《水调歌头》诸作，更可以和老人的名句“花落春仍在”互参（此句曾为曾国藩所赏，俞樾因名其居曰“春在堂”），可见以词言理，在当时已经不是偶然现象。王国维无疑是这一类创作的集大成者，因而，他也就进一步开拓了词的境界，为词的发展开辟了新的空间。

宋代词学一瞥

中国古代的文学批评有着非常独特的形态，其中的表现之一，就是创作本身也体现着文学的观念，需要认真体会和总结。从这个意义看，实则在词刚刚诞生的时候，就已经有了词学的观念了。不过，这一类的勾勒太过专门，因此，我们仍然主要从具有批评意义的文献中，来讨论词学发展的过程。

在词学发展史上，目前所能掌握的较早的具有批评意义的文献，是欧阳炯的《花间集序》。《花间集》是第一部词总集，在词的发展历史上有着非常重要的价值，同样，欧阳炯为《花间集》写的序，也具有开创先河的作用。这倒不是说欧阳炯在其中提出了什么石破天惊的词学理论，而是在于，他对词的创作形态的描述，一定程度上将词赋予了某种基调，并为后世许多人所认同。欧序中说：

> 镂玉雕琼，拟化工而迥巧；裁花剪叶，夺春艳以争鲜。是以唱云谣则金母词清，挹霞醴则穆王心醉。

> 名高《白雪》，声声而自合鸾歌；响遏行云，字字而偏谐凤律。《杨柳》《大堤》之句，乐府相传；《芙蓉》《曲渚》之篇，豪家自制。莫不争高门下，三千玳瑁之簪；竞富尊前，数十珊瑚之树。则有绮筵公子，绣幌佳人，递叶叶之花笺，文抽丽锦；举纤纤之玉指，拍按香檀。不无清绝之词，用助娇娆之态。

虽然只是描述了南朝以来的歌辞在酒宴歌席旁娱宾遣兴的状况，但这个场景，实则基本上也就是词在晚唐五代的发展情形，因此，在实际的阅读效果中，也就被赋予了纪实的性质，甚至更进一步作为词的一种创作惯性，即写美人和爱情。这种观念一直延续了很长时间，考虑到《花间集》的经典作用，欧阳炯的这段话无疑发挥了重要的影响。不过，晚唐五代显然还缺少比较明确的词学批评意识，因此，真正进入词学批评，还要等到宋代。

宋代是中国的文学批评逐渐走向自觉之时，在诗学上，出现了诗话，而在诗话出现不久，就出现了词话，可见宋词的发展，已经引起了批评家的关注。不过，最早的词话尚是附于诗话之中，没有取得独立，如欧阳修的《六一诗话》中，便有关于《霓裳曲》一调流变的考察，陈师道《后山诗话》也有几则论词之语，特别是记载苏轼“以诗为词”诸事，更是有着很大的影响力，以至于清代的李调元将其视为宋人词话之祖（《雨村词话》卷二：“宋人诗话甚多，未有著词话者，惟后山集中载……七条，是词话当自公始”）。至于集中以词话单行者，还要算北宋中期杨绘的《时贤本事曲子集》。这个集子原来规模不小，后来散佚了，今存赵万里所辑校者一卷，考其内容，多为词的本事，这是继承了欧阳修《六一诗话》“资闲谈”的功能，推展到了词的身上，只是很少带有评论的意味。这其实也是早期词话的一个共同特点，即使是较早以词话命名的著作——杨湜《古今词话》，也还是以附会作品故事为多。

北宋对词学的讨论，有两个观点值得特别提出来，一是苏轼的“自是一家”，一是李清照的“别是一家”。

历史的积淀常常构成个人和集体无意识。由于词在其盛行时期多为狎妓宴饮的产物，由于后人在进行词的创作时往往把这一部分作品当作直接的接受和效仿对象（敦煌词一方面是因为其长期不见于世，另一方面，即使不尘封在藏经洞中，其艺术上的粗疏也不易引起文人的认同），所以，柔媚绮艳之词在相当长的时期里成为词坛的主要创作取向。在北宋词史上，针对这一倾向进行改变的创作实践早已开始，而明确提出理论主张的要以苏轼为代表。宋神宗熙宁八年（1075），苏轼在创作出豪放词《江城子 · 密州出猎》之后写给友人的信中这样说：“近却颇作小词，虽无柳七郎风味，亦自是一家。”这个“自是一家”的观点，指的是他所创作的豪放词在当时的主流词坛上，可以别成一种风格。事实上，苏轼的创造并非仅仅是豪放词所能包括的，所以，从理论上看，这个“自是一家”所包容的范围还要更加广阔一些，无疑为词的进一步发展指出了新的方向。此后又过了一段时间，李清照写有《词论》，其中指出：“逮至本朝，礼乐文武大备，又涵养百余年，始有柳屯田永者，变旧声作新声，出《乐章集》，大得声称于世。虽协音律，而词语尘下。又有张子野、宋子京兄弟，沈唐、元绛、晁次膺辈继出，虽时时有妙语，而破碎何足名家。至晏元献、欧阳永叔、苏子瞻，学际天人，作为小歌词，直如酌蠡水于大海，然皆句读不葺之诗尔，又往往不协音律者。何邪？盖诗文分平侧，而歌词分五音，又分五声，又分六律，又分清浊轻重，且如近世所谓《声声慢》《雨中花》《喜迁莺》，既押平声韵，又押入声韵;《玉楼春》本押平声韵，又押上去声韵，又押入声。本押仄声韵，如押上声则协，如押入声则不可歌矣。王介甫、曾子固文章似西汉，若作一小歌词，则人必绝倒，不可读也。乃知别是一家，知之者少。”这是把词放在抒情文学传统中，认为词有其特殊的品质，带有辨体的性质。值得注意的是，苏轼的创作，在词里注入诗的因素，希望词也能像抒情诗一样，表现更为开阔的生活，这是一种尊体；而李清照在《词论》中批评许多词作其实只是“句读不葺之诗”，是站在词的文体特性立场上说话的，也是一种尊体。这两种尊体，看起来似乎矛盾，其实涉及了词学发展的一些基本思路，因而也就不时在后世产生回响。

总的来说，北宋词学家虽然提出了一些非常重要的问题，但其意见往往是非常零碎的，而发展到南宋，这种情况就有了很大的改变，出现了真正的词学专著，代表着词体的创作发展已经到达了一个相当的程度，因而需要进行理论的总结了。在这方面，首先要提到的就是王灼的《碧鸡漫志》。

《碧鸡漫志》的初稿完成于绍兴十五年（1145），定稿完成于绍兴十九年（1149），其中既有对北宋之前中国音乐文学历史的回顾，也有对北宋以来词坛创作，包括本事的记载，还有对一些词调的考证，体例上虽然还不是太纯，带有一点北宋诗话的杂记式特点，但是，形态还是比较完整的，特别是其中展示了这位批评家对词学理论的某些思考，值得特别关注。

《碧鸡漫志》中提出了不少有价值的观点，如关于词的起源，指出:“盖隋以来，今之所谓曲子者渐兴，至唐稍盛。今则繁声淫奏，殆不可数。古歌变为古乐府，古乐府变为今曲子，其本一也。”（卷一）这是从音乐发展的角度，讨论词的起源，而将其起点定为隋唐之际，是一个非常有影响的看法，为后代不少批评家所认同。又如关于音乐的雅郑之分，他认为“中正则雅，多哇则郑”（卷一），进而认为词体创作也要以雅作为标准，这对南宋雅词的追求，无疑具有指导意义。还有一点需要特别提出的，就是关于苏轼词风的评价，他并不同意李清照的批评，而是指出:“东坡先生以文章余事作诗，溢而作词曲，高处出神入天，平处尚临镜笑春，不顾侪辈。或曰:长短句中诗也。为此论者，乃是遭柳永野狐涎之毒。诗与乐府同出，岂当分异。”（卷二）“东坡先生非心醉于音律者，偶尔作歌，指出向上一路，新天下耳目，弄笔者始知自振。”（卷二）是则王灼虽重视音律，却又不惟音律，充分认识到苏轼革新词风的意义，因而也对后世产生了很大的影响。

南宋以来，词坛虽有辛弃疾率领辛派词人开疆拓土，为传统词风注入了许多新鲜因素，但是，总的倾向仍然偏重艺术技巧，偏重创作手法，当时的词学当然也与之互为表里，出现了不少专门探讨艺术的著作，其中最著者是张炎的《词源》和沈义父的《乐府指迷》。

在宋代，张炎的《词源》堪称最有理论性，最有系统性的词学著作，它也是中国词学史上第一部全面探讨词学理论的著作。张炎出身于世家，其祖、父都工于音律，家学渊源，自然也对他产生了重要影响，使他在这方面展示了过人的才华。《词源》对词的格调、立意、结构、字面、风格等方面都提出了要求，其集中表现，可以用“醇雅清空”四个字来说明。“雅”是张炎在《词源》卷下自序里提出的概念：“古之乐章、乐府、乐歌、乐曲，皆出于雅正。”在说明自己“用功逾四十年”之后，阐述自己作词话的动机：“今老矣！嗟古音之寥寥，虑雅词之落落，僭述管见，类列于后，与同志者商略之。”要做到雅，张炎提出了一系列的方法，如要协音律，所谓“按律制谱，以词定声”；要虑周详，所谓“作慢词，看是甚题目，先择曲名，然后命意。命意既了，思量头如何起，尾如何结，方始选韵，而后述曲。最是过片，不要断了曲意，须要承上接下”。其中最有特点的是提出“清空”“质实”说：“词要清空，不要质实。清空则古雅峭拔，质实则凝涩晦昧。姜白石词如野云孤飞，去留无迹；吴梦窗词如七宝楼台，眩人眼目，碎拆下来，不成片段。此清空、质实之说。”清代的沈祥龙在《论词随笔》中对“清空”有一段解释：“清者，不染尘埃之谓；空者，不著色相之谓。清则丽，空则灵，如月之曙，如气之秋。”这种解释当然太文学化了，但基本的意思还是可以理解，即词要写得自然舒展，不露痕迹，若有若无，似近似远，不能像吴文英的作品那样刻意雕琢，显得凝涩晦昧。这当然只是张炎自己的审美情趣，但是确实呼应了那个特定的时代，而且，也是对词的创作手法的一种明确的揭示，特别是拈出姜夔作为典范，树立了一个便于模仿的典型，因而不仅在思想上，而且在艺术上也能导向“醇雅”，能够为后学提供入门之路，所以才得到了词坛的极大呼应。

与张炎《词源》同期出现的，是沈义父的《乐府指迷》，二者有着相当的一致性，可以见出当时词坛的总体趋向。沈义父曾学词于吴文英，他在其《乐府指迷》中曾自述："余自幼好吟诗。壬寅秋，始识静翁于泽滨。癸卯，识梦窗。暇日相与倡酬，率多填词，因讲论作词之法。然后知词之作难于诗。"吴文英词学周邦彦，能够"变美成之面貌，而炼响于实"，所以，沈义父将周邦彦树为楷模，指出："凡作词，当以清真为主。盖清真最为知音，且无一点市井气。下字运意，皆有法度，往往自唐宋诸贤诗句中来，而不用经史中生硬字面，此所以为冠绝也。学者看词，当以周词集解为冠。"当是带有吴文英指授的影子。吴文英的不少词写得晦涩，那是达到一定程度后的追求，指导后学时就不一定如此。那么，具体地看，吴氏对他的传授，或者就是下面这些内容："音律欲其协，不协则成长短之诗；下字欲其雅，不雅则近乎缠令之体；用字不可太露，露则直突而无深长之味；发意不可太高，高则狂怪而失柔婉之意。"这正好可以铺展开来形容周邦彦。而以这四条为纲领，沈义父在《乐府指迷》中主要是谈具体的词法，类似于发源于唐、大盛于宋的一些诗格著作，因而也不妨将之称为"词格"。其中或谈题材，或谈韵律，或谈字面，都围绕着这个范畴。如"咏物，须时时提调，觉不可晓，须用一两件事印证方可。如清真咏梨花《水龙吟》，第三第四句，引用'樊川''露关'事。又'深闭门'及'一枝带雨'事。觉后段太宽，又用'玉容'事，方表得梨花。若全篇只说花之白，则是凡白花皆可用，如何见得是梨花"。"炼句下语，最是紧要，如说桃，不可直说破桃，须用‘红雨’‘刘郎’等字。如咏柳，不可直说破柳，须用‘章台’‘灞岸’等字。又咏书，如曰‘银钩空满’，便是书字了，不必更说书字。‘玉箸双垂’，便是泪了，不必更说泪。如‘绿云缭绕’，隐然髻发，‘困便湘竹’，分明是簟。正不必分晓，如教初学小儿，说破这是甚物事，方见妙处。往往浅学俗流，多不晓此妙用，指为不分晓，乃欲直捷说破，却是赚人与耍曲矣。如说情，不可太露。”“近世作词者，不晓音律，乃故为豪放不羁之语，遂借东坡、稼轩诸贤自诿。诸贤之词，固豪放矣，不豪放处，未尝不叶律也。如东坡之《哨遍》、杨花《水龙吟》，稼轩之《摸鱼儿》之类，则知诸贤非不能也。”这些看法，间有过甚其词之处，因此也引起后人的非议，如王国维就非常不满词用代字说。不过，如果将其理解为传授初学，使其尽快入门，则也不必责之过苛。

选本一向都是中国文学批评的重要载体之一，如果说，五代时出现的《花间集》基本上是对那个时代创作风貌的传达的话，那么到了南宋，选本就承担起更为明显的批评导向的功能，如当时出现了不少冠以“雅”字的词选，包括鲖阳居士《复雅歌词》、曾慥《乐府雅词》等，当然是词坛重雅之风的反映，同时也推动了词坛的创作之风。尤其值得提出的是，有些尝试颇具词史意义，如苏轼《卜算子》：“缺月挂疏桐，漏断人初静。时见幽人独往来，缥缈孤鸿影。　惊起却回头，有恨无人省。拣尽寒枝不肯栖，寂寞沙洲冷。”鲖阳居士评：“‘缺月’，刺明微也。‘漏断’，暗时也。‘幽人’，不得志也。‘独往来’，无助也。‘惊鸿’，贤人不安也。‘回头’，爱君不忘也。‘无人省’，君不察也。‘拣尽寒枝不肯栖’，不偷安于高位也。

‘寂寞沙洲冷’，非所安也。此词与《考槃》诗极相似。”以比兴寄托说词，虽然不无比附，但其思路影响后人甚大，特别在清代常州词派的词学阐释中，起到了重大作用。

宋代的回文词

回文是中国文学创作中的一种修辞手法，讲究语言的回环往复之趣。作为一种完整的艺术形式，它最早见于诗歌创作中。据朱存孝《回文类聚序》:“自苏伯玉妻《盘中诗》为肇端，窦滔妻作《璇玑图》而大备。”对这段话的前半部分，历来有争论，至于后半部分，则大致没有异议。璇玑图的故事是说，十六国时的前秦朝，苏惠的丈夫窦涛被苻坚派往襄阳，苏惠没有随行。别后非常思念，于是在锦缎上以文字绣出璇玑图，无论正读、反读、回环而读，都能成章，凡 800 多句，构成 200 多首诗，堪称奇观。窦涛见到此图，非常感动，于是派人将苏惠迎到襄阳。

璇玑图所展示的回文诗，是利用汉字的表意特性，精心调度安排，既体现了汉语灵活多变的构造，也挑战作者掌握语言的能力。出现之后，很快就引起了文人们的兴趣，相关创作，自晋代以来，代有名家。唐代的白居易、权德舆、陆龟蒙等，都时有佳篇，至于宋代，更是盛况空前，王安石、苏轼、黄庭坚等，都取得了很大成就，而且，更将之推及词的领域。

词是较为晚出的文体，一般认为，是在隋唐之际开始发端，至两宋达到高峰，而至清代重又复兴。词的回文，至北宋中期，才得到词坛的关注。宋代回文词的最早尝试者，从目前材料看，可能是刘攽，《苏轼文集》卷五十一《与李公择》十七首之十三："效刘十五体，作回文《菩萨蛮》四首寄去，为一笑。不知公曾见刘十五词否？刘造此样见寄，今失之矣。"所以，虽然现存者以苏轼之作为最早，但苏轼是模仿刘攽而作的。苏轼是文学创作的多面手，各体皆工。他个性好奇，喜欢体验新鲜事物，因此，看到从回文诗演变而来的回文词，也很有尝试的欲望，不写则已，一写就是 7 首。这 7 首作品，在回文词的发展中，有着重要的意义。

苏轼的回文词，较多的是选择《菩萨蛮》一调。比较著名的有他在黄州时写的《四时闺怨》，如其中的夏闺怨：

> 柳庭风静人眠昼。昼眠人静风庭柳。香汗薄衫凉。凉衫薄汗香。　　手红冰碗藕。藕碗冰红手。郎笑藕丝长。长丝藕笑郎。

上片写闺人昼眠，下片写醒后情思。庭院中，杨柳成荫，微风轻拂，虽是静卧，仍然汗透薄衫。午后睡起，炎热难当，于是盛一碗冰镇莲藕消暑。以丝谐思，原是古乐府常见的手法，此处先写情郎之调笑，接以长丝（思）笑郎，正见出题目的"怨"字。这首词描写的情境非常简单，但语言精美，特别是有效地发挥了回文的功能。如"柳庭"句的"风静"，回文后另组成"人静"，从而写出了不同的层次。"手红"二句从冰镇莲藕，发展为莲藕冰手。特别是最后两句，郎之笑与藕丝之笑，构成对比，表达了闺怨的意味。这一类的作品，后世作家往往视为经典，在不同的时代都有回响。

但苏轼创作的回文词，不仅全用《菩萨蛮》一调，也不仅都是写闺怨。如他有《西江月·咏梅》一词：

> 马趁香微路远，沙笼月淡烟斜。渡波清彻映妍华。倒绿枝寒凤挂。　　挂凤寒枝绿倒，华妍映彻清波。渡斜烟淡月笼沙。远路微香趁马。

将上片倒过来读，构成了下片。这首词跳出闺情，写物象物态，虽然并未展开铺叙，但显示了题材的扩大，实际上也是以诗为词在一个方面的体现。另外，从形式上来说，像《菩萨蛮》这样的调式，都还是五七言句式，只要在本句中注意词序即可，但《西江月》是六言和七言交错，回文时，就必须考虑到跨句配合，相对来说，难度更大一些，但也提供了更多的挑战和趣味，吸引人们进一步去探索。

由于苏轼、黄庭坚等人的创作，回文词在北宋引起了一定的关注。至南宋，仍然有一些作家对此感兴趣，如朱熹曾写有两首《菩萨蛮》，其中的一首题为《呈秀野》：

> 晚红飞尽春寒浅。浅寒春尽飞红晚。尊酒绿阴繁。繁阴绿酒尊。　　老仙诗句好。好句诗仙老。长恨送年芳。芳年送恨长。

写春晚微寒，落红乱飞，繁阴渐浓，把酒兴怀，写下好诗，送春而归。这是朋友间应酬的作品，其句子结构的方式和苏轼《菩萨蛮》如出一辙，可见其影响。

受到形式的制约，一般来说，回文词所写的内容往往比较单薄，因此，如果放在文学史发展的过程中，考察回文词的价值，形式上的特点是更值得提出来的。

回文词中，最常见的调式就是《菩萨蛮》,《回文类聚》卷四及其补遗所收回文词共 57 首，其中《菩萨蛮》就有 53 首。宋代作家写回文词固然多用《菩萨蛮》一调，宋代以后仍然如此。这不仅是由于回文词在最初呈现的作品就是苏轼创作的《菩萨蛮》，具有经典意义，同时也是因为《菩萨蛮》是比较简单的五七言句式，较为容易操作。在创作实践中，《菩萨蛮》回文多是两句互回，从苏轼开始到明清许多作家，莫不如此。明人马朴将此类称之为“逐句回文”，见于其《菩萨蛮 · 小轩秋夜，逐句回文》:“桂香飘处回风细。细风回处飘香桂。光月映茅堂。堂茅映月光。　夜凉新露下。下露新凉夜。清趣乐轩明。明轩乐趣清。”而清人祝尚矣则将这种写法称为“穿心回文体”，见于其《菩萨蛮 · 长夏客中遣兴。穿心回文体》:“客中愁度空长日。日长空度愁中客。槐影密侵阶。阶侵密影槐。　友情浓似酒。酒似浓情友。吟密度浓阴。阴浓度密吟。”

但是，大约从明代开始，就有作家开始对此有所不满，可能是认为这样写难度不够，而且意思也显得重复。《回文类聚》补遗中有丘浚《菩萨蛮 · 秋思》，序中说:“余幼时尝读朱文公、刘静修文集，俱有《菩萨蛮》回文词，惜其随句倒读，不免意复，不如至尾读回为妙。”他的词这样写:“纱窗碧透横斜影。月光寒处空帏冷。香炷细烧檀。沉沉正夜阑。　更深方困睡。倦极生愁思。含情感寂寥。何处别魂销。”其特点，不仅如他所说，可以“至尾读回”，而且，更重要的是一定程度上处理了“意复”的问题，使得作品能够显示出更多的区别。丘氏是明代前期的人，应该对后来汤显祖通体回环的写法有影响。对此，邹祇谟指出：“词有隐括体，有回文体。回文之就句回者，自东坡、晦庵始也。其通体回者，自义仍始也。”（《远志斋词衷》）如果考虑到丘氏的作品，则“自义仍始”之说或许不够严密，但是，汤显祖所作显然更为出色，这就是题为《织锦回文》的二首《菩萨蛮》：

梅题远色春归得。迟乡瘴岭过愁客。孤影雁回斜。峰寒逼翠纱。　　窗残抛锦室。织急还催织。锦官当日情。啼断望河明。

明河望断啼情日。当官锦织催还急。织室锦抛残。窗纱翠逼寒。　　峰斜回雁影。孤客愁过岭。瘴乡迟得归。春色远题梅。

无论从词意上看，还是从语言上看，都是后来居上。如前篇明写雁之孤，暗喻客之孤，而后篇实写客之孤，却以斜峰雁影，既烘托气氛，又暗作比喻，就写出了一定的变化。近人吴梅在其《词学通论》中说：“小虫机杼，义仍只工回文。”虽带贬义，也不能不承认其回文之“工”。至于晚明卓人月的《菩萨蛮·私欢迎送》：

春宵半吐蟾痕碧。斜窥愁脸如相忆。空捻两三弦。朱扉寂寂然。　　依期郎践约。悄步人疑鹤。小舒轻雾纱。妆袂蘸红霞。

霞红蘸袂妆纱雾。轻舒小鹤疑人步。悄约践郎期。依然寂寂扉。　　朱弦三两捻。空忆相如脸。愁窥斜碧痕。蟾吐半宵春。

前一首写月光清澈，春宵相思，弹琴寄意，苦苦等待，远处传来轻轻的脚步声，所思终于践约，顿时心花怒放。后一首写乍见遽别，恍惚中，脚步声仍在耳畔，犹疑所思尚在，惟门扉寂然，一片冷清。弹琴寄意，徒然想象，只见碧月西斜，备感辜负春光。“半宵春”云云，富有暗示意味，并非简单的语词回环，还有变化。如此回文，正如其词题所言，一写迎来，一写送往，很有巧思。这说明，到了晚明，对于传统的回文词，人们已经努力要变出更多花样来。

明代作家对于回文词的探索显然被清代作家注意到了，清人林企忠在其《菩萨蛮·早春阴雨》的小序中就指出：“尝见作者多将末联倒转，以调平仄，毕竟牵强。今皆以平仄二音之字填入，庶几合调。”他以自己的创作实践，表达了对汤显祖创造性的肯定。黄培则具体将汤显祖这种回文称为“全体回文”，黄词题为《菩萨蛮·秋兴，全体回文》，如下：

秋山一叶红楼晓。飞云白露凝寒草。秋去落花残。霜多觉梦寒。　　窗萝垂更绿。苔碧庭中玉。翠摇竹滴香。秋影落空塘。

回文为：

塘空落影秋香滴。竹摇翠玉中庭碧。苔绿更垂萝。窗寒梦觉多。　　霜残花落去。秋草寒凝露。白云飞晓楼。红叶一山秋。

总的来说，回文词一体在宋代只是浅尝辄止，但已经在一些特定的层面确立了创作范式，后人沿着这种范式进行创作，是传承，也有所发展。在词的创作中，苏轼在很多方面都有典范作用，从回文词的发展来看，也能够得到一定的证明。

若是从道德主义的观点出发，回文词这类作品的意义确实不大，但是，文学本来就有游戏和娱乐的意味，“语言文字游戏，是一种自我娱乐活动，也是学习语言文字的一种重要的方式，它说明我们去发现一种语言文字所潜藏着的巨大的表现能力”(王希杰《修辞学导论》)。“人对文字游戏的嗜好是天然的，普遍的。凡是艺术都带有几分游戏意味，诗歌也不例外。……就学理说，凡是真正能引起美感经验的东西都有若干艺术的价值。巧妙的文字游戏，以及技巧的娴熟的运用，可以引起一种美感，也是不容讳言的。”(朱光潜《诗论》第2章《诗与谐隐》)不仅如此，用回文进行创作，还是文人生活的一种方式，是对他们掌握语言和韵律的能力的认定，不少作家以之进行唱和，在既友好又带有竞争的氛围中互相交往，就是明显的例证，因而不能简单地看作是无聊的事情。

清词发展概述

20 世纪初期，王国维继焦循等人之后，在其《宋元戏曲史 · 自序》中提出了“一代有一代之文学”的观点，认为“唐之诗，宋之词”，“皆所谓一代之文学，而后世莫能继焉者也”。由此，不少学者遂持“宋后无词”的片面看法，对金元明清词非贬抑则忽略，以致造成了词史研究的许多断层。在一代文学大盛之后，必然会难以为继吗？金元明词姑不论，以清词而言，它能否上继两宋之盛，进而体现出全新的时代特色呢？回答是肯定的。前辈学人对此已有论说，如沈曾植《彊村校词图序》云：“词莫盛于宋，而宋人以词为小道，名之曰诗余。及我朝而其道大昌。”徐珂《清代词学概论》云：“词之学剥于明，至清而复之，直接南北两宋，可谓盛矣。”叶恭绰《清代词学之摄影》更具体分析了清词能上接两宋的原因，一在托体尊，二在审律严，并宣称：“我看清代文学多不能超越前代的。如曲不及明，更不及元；又诗也不及明朝，独词较好。可知清人对于词的研究深切了。由此看来，清词立在重要的地位，定无可疑的。”这些都并非无的放矢之言。

清代有将近三百年的历史，在这一段漫长的时间里，词也和其他文体一样，迭有起伏，展现出鲜明的时代特色。

清代初年，词坛衰势不减，受着晚明社会浮靡之风的影响，香艳言情之作盛行，作品多注重感官刺激。由邹祗谟、王士禛编纂，顺治十七年（1660）以后陆续刊刻的《倚声初集》，虽然内涵比较丰富，但写艳却是主要内容。当时，如彭孙遹的“怨粉”“啼香”（卢前《望江南·饮虹簃论清词百家》），还有“兰陵邹祗谟、董以宁分赋十六艳等词，云间宋征舆、李雯共拈春闺风雨诸什，遁浦沈雄亦合殳丹生、汪枚、张赤共仿玉台杂体”（《古今词话》引）等，都是那一词风的体现。

比较早的在创作和理论两个方面具有扭转词风意识的是陈子龙。严格说来，陈子龙是明人，而不是清人，因为他不仅主要生活在明代，仕宦在明代，而且是因抗清而献身的。但他确实是在入清以后，从事了他最有代表性的词学活动，因而成为清词复兴的开山人物。当年龙榆生选清词，以陈子龙为开头，却题为《近三百年来名家词选》，虽然承认陈子龙对复兴清词的作用，而不好定其朝代归属。现在，当我们淡漠了朝代之后，就可以理直气壮地在清朝的时间格局里讨论陈子龙了。

陈子龙论词重复古，推崇五代和北宋，其后学沈亿年更提出“五代犹有唐风，入宋便开元曲”（《支机集》凡例）的口号，虽然偏激，却渗透着时代的批判精神。不过，陈子龙虽然持论甚高，却未及完全实施，就因抗清而死，他的后期创作已经见出改革，如果天假以年，应该更有所作为。但他的名声甚隆，门人甚多，云间后学在时代的影响下，已经部分实践了他的理念。特别是和他并称“云间三子”的李雯和宋征舆二位，在词中体现了丰富复杂的内心活动，强化了词的表现功能。

在清词发展史上，遗民词人的贡献应该特别书上一笔。如今释澹归、王夫之、屈大均诸人，或雄放郁勃，或深沉哀惋，都是其中的佼佼者。词虽然大盛于两宋，但在全面表现人的感情方面，开拓仍嫌不够。如在宋元之际，社会发生了极大的变化，词的表现在力度上尚有欠缺。较之明清之际，首先，宋元之际的作家往往并不正面涉及易代之际的历史事件，而更多的是通过感怀身世抒发亡国之痛，或以比兴寄托的手法，流露于有意无意之间。词这一文体，在当时还没有像诗文那样，承担着时代风云直接见证的明确功能。至明清之际，则明显不同，许多作家都有意识地直接把动荡的局势和那些对于汉族知识分子来说是非常惨痛的事件写进词中。其次，在宋元之际，也有一代反思的文学，表现为整整一代作家对整整一个时代的思考。作品中，强烈的历史感，拉平了时间的跨度，将时代浓缩于文心之中，并以特有的方式，对历史作出了回应。但不管是回顾统治者文恬武嬉之习，还是声讨贾似道祸国之罪，有关内容多是由诗文承担的。至明清之际，词人多具与现实有着密切关系的历史感，即由于现实政治的影响而对历史所产生的共鸣，所进行的思考和反省。再次，在易代之时，许多遗民奉行不合作的态度，或遁迹田园，或啸傲山林，很容易与老庄思想产生共鸣。但宋元之际的有关作品，主要是追求一种精神的自我完善，希望在清静的“世外”，忘掉现实的痛苦。而在明清之际，虽然同样对老庄（主要是庄子）思想别有会心，但相当一批作家却更为注意其眼冷心热的一面，因而挖掘了其中的激愤，带有独特的个人体验。

清初有几个创作群体构成了一定的声势，对扭转词风起到了重要作用，值得引起注意。一是西泠（杭州）词人群，代表人物是张丹、毛先舒、丁澎、沈谦等。这些人多为陈子龙门生，作品虽仍不免习染早期云间之风，但已更多打上了时代的烙印。这一群体的活动区域大致相同，创作上却各有特点，其中尤以丁澎成就为高。西泠实际上只是一个相对的地域概念，其辐射面包括周边地区。二是柳洲（嘉善）词人群，代表人物有曹尔堪、魏学渠、钱继章等，其中曹尔堪在当时尤有盛名，词学陆游、姜夔、辛弃疾诸人，既有豪健之笔，又有瘦硬之调。三是广陵（扬州）词人群，代表人物有王士禛、邹祗谟、彭孙遹等，这个群体聚集于风流侧艳之地，所写亦多风流侧艳之词，置于清词史上，创辟本不够大，但其近绍大樽，远承《花间》，具有正本清源的动机，而阮亭诸人皆一代才人，海内闻名，亦推动了词学风气的传扬。

虽然在中国历史上，文化中心的总的趋势是逐渐南移，清词发展的初期乃至在以后相当长的时间里，南方也是诸派纷呈，丰富多彩，但京城作为政治文化的中心，对于扭转文学风气，历来有着不可忽视的作用。明清之际的政治局势以及当时士人的出处，有着非常复杂的情况，无法单一划定，对于词风发展起到重要影响作用的，也不尽是激烈抗清之人。龚鼎孳累官至礼部尚书，梁清标累官至尚书大学士，在当时都是举足轻重的人物。他们不仅对一些抗清志士多有护持，对晚辈学人每加提携，而且亲自参加到具有群体活动性质的唱和中去，如当时影响遍及大江南北的秋水轩唱和，二人即为主要的参加者和重要的推动者，对康熙年间带有更深意蕴的词风，尤其是呼应稼轩词风的形成，起到了重大作用（对此，严迪昌《清词史》第三章《百派回流、词风胚变中的南北词坛（下）》有具体描述）。同时，由辛派词风的悲慨到浙西清正词风的建立，递嬗互动之迹也在京城有明显表现，周在浚和卓回在编纂《词汇》一书中的争论，可以视为一个侧面的反映。

清初词坛，总的来说，还处于一个派别纷繁，杂说间出，不断选择的过程中。这一状况，到了康熙年间，由于社会政治的发展，也由于词学上的不断反思，加上创作观念的成熟，终于告一段落，而清词的发展也就迎来了它的兴盛时期，其主要标志是出现了几个成熟的流派和一批创作成就甚高的作家。

阳羡词派是以阳羡（今江苏宜兴）一邑词人为主要力量，以陈维崧为领袖的一个创作群体。虽然区域特点非常明显，但总体上却表现出相当的开放性，因而产生了重大的影响。领袖人物陈维崧的创作才华横溢，格局阔大，内涵丰富，融苏轼、辛弃疾词风为一体而又不为所限。诸家创作在内容上进一步突破传统观念，更加贴近社会现实生活，尤其注重表现与民生疾苦密切相关的重大时事；在理论上则大胆从事探讨，推尊词体，提出选词亦可以存经存史的观念。不仅如此，还既重视词心之深微，也重视格律之精严，万树《词律》之作为阳羡词人群作出厚重的铺垫。这些，都在清词发展史上有着重大意义，也产生了积极的影响。阳羡词人，除陈维崧外，著名者尚有任绳隗、史惟圆、曹亮武、蒋景祁等。

浙西词派与阳羡词派大约同时而稍后，是一个以朱彝尊为领袖，以浙西诸家为基本力量，阵容却远远不为那一地域所限的词人群体。朱彝尊在曹溶的影响下，编纂《词综》一书，廓清词坛流弊，树立创作正则，推尊南宋姜夔、张炎诸人，提倡醇雅清空之风，一时影响遍及大江南北。其本人的创作，初沿晚明余习，继而宕开格局，大胆革新，艳词真挚清新，不落窠臼，咏物词穷形尽相，刻画深微，怀古词忧愤苍凉，思致微婉，均为一时翘楚。与朱彝尊并称为浙西六家的词人，也都各有兼擅，如李良年的情韵深挚，李符的言近旨远，沈皞日的蹊径独辟，沈岸登的丹青笔墨，龚翔麟的淡远空灵，都各有特点。此外，与朱彝尊合纂《词综》的汪森，在理论上颇有建树，对浙西词风的形成，也有较大的贡献。

与阳羡、浙西二派同时尚有一些创作成就突出但却不属于二派的作家，择其尤者，有曹贞吉、纳兰性德、顾贞观等人。曹贞吉为“金台十子”之一，其词风华掩映，寄托遥深，是清代初年的词别集唯一收入《四库全书》者，咏物怀古之作尤称擅场。纳兰性德家属正黄旗，是权臣明珠之子，作为康熙皇帝的一等侍卫，其地位非常尊贵，词风却凄艳哀婉，所写悼亡词感情深挚，边塞词则堂庑甚大，均迥然特出时流，不愧满洲第一大词人之称。顾贞观与陈维崧、朱彝尊齐名，但词学取向并不相同。他曾明确表示对朱彝尊词学主张的异议，强调不拘一格，自出机杼。其创作大略能够实践其理论，独抒性灵，不为前人所牢笼，《金缕曲》二首是以词代书，远寄谪戍宁古塔吴兆骞之作，堪称词中创格，尤为后世所称道。清代词坛不名一派却自称面目者甚多，此三家可谓最早开风气者。

阳羡词派自陈维崧下世后，逐渐衰歇，后继无人，而浙西词派却继续发展，至厉鹗，又进入了一个新的阶段。厉鹗一生孤寒，长期坐馆于扬州马氏小玲珑山馆，遍读群籍，勤于撰作，著述宏富，词风学习姜夔，深得其神，以幽隽之笔，写出了雅士的追求。其词善于通过表现特定区域的山水来写人物感情，通过写历史人物来营造氛围，通过景物描写来渲染宁静清寂之境，都表现出特定的美学感受。他的咏物词承朱彝尊而来，更加着力追求穷形尽相，见出才力的富赡。经过厉鹗的努力，浙西词派更有进境，终于形成“家白石而户梅溪”的盛况。不过，厉鹗后学往往片面接受他的影响，只知一味逞才力，用僻典，未免性灵不扬，流于形式。但浙派词人仍有成就较为突出者，如苏州地区的“吴中七子”：王昶、王鸣盛、吴泰来、钱大昕、赵文哲、曹仁虎、黄文莲，皆以学问而名家，而于词学亦深造其境。其中王昶先后编纂了《琴画楼词钞》《明词综》《国朝词综》和《国朝词综二集》等词总集，有大功于词学建设。其自撰作则雍容典雅，尤善表现盛世气象。七子中另一成就突出者是赵文哲，其词长于抒情，写得清新圆转，富有韵致，在浙派中堪称别调。其后，虽有吴锡麒、郭麐等人以流利清虚之笔救浙派滞重之弊，终因才力不足，加之时代要求已变，所以，浙西一派终于渐入末路。但某些词家仍然不断努力，如有所谓“后吴中七子”之称的朱绶、沈传桂、沈彦曾、戈载、吴嘉洤、王嘉禄、陈彬华，虽然创作上不够灵动，但像戈载提倡音律之学，作《词林正韵》，要求协律，并以之指导自己的创作，无疑也是推尊词体的一种举措，并不能因为创作实践的板滞而否定其改革的用心。

嘉道之际，清政府内忧外患不断加剧，有识之士无不为之焦虑，并期待有所变革，学术思想也随之发生了变化，常州词派正是在这时应运而生，使得清代词学进入了一个新的发展阶段。

常州词派的开创者是张惠言，他于嘉庆二年在歙县金榜家坐馆时，和其弟张琦合编了《词选》一书，表达了他的词学思想。《词选》序中明确提出推尊词体的观念，阐发“意内言外”之旨，强调比兴寄托之意，要求词能够“极命风谣里巷男女哀乐，以道贤人君子幽约怨悱不能自言之情”，因而提升了词的地位，使其更进一步向传统抒情诗靠拢。张惠言本人的创作则取法苏轼诸人，写得疏朗浑雅，富有情韵，具见胸襟学问，把“学人之词”一路推向了新的境界。《词选》附录有左辅、恽敬、李兆洛、钱继重、丁履恒、陆继辂、金式玉、郑抡元等人的词，这些人或与张氏兄弟同邑，或籍歙县，可以视为体现张惠言词学见解的最早一批作家，他们的作品虽然风格各异，但重意旨内蕴却为其所同。不过，张惠言虽然开创了词学的新境界，毕竟是堂奥初开，理论建构还不够周延。漫长词史中只选作品 116 首，去取固然非常谨严，但众多佳作被摈于其外，取径未免过狭；而为了“从头做起”，选取温庭筠词作为比兴寄托的样板，分析之中，也难免牵强附会。这些，都有待于常州后学周济、谭献等人为之弥补。

周济是张惠言外甥，同时也是女婿的董士锡的朋友。他学词于董，自然与张惠言深有渊源。他不仅继承了张惠言的词学理论精髓，而且予以全面发挥。第一，张惠言已言及词的社会内容，周济则作了更详细的阐述，认为词可以发表政治见解，可以反映社会危机，可以表现民生疾苦，可以增强道德品格，明确指出词具有反映重大社会内容的功能。第二，张惠言一再强调比兴寄托虽然是为了推尊词体，但往往过于胶执，难免深文罗织之弊。周济则比较圆通地提出，“初学词求有寄托”，“既成格调求无寄托”；“词非寄托不入，专寄托不出”。(《介存斋论词杂著》) 他从作者和读者两个方面论述特定的创作情境和审美感受，是对比兴寄托的更为通达的见解。第三，《词选》虽然陈义甚高，却选词太严，未能充分体现一个批评家所应该具有的对异量之美的欣赏。周济选有《词辨》和《宋四家词选》，不离常州词派的基本精神，却又拓展了词的内容和路数，无疑是对张《选》的修正。另外，对张惠言所忽略的柳永和吴文英，一则给予有选择的肯定，一则给予较高的地位，而对辛弃疾也作出了较高的评价。这些，都是对《词选》的发展。较之张惠言，周济的另一点发展是为后学广泛开示了学词的门径，即“问涂碧山，历梦窗、稼轩，以还清真之浑化”，碧山（王沂孙）格高，梦窗（吴文英）、稼轩（辛弃疾）适可体现异量之美，风格互补，而清真（周邦彦）则以勾勒而见浑成。这是一条由南（宋）而北（宋）的路，也是一条鼓励后天勤奋用功的路，因而既具有导向性，又具有可操作性。

谭献于周济可算是学生辈，他承接周济的学说，又作了一定的发挥，提出“作者之用心未必然，而读者之用心何必不然”的观点，认为这样就能“言思拟议之穷，而喜怒哀乐之相发，向之未有得于诗者，今遂有得于词”(《〈复堂词录〉序》)。从创作和赏析两方面立言，为抬高词的地位，指出词通于《诗》；为显示词的特色，又指出词异于诗。其观点较之前人显然更为融通（沈祖棻《清代词论家的比兴说》）。谭献还专门编纂《箧中词》一书，选录清人词近千首，以同朝代之人的创作实践来印证张惠言、周济的词学理论，用心既良苦，影响亦深远，终于使得常州词派的理论以全面而成熟的形态为世人所接受。至于其本人的创作，长调有意味，小令有情韵，较之周济，似尚胜一筹。

早在明清之际，一批经历了重大社会政治变故的词人就以自己的词笔记录了许多与家国兴亡密切相关的史事，在清代不断推尊词体的风潮中，这一传统被那些最敏感的理论家所关注，并根据具体情形，做出符合时代的发挥。在清代初年诡谲变幻的政治风云中，阳羡词派首先倡导“存经存史”之说，把原来普遍被认为是“小道”的词提到经史的高度去加以认识，进一步加强了词的表现力。经过常州词派在不同层面的阐发，这一观念更加深入人心，而且，在内忧外患不断加剧的历史环境中，成为不少作家创作的指导思想。邓廷桢和林则徐这两位封疆大吏在鸦片战争前后所写的和这场战争密切相关的作品，或慷慨精爽，或沉郁悲凉，从一个侧面反映了抗拒列强的心声。龚自珍以《公羊》学精神注入词中，《庚子雅词》多见微言大义，寄托深至，哀乐无端。太平天国战争的爆发，使得词坛又一次经历重大世变。据现在掌握的资料，当时至少有一百多个词人对这场战争进行了描写，可以大大弥补阿英《鸦片战争文学集》的不足。其中蒋春霖叙写金陵围城的真切，薛时雨描述杭州城破的凄惨，都堪与史著比观。还有赵起、许宗衡、江顺诒等，作品深浅不一，内容也各有区别，但有意识地以史事入词则为其所同。鸦片战争以后，列强对中国加紧了侵略，爱国志士无不更为深切地感受到了这个几千年来从未有过之变局，因而更加激发了创作热情，为中国近代史增添了浓墨重彩的一笔，词的表现范围也更加得到扩大。张景祁之写中法之战以及台湾诸事，叶衍兰之写甲午海战以及当权者误国诸事，王鹏运、朱孝臧等写八国联军攻入北京以及前后诸事，均在继承前代传统的基础上有所创新，为清词的发展注入了新鲜元素。经过众多词人的努力，清词终于可以无愧“词史”之称，真正开辟了倚红偎翠之外的康庄大道。

史家论词，有晚清四家之说，即王鹏运、朱孝臧、郑文焯、况周颐，以为代表晚清词创作的最高境界，且为清词发展作一结穴。从词史发展来看，王氏等四人确为非常重要之作家，但他们的作用，又不当仅从创作上看，尽管创作是非常重要的方面。作为对词学观念的进一步提升，他们的贡献还在于从另一方面把词学纳入传统的经史之学中，即广泛从事词籍校勘，从而和“存经存史”之说殊途同归，共同支撑了现代词学观念的最终确立。关于词的传播，自清初朱彝尊就感叹词坛缺乏合适的本子以供后学学习，因而编纂《词综》，以悬起正宗鹄的。但真正以传统经史校勘之学的方法来对待词学的，是晚清诸子，尤以晚清四家为代表，其中又以王、朱二人为最。如王鹏运校勘的《四印斋所刻词》共刻印词集 51 种，朱孝臧的《彊村丛书》更是篇帙浩繁。校勘的目的当然并不仅仅是改正某些字句，提供权威的版本，更多是昭示一种态度，以引起更多人对词的重视。事实上，词的校勘之学的兴盛确实引导了词风。例如，王鹏运、朱孝臧和郑文焯都参与其中的对吴文英词的校勘，就直接鼓荡了晚清词坛梦窗词风的流行。

清词兴盛的一个重要方面表现在女性的创作上。女性写词，自宋代李清照和朱淑真以来，代不乏人，至晚明已经蔚为大观，而清朝尤盛。胡文楷《历代妇女著作考》记载明清女作家三千多人，其中大半在清，不少人多以词更为擅长。徐乃昌所辑《小檀栾室汇刻闺秀词》，虽然号称通代，清人却占绝大部分。清代女性词较之前代，首先，题材大大拓展。清初徐灿在明朝亡国之后，所写感怀之作，融时代变迁与个人生活为一体，成为遗民词中富有特色的部分。沈善宝所写反映鸦片战争的作品，昭示了女性生活空间的进一步扩大。其次，风格更加多样。清代女性词在风格上的最明显的改变，是豪放悲慨之作的大量出现，不少作家喜欢用《满江红》和《金缕曲》等调，表达心头郁闷，抒发胸中豪情，不再完全被以前的传统所限制，这在吴藻、秋瑾诸家作品中最有明确体现。同时，词中也从不同侧面更加细腻地说出了作家的声音，把女性的日常生活再现在作品里，提供了更为广泛的了解当时社会的角度，特别是顾春的词作，写得真切动人，不愧满族第一女词人之称。第三，表现手法更加丰富多样，包括角度的翻新，层次的递进，意蕴的转换等，其中针对词史上公认为女性创作典范的李清照所作的学习或颠覆，以其对众多女作家的吸引，以及表现出的令人赞叹的创作量，尤其成为清代女性创作中的独特景观。清代女性作家的群体活动也是一个鲜明的特色。一方面，爱好相同的女作家经常相聚谈艺，诗笺往返，迭相倡和，有时更结为诗社、词社，如蕉园七子、吴中十子等；另一方面，家族性的文学活动非常普遍，湘潭郭氏、泰州仲氏、武进庄氏、阳湖张氏等，皆为其中所尤著者。而男性文人的参与，或者如袁枚、陈文述两个女弟子群体的活动形态，或者如家族内部父女、夫妻、母子、姊弟间的酬唱，对创作风气的形成颇有推动。清代女性创作的兴盛无疑反映了社会的变化。贺双卿是乾隆年间金坛才子史震林《西清散记》中的人物，德、色、才、情，四美兼具。民国以来，对其真伪，向有争论。但是，一个农妇，不仅能写出如此清丽之作，而且和男性文人能够具有如此奇特的接触，如果这个人物是真的，则说明江南社会中的女性观念确实发生了重大变化；如果是史震林所杜撰出来的，则说明当时的男性文人需要创造这样的理想，仍然表现了社会文化观念的变化。

从文学史的角度来看，词是一种已经经历了漫长发展的文体，但到了清代，被创作旺盛的词人们接过来，又使得这一文体开出了“老树新花”。总的说来，清代词人往往充满自信，他们要求在唐宋之外，还能宕开一境，这种心态，或许比不少同时代的诗人要积极。这一点，是我们学习和研究清词所应该谨记的。

漫说清代词学

词体创作，经历元明的衰落之后，至清代而呈现复兴之势，词学亦随之出现了繁荣景象，与此前相比，达到了最兴盛的局面。

1. 词话之学

词话这种传统的批评方式，自宋代产生之后，发展到清代，达到了鼎盛。即使从数量上来看，清代的词话之多也是前代所不可比肩的。据唐圭璋《词话丛编》所统计，该书所收85种词话，其中51种为清人所撰，另有17种，在广义上也可以归入清人词话。事实上，除此之外，清人词话还有大量遗珠，近来有学者增补唐著，可见其数量惊人。清初词话尚比较随意，王士禛《花草蒙拾》、邹祗谟《远志斋词衷》等都是强调神韵和本色，偏于婉约词风，虽然在理论上没有什么特别贡献，但由于他们词坛地位的特殊性，仍然具有较大的影响。某些观点，如论诗词曲分界："或问诗词词曲分界，予曰：'无可奈何花落去，似曾相识雁归来'，定非香奁诗；'良辰美景奈何天，赏心乐事谁家院'，定非草堂词也。”明确提出辨体意识，是清初词学的一个重要组成部分。另外，毛奇龄《西河词话》也较有价值，曾被蒋景祁誉为“词学宗师”（《瑶华集》）。《四库全书》之“词曲类”共收清人词话两种，分别是毛奇龄的《西河词话》与徐釚的《词苑丛谈》，徐著尚属汇编性质，故就原创性而言，《四库全书》所收清代个人词话仅《西河词话》一种。其原因，见于《四库全书总目·西河词话提要》：“奇龄填词之功较深于诗，……其论沈去矜词韵一条，尤为精核；论辛弃疾、蒋捷为别调，亦深明源委。”嘉庆以后，词话发展进入一个新阶段，出现了百花齐放的局面。其中周济、谭献等发扬张惠言的理论，阐述比兴寄托之说，如周济《介存斋论词杂著》中提出：“初学词求空，空则灵气往来。既成格调求实，实则精力弥满。初学词求有寄托，有寄托则表里相宣，斐然成章。既成格调求无寄托，无寄托则指事类情，仁者见仁，知者见知。北宋词，下者在南宋下，以其不能空，且不知寄托也；高者在南宋上，以其能实，且能无寄托也。”谭献《复堂词话》也说：“侧出其言，旁通其情，触类以感，充类以尽，甚且作者之用心未必然，读者之用心何必不然。”都使得张惠言的理论进一步圆融。“词史”的理论，陈维崧、周济等人都谈过，至谢章铤又发展到一个新的阶段。他在评赵起词时说：“予尝谓词与诗同体，粤乱以来，作诗者多，而词颇少见。是当以杜之《北征》《诸将》《陈陶斜》，白之《秦中吟》之法运入减偷，则诗史之外，蔚为词史，不亦词场之大观欤。……夫词之源为乐府，乐府正多纪事之篇。词之流为曲子，曲子亦有传奇之作。谁谓长短句之中，不足以抑扬时局哉。”（《赌棋山庄词话续编》卷三）所以，词应当像杜诗一样，敢于“拈大题目”，“出大意义”。陈廷焯《白雨斋词话》提出“沉郁”说：“所谓沉郁者，意在笔先，神余言外。写怨夫思妇之怀，寓孽子孤臣之感。凡交情之冷淡，身世之飘零，皆可于一草一木发之。而发之又必若隐若见，欲露不露，反复缠绵，终不许一语道破。匪独体格之高，亦见性情之厚。”（卷一）以深刻的思想性作为出发点，以比兴寄托作为表情达意的形式，以“欲露不露，反复缠绵”作为沟通主客体的审美体验，以温厚忠爱作为全部创作活动的指归。还有况周颐在《蕙风词话》卷二中提出的“重拙大”说，并认为，“词有穆之一境，静而兼厚、重、大也”，以此去衡量“词境”和“词心”。至于王国维在《人间词话》提出“境界”说：“词以境界为最上。有境界则自成高格，自有名句。”这一观念及其相关的阐释，作为终结中国古典词学、开创中国现代词学的重要组成部分，已经为人们所公认。从以上的简单轨迹可以看出，词话的发展越来越成熟，所提出的见解越来越具有理论意义，标志着词话已经彻底具有了独立的批评论著性质。

2. 编纂之学

选本是中国文学批评的特殊形式，清代之前，词选的数量不多，带有鲜明批评意识者，更是不够。进入清代以来，则有了突飞猛进的发展，不仅数量增加（据不完全统计，在 130 种以上），而且种类也更加丰富了，有通代词选，如《词综》；有断代词选，如《宋四家词选》；有专题词选，如《同情集词选》；有郡邑词选，如《柳州词选》；有女性词选，如《众香词》。特别是出现了大量的当代词选，著名的如《瑶华集》《箧中词》等。清代词选的发展，也和清词的发展一样，是两头大，中间小。清初出现了不少著名词选，如邹祗谟和王士禛合选的《倚声初集》，总结了明末以来的词坛风气，选录了若干词谱词话，堪称一部比较齐备的清初当代词选。而且，邹、王二人偕同其他友人，还为这部词选作了不少评语，也开了风气。顾贞观和纳兰性德合选的《今词初集》，反映了清初词坛的基本生态，对以陈子龙为代表的云间词派在清词复兴中的作用，尤有特别的强调。同时，它也对当时京师词坛的状况作了反映，体现了对词学活动在转变风气中作用的重视。二位编者在流派纷起的大环境中，坚持抒发性灵，不名一派，体现出比较鲜明的特色。蒋景祁《瑶华集》堪称清初当代词选中的空前巨制，没有门户之见，将当时的名家，尽行收录，体现出兼容并包的思想，也能从中看到当时词坛的丰富性。同时，其大量选录长调词，也是对当时词坛走向的一个具体反映。在通代词选方面，最著名的是朱彝尊等所选之《词综》，该书选录由唐至元词人 650 多家，词作 2250 多首，“以醇雅为宗”，推尊姜夔，认为“词至南宋始极其工，至宋季而始极其变，姜尧章氏最为杰出”(《词综・发凡》)，意在纠正明词的流弊，对浙西词派的兴起和发展，起到了重要的作用。张惠言的《词选》是常州词派形成的纲领性文献，其中拈出的比兴寄托之说，引导着常州词派的发展方向。后来周济的《宋四家词选》、谭献的《箧中词》等，都继承张惠言的理论，而又从不同方面有所发展，对当时词风的转变，有着重要的意义。清代也有一些成就突出的词总集，同样对清代词学的建构，起到了不可忽视的作用。如清初孙默编纂《国朝名家诗余》，选入当时著名词人凡十七家，刊刻行世，不仅可觇一时词坛之盛，而且推动了创作风气。这一风气延续到近人陈乃乾，编出《清名家词》，虽然所收词集有时并非完帙，但汇录了清代著名词人百余家，人各成集，堪称有史以来规模最大的一次对清词的汇辑，对于展示清代词学的面貌，有着重要的价值。

3. 校勘之学

词籍校勘，清代以前涉及很少，主要是因为体格卑下，不被正统文人重视。清初朱彝尊编《词综》，虽是选本，仍然努力搜集各种不同版本加以对校，即如张炎词，他就至少搜集了4种版本，如其《词综・发凡》所说："至张叔夏词集，晋贤所购，合之牧仲员外、雪客上舍所抄，暨常熟吴氏《百家词》本，较对无异，以为完书。"但是，他仍然感到惭愧，因为"吴门钱进士宫声相遇都亭，谓家有藏本，乃陶南村手书，多至三百阕。则予所见，犹未及半，漏万之讥，殆不免矣"。这就说明，清初以来，为了提高词的地位，人们已开始将传统的治学之法运用到治词之中，这种现象，至清末发展到极致。王鹏运和朱孝臧合校梦窗词，创立了词籍校勘之学，王鹏运为校词所订立的正误、校异、补脱、存疑、删复五种义例，为校词提供了典范。其后，朱孝臧校辑唐五代宋金元人词总集5种、别集168种，成《彊村丛书》，网罗善本，考订源流，注意拾遗，并对某些词集进行笺证和编年，其精审程度，深为同时学者所推服，学林奉为宝典。正如沈曾植《彊村校图序》中所论："昔者吾友鹜翁王给谏，以直谏名天下。顾其闲暇好为词，词多且工，复校刻其所得善本词于京师，以诏后进。方是时，彊村与相唱和，若钟吕之相宣，前后喁于，而曲直归分也。鹜翁取谊于周氏，而取谱于万氏。彊村精识分铢，宗万氏而益加博究，上去阴阳，矢口平亭，不假捡本。同人惮焉，谓之律博士。盖校词之举，鹜翁造其端，而彊村竟其事。”至于《国朝湖州词录》诸作，也是网罗齐备，采择甚精，为当代词的编纂树立了榜样。清末诸人以治经、治史之法治词，大大提高了词的地位，使得当时的校勘之学与批评之学交相互动，一起创造了晚清词学的繁荣。即如当时不少学者对校勘梦窗词深感兴趣，就与词坛上浓厚的梦窗词风不可分割。

4. 律谱之学

在宋代，因主要配乐演唱，词的律谱之学的必要性并不明显，有些记载，如《宋史》卷八十二《乐志》四说宋徽宗令刘昺所编《宴乐新书》，其中有84调，并图谱，但究竟是什么情形，已难以确知。至词乐渐渐失传，乃有学者开始关注，然明人治学空疏，即使颇有草创之功，如张綖《诗余图谱》、程明善《啸余谱》等，仍多有未惬人意之处。至清代，律谱之学大盛。万树根据自己所见古人词分类考订，收集词牌660个，凡1180体，编出《词律》20卷。这部著作的出现，是清词复兴的一个重要标志，书中，万树对明代的词谱进行了全面的批判，指出有分类不伦、分体无序、辨调有误、断句错误、文献失校、随意标注、任意题名等缺失，并大胆提出不少独特见解。《词律》完成于康熙二十六年，其中既破又立，正本清源，标志着清代的词学建设进入一个全新的阶段。《词律》问世不久，陈廷敬、王奕清等奉旨编写《钦定词谱》，基本以万树《词律》为基础，并加以增订，共收词牌826个，凡2306体，虽然唐宋金元词中仍有词调被遗漏，但就数量来说，已经是目前最为繁复的词谱，《四库提要》誉为“分刌节度，穷极窈眇，倚声家可永守法程”，或有过誉，但也不是无缘无故的。《词律》《词谱》之后，讨论律谱之作愈多，亦颇有补辑者，如徐本立作《词律拾遗》，杜文澜作《词律补遗》，以及徐棨作《词律笺榷》等，都增添了一些“调”和“体”。不过，《词律》和《词谱》卷帙都过于浩繁，所以又有舒梦兰（字白香）撰《白香词谱》（谢朝徵笺注），选录了由唐朝到清朝的词作共100篇，凡100调，皆为较通行者，而且包括了小令、中调、长调，每调均详细列出平仄韵读，颇便初学。不仅如此，该书所选的词都是比较著名的或者艺术性较高的，而且兼收并蓄，不主一家，所以，这又是一部词选与词谱合二为一的词学入门读物，是一部好的选本。自问世以来，颇受欢迎。

5. 评点之学

南宋初年鲖阳居士的《复雅歌词》是目前所知最早的词学评点本，内容主要是本事批评，形式则为笺中有评。笺中有评的形式在南宋还有不少，如宋刻《片玉集》、傅干《注坡词》、顾禧《补注东坡长短句》等。黄昇的《花庵词选》是第一部摆脱笺注痕迹，真正意义上的词选评本。至于词别集，目前所知最早专门进行评点的是刘辰翁，计有《须溪先生评点简斋诗集十四卷无住词一卷》《水云词集》两种。特别是对《无住词》的评点，有了飞跃性的发展。此前评本往往只有评语而无圈点，刘辰翁对《无住词》的评点，真正做到评与点的结合，这在词学评点史上具有重大的意义。宋代以后，词学衰落，就词的评点而言，至明后期才渐次回暖，其中以《草堂诗余》系列的评点最为突出，堪称文学史上的一个重要现象。其他的，如卓人月、徐士俊《古今词统》，茅暎《词的》，潘游龙《古今诗余醉》等，都有评点。《古今词统》所附之《徐卓晤歌》评点本，显示了评点由选集向别集发展的趋势。清代初年，词的评点更多，无论是词总集、选集，还是别集，都非常兴盛。著名的，如邹祗谟、王士禛所选《倚声初集》，就在当时有非常大的影响。在《倚声初集》中，参与评点者共 17 人，而以邹祗谟和王士禛为主。在清代初年，对于词学理论的探讨，还没有产生系统化的认识，因此，当时人即使撰有词话，也往往只是丛残小语，非常零散。这是清初词学复兴过程中有所忽略的一个环节，还要过很长时间才能得到弥补。但是，这并不意味着清初没有成熟的词学思想，只是这些思想所赖以存在的载体，除了一些词话之外，多保留在序跋和评点中。《倚声初集》问世不久，孙默在扬州又刊行《国朝名家诗余》，也吸引了一大批词坛名流进行评点，其中不少内容正见于《倚声初集》，可见词的评点已经得到时人的关注。从目前掌握的资料看，清代初年至少有数十种词集带有评点，体现了词学思想的进一步发展。虽然友朋之间的互相评点容易有标榜之习，但也不可一概而论。由于参与评点的，大都是词学名家，不仅创作经验丰富，而且有敏锐的批评意识，所以其中不乏真知灼见。更值得注意的是，评点中除了有审美的阐发之外，还会有诸如群体活动、创作本事之类的信息，对认识清词发展的生态，也非常重要。词的评点，到清代末年又有发展，谭献《箧中词》以其卓越的见解，将常州词派的创作主张阐述得非常透彻，成为当时词坛的一道亮丽风景，也使得评点成为清代词学区别于前代词学的重要特色之一。

以上介绍了清代词学的五个重要方面，但事实上，这种类型化的划分，不一定能够完全表达出清代词学的状况，有些非常有价值的部分，很难归入这些层面之中。例如，清代有一些序跋，就提出了非常重要的词学观念。以清初而言，朱彝尊对于词的看法，除了其《词综》之外，还表现在一些序跋中。如《静惕堂词序》：“念倚声虽小道，当其为之，必崇尔雅，斥淫哇，极其能事，则亦足以宣昭六义，鼓吹元音。”这一层意思，他在《红盐词序》更明确地指出：“词虽小技，昔之通儒巨公往往为之，盖有诗所难言者，委曲倚之于声。其辞益微，而其旨益远。善言词者，假闺房儿女子之言，通之于《离骚》、变《雅》之义，此尤不得志于时者所宜寄情焉耳。”这种将词上通于《诗》《骚》的比兴寄托传统的做法，得到了时人毛奇龄的呼应。毛奇龄在康熙十九年为王晫《峡流词》所作序中说：“经解曰：‘温柔敦厚诗教也’，夫诗尚温柔，而况其余乎；文赋曰：‘诗缘情而绮靡’，夫诗尚绮靡，而况其余乎。然则诗余者，温柔绮靡之余焉者也，其言卮迤，其音曼俞，驰情于华滋臒饰，而寄旨于闺帏窈窕之间，似组纠纂锼，壮士不为，而自昔才人如龙标、辋川、青莲、香山辈犹且争倡新声，互为标的，则以诗余者，其流为曲而其源直，本于《国风》《离骚》。故《离骚》名‘辞’，诗余亦名‘辞’，自非淞波讨源涤流，却会道天渊而濯下泉，孰能使涓涓细流一归浩荡。”又在《柳烟词序》中说：“予思魏公文靖年八十余，尚示门人何穆之曰：‘晚来读《离骚》，殊动人思。’夫宋词者，唐诗之余也；齐梁清商曲词、吴声歌词者，汉魏诗之余也；楚词者，三百之余也；文靖读诗余而思生矣……而诗之余不犹是乎。然则读诗余，而以为可思老少无二时，宋人与楚人无二词矣。”将这些论述和张惠言在《词选》中所提出的主张相对读，就可以看出，张惠言的比兴寄托理论，并不是突然出现的，词学史必须这样才能衔接起来。当然，对于序跋的功能不必太过夸大，究竟如何梳理其中的脉络，还要做更为细致的工作。

另外，清代关于词乐和词韵的研究也应该特别提出来。人们已经知道，词与燕乐有关，但燕乐的由来如何，却是在清代才真正得到解释的。首先是乾隆年间的凌廷堪对此进行了考证，刘永济在《词论》中对其学说进行了概括，认为凌氏根据《隋书》的《音乐志》，提出燕乐之源，出于龟兹，分为宫、商、角、羽四均而无徵声，每均又分为七调，合共二十八调。唐宋以来，无论雅乐还是俗乐，都加以使用。至晚清又有郑文焯作《词源斠律》，也对燕乐多所考证，其自序云：“今《词源》所录，于燕乐条理多所考见，足与史志相发明。间尝稽撰以申凌说，薙其繁复而演赞其未备。能者从之审声知音，将由燕乐而进于雅，歌词而达于声诗，咸于是编导其渊源。”凌、郑二人，可以代表清代研究词乐的最高成就。词韵之学，也是清代渐趋繁盛。清初沈谦作《词韵略》，可谓清代词韵的开先河之作，其品质也较为精审。沈谦之后，李渔作《笠翁词韵》四卷，常参考当时实际语音，同时又将生僻庸俗、或绝不用于韵脚之字列入副格，正格仅列常用字，可省翻检之劳，比较合于实用。其后，又有仲恒作《词韵》二卷，许昂霄作《词韵考略》一卷，吴烺等辑《学宋斋词韵》一卷，吴宁撰《榕园词韵》一卷等，均有所发明，尤其是吴烺等所著，其编韵乃参考宋词名家韵例，对诗韵韵部归并删减而成，更加具有经典的意义，也深为后人所推崇。最后发展到戈载《词林正韵》，于所见之词韵专书，多所评骘，一一指其瑕疵，以为己作张本，从而集前代之大成。光绪七年（1881）王鹏运依戈氏自刻本，将此书附刊于四印斋所刻词后，遂广为词坛所推赏，蒋兆兰甚至以之为“词家必备之书”(《词说》)。

清词文献整理三十年

《全清词·雍乾卷》出版答《词学》编辑部问

继《全清词·顺康卷》及其补编之后，《全清词》的第二卷《雍乾卷》也于2012年5月出版了。该卷共16册，610多万字，涵盖了清代雍正、乾隆两朝80年左右的词坛。这是清词文献整理的新成果，因而引起了学术界和其他有关人士的关注。近来，《词学》编辑部的朋友和我进行了一番对话，其中涉及了《全清词》的编纂和《雍乾卷》的出版等相关问题，对于了解这项工作不无参考。

问：《全清词·雍乾卷》的出版体现了清词文献整理的新成就。现在学术界已经公认，清代是词学复兴的时期，那么，《雍乾卷》的出版对于认识清词有什么作用呢？

答：研究清词，一向有两头大、中间小的说法。这个说法的内涵，基本上是认为，清初、晚清的词学成就较大，而清代中期的词学成就相对较小。《雍乾卷》出版后，对这个阶段的词坛，我们首先有了一个直观的印象，即在这一时期，词坛上大约活跃着一千位作家，创作了词作近四万首。这个数字，可能比人们想象中的要略少，因为在编纂过程中，不止一位学界友人谈过他们的预估，既然清词在顺康年间开始复兴，沿流而下，当然会更加繁荣。不过事实上，较之清初，确是有所不及，这可以证明所谓两头大之说不是空穴来风。不过，我们也可以认识到，即使如此，雍乾年间的词坛也已经具有了相当的规模，这一时期的词创作，也还出现了一定的新特色。

问：能不能说得稍微具体一些？

答：我提到对清词成就的体认有两头大、中间小的说法，其实，这个说法也意味着人们对两头的研究投入较大，而对雍乾词坛的研究投入相对不足。乾隆之后，学术史上有所谓乾嘉学派之说。乾嘉学派主要治传统经史之学，但对他们关于词学的态度也可以作一些检验，从一个侧面了解一下词学的风貌。以一代有一代之文学的观点看，两宋无疑是词学发展的繁荣时期，不过也应该承认，在那个时代，词为小道的观念也还仍然比较强大，直到清代初年，词学开始复兴，词的地位才得到进一步提高，其标志之一，就是一批学人的加入，比如朱彝尊、毛奇龄等。尽管如此，到了雍乾时期，还是有一些学人对治词不感兴趣，如纪昀等，其作品中不仅没有词作，甚至很少发表对词的看法（当然，他对词学并不外行，作为《四库全书》的总纂官，从提要中我们也能看出其对词学的理解）。但变化也或明或暗地总有一些，据我的了解，在乾隆年间，有些表示不治词的学人，其出发点，并不是由于看不起词学，而是认为词学太困难，以免自己旁骛太多，而显得不够专精。乾嘉年间不少学人都在思考广博与专精的关系，可以从一个角度说明这个问题。不管这里事实上有多少细微的区别，至少，当时的不少学人还是把词学作为学术的一种，因而也就是认可了其学术地位。在这个意义上，《雍乾卷》可以检验重学之风与词坛的关系。这个问题涉及不少层面，表现之一就是雍乾词坛上咏物词的数量非常大，而且大量用典；不仅大量用典，而且不少典故都由作者自己注出，唯恐读者不知。这种风气虽然不是肇始于雍乾，但在雍乾之时却是变本加厉。我们也许可以认为，这是词坛的尊体之风应合了乾嘉之学，在词的创作上所体现出来的一种新风貌。当然，如何评价其得失，那又是另外一个问题了。

问：流派方面的发展怎么样呢？

答：上面说到的咏物词其实就和流派的发展有一定的关系。顺康年间，虽然百派横流，但最有代表性、最有影响力的，还是浙西词派。浙西词派的词学，在康熙年间已经有很大的成就，体现出鲜明的特色，这些，到了雍乾，都进一步展示出来了。我们知道，顺康年间，词的文献整理大大促进了创作的发展，尤其是朱彝尊提倡姜夔、张炎词风，就主要是通过对姜、张二人作品的不断发掘和不断整理而展开的。朱彝尊的《词综》收录了20多首姜夔词，是自明代以来最多的，向学术界比较充分地展示了姜夔词的整体风貌，当然也就提供了对他全面学习的可能性。和姜夔相似的是对张炎词集的整理和学习，顺康年间，张炎的《山中白云词》不断刊刻，加深了人们对这位晚宋词人的了解。这些，都让我们看到在浙西词派谱系中姜夔和张炎的重要价值。而到了雍乾，词坛上对姜夔和张炎的接受和学习更进入一个新的阶段，姜夔的词集不止一次被整理刊刻，其中陆钟辉的仿宋版刻本在后世评价很高，流传极广，张炎的《山中白云词》甚至得到了江昱这样的一流学者的用心笺注。与此相应的是，雍乾时期不仅出现了厉鹗这样的大家，而且有大批词人步姜、张韵写作或与其异代唱和，学习姜、张风格并试图强化其词风的现象也非常突出。此外，还延续清初的词学评点之风，比如乾隆年间的许昂霄评点张炎词作就影响甚大。浙西词派在雍乾年间的发展状况，有待于通过细致分析，得出更为全面的认识。

问：那么，雍乾年间的词人是怎样看待其前辈的呢？

答：清代词人在本朝的经典化，是一个值得提出的问题。将本朝词人放在当代文学发展的脉络中去认识，是清代不少作家所特别关心的，只有通过这样的经典化，才能更好地确定清词的价值和意义。总结雍乾词坛，我们看到，有不少活跃在顺康的词人仍然一再被提及，如陈维崧、顾贞观等。陈维崧的《迦陵填词图》被一和再和，顾贞观的一些创调也常常被拿来模仿。其中最有代表性的是朱彝尊。况周颐《蕙风词话》卷五曾经这样指出："或问国初词人，当以谁氏为冠？再三审度，举金风亭长对。"况周颐是晚清的人，他的看法无疑说明在清词经典化的过程中，朱彝尊的地位已经得到确立，而这个地位的形成，当然与雍乾时人们对他的认识有关。在那个时候，其作品风格被不少人模仿，一大批后学以其为榜样，比如，乾隆年间的茹敦和由于对朱彝尊的咏物词感兴趣，因而写下《和茶烟阁咏物词》一卷。特别值得提出的是，在追步前人之作时，雍乾词人也能体现出一定的创新精神。如《雪狮儿》咏猫词，本为钱芳标所作，朱彝尊和得二阕，征事用典无一雷同。雍乾词人在其影响下，纷纷效其体，但又力求出新。厉鹗与吴焯相约效竹垞体更作四阕，不得与钱、朱二家用典重复。后又有赵文哲、吴锡麒复成四章，凡前四家所引之典一概不用。又如陈朗的《六铢词》集汉魏六朝诗句而成，其实也是受到朱彝尊《蕃锦集》的影响，但又有别于其全为集唐之作，此亦为其有所继承的同时刻意求新之体现。在清代词学接受中，顺康年间所提供的经典特别多。那么，那些作家在雍乾年间分别都得到了什么样的认识，如果根据《雍乾卷》来一个个考察，可能是很有意思的问题。

问：这样看来，《雍乾卷》的出版，可以启发人们提出更多的新问题了？

答：是的。《雍乾卷》将许多以往人们所知较少或完全不知的文献整理出来，一定能够引发学界的兴趣。而且，随着新文献的出现，词学研究也应该产生一些新问题。我一直倾向于这样认为，一般来说，文献有传世文献和出土文献之别，王国维据此也曾提出二重证据法，不过，所谓传世文献也是一个相对的概念。如果有一些文献，虽然曾经刊刻，但从来或者是几乎没有被关注过，是则其在严格意义上也不能算是传世文献，倒和出土文献差不多。我希望，在《雍乾卷》中，由于向学术界展示了不少从未被注意到的文献，学术界对词的认识，尤其是对清词的认识能够有一些新的思考。

问：大型断代文学总集的编纂，已经有不少成果出现了，但就清代文学而言，是否还比较薄弱？

答：清代大型文学总集的编纂，目前已经完成并出版的，是凌景埏、谢伯阳先生的《全清散曲》，1985年由齐鲁书社出版，2006年由齐鲁书社出版了增补版。两次出版，都是3册。这个文体比较特殊，可能数量也确实比较少。以传统的文体来看，在诗文词方面，《全清词》是最早上马的。清代距现在很近，编纂大型总集，有一些特殊之处，和以往一些朝代的文学总集有些不同。现在《全清诗》《全清文》等还没有上马，以后是否有人做，也还不知道。但是，相信《全清词》的编纂，其中的经验教训，不仅对清代文献的编纂，而且对近现代文献的编纂，都会有一定的参考价值。

问：《全清词》分卷推出，在编纂时是怎样考虑的？

答：《全清词》拟分五卷，分别是《顺康卷》《雍乾卷》《嘉道卷》《咸同卷》和《光宣卷》，即清代的十个皇帝，每两个皇帝在位时期的词，编成一卷。30年前，我开始参加《顺康卷》的编纂，了解当时的编纂策略是在全面搜集资料的同时，先编《顺康卷》，兼及其他。总的来说，这个策略有其可操作性，因为清词量大面广，资料复杂，需要根据具体情况，做出变通。这样做的好处，是能够较快地出成绩，但也存在问题，因为按照这个策略，所谓“兼及其他”，很可能在操作中就变成“忽略其他”，这样，在一卷编纂完之后，启动另一卷时，就会出现重复劳动的现象。因此，当2002年《顺康卷》出版之后，我组织下一步的编纂工程时，就希望能够事先有所统筹，使得这一工作体现出系统性来。但是，很快就发现在操作层面也存在困难：清词的文献资料太复杂，以往又无很好的书目积累，涉及别集、总集、选集、家集、词话、方志、小说、笔记、报刊等不同部类，从事调查已经不易，进行比对也工程巨大，因此，这一工作注定是持续性的，而且是不断有所补充的。目前在高校，科研大都采取项目制，而项目都是有具体期限的，期限一到，必须结项，结项则必须拿出成果来，这当然也就不适合长线安排，只能分割成一个个板块。因此，虽然明知有很多不妥，现在仍然还是必须采取这样的一卷卷编纂，一卷卷成书的做法。当然，尽管如此，我们仍然努力保证数据库尽可能的完整，因此，差不多每一年都会不断寻找新的文献线索，制成目录，组织人员，外出采访。

问：这样看来，从事《全清词》的编纂，工程浩大，你们是怎样安排人力的？

答：20 世纪 80 年代初，南京大学成立了《全清词》编纂研究室，由程千帆先生担任主任，不仅有专门的编纂人员，而且有专门的总务和财务，研究室的成员最多时有 7 人，按照当时的制度，可以较为从容地安排普查、编目、采访、比对、校点、小传等工作。不过，那显然是特殊时期的特殊产物，现在已经无法完全复制了。目前的《全清词》编纂研究室只有 3 人，但在当前的体制下，再要求年轻人像 1980 年代那样去工作，显然不切实际，毕竟他们也不是生活在真空中，还有不少现实问题要考虑。比如说，尽管国家对古籍整理非常重视，每年投入也非常大，但是，讽刺的是，在进行学术认定时，古籍整理却又被视为缺少“原创性”，而往往被放在一个非常不起眼的位置。现在所看重的指标主要是：在CSSCI期刊上发表了多少文章，是否拿到国家社科基金或其他科研项目，是否获得社科奖励，是否有研究性的著作出版，等等。考虑到社会发展的新情况，也考虑到编纂《全清词》的特殊性，目前的团队主要由三个部分组成：一是南京大学文学院的专职教师，目前共有3人，主要负责全面协调，系统安排，组织采访等，也担负一定的词集校点、撰写小传、统合材料等工作；二是南京大学文学院历届毕业的以清词研究为主要方向的学生，他们目前多在高校工作，共有十余人，主要负责词集校点、选本处理等；三是一些在校的博士和硕士研究生，主要负责外出采访、资料整理等。总的说来，三方面的人员互相配合，构成一个彼此互补的系统，还是能够让这部机器运转起来的。

问：是否也考虑过多吸收一些其他人员参加？

答：也曾有人建议，是否可以采取发包制，即把一些工作外包给别的学校，或退休人员以及其他相关人士等，我也曾有所尝试，后来发现效果不佳。最主要的问题是，编纂《全清词》是一个系统工程，从采访到编目、比对、校点、小传等，一环套一环，彼此有着很深的关联。如果包给别人做，基本上就是请他们标点词集，但进入到标点，实际上已是一个相对简单的阶段了。即使如此，仍然至少有两个问题无法妥善处理：第一，在清词资料一时无法穷尽的情况下，从事标点的过程，往往也就是新材料发现的过程。比如，在标点时，某词集中有和别人唱和之作，这时，就应该顺藤摸瓜，看看那个人的别集是否还存在，其基本情况如何等，作一番详细的调查工作，但是，倘若承担者没有整体意识，对清词文献不够熟悉，或者缺少工作的责任感，就很可能轻轻放过。那些被轻轻放过的线索，有不少都是我们在统稿时才发现，去做后续查证的工作，因而耽误了不少时间。第二，别集标点完之后，还要进行辑佚，辑佚工作很繁琐，而且查找材料也不容易，如果无法统筹安排，系统操作，也会出现很大的问题。因此，根据多年的实践经验，我认为，这样的工程，还是有一个相对完整的团队来做更好。我所安排的这三个方面的人员，虽然协调起来也会存在着这样或那样的问题，但毕竟都有一定的了解，而且大家都从事同样的工作，有程度不同的大局意识。还有，他们大都出自同门，合作起来比较容易，基本上不会出现大型项目的进行中往往存在的利益冲突等问题。所以，不仅能够将他们统筹安排在一起，而且工作也比较有效率。就以采访而言，我派出去若干访书小组，奔赴不同的图书馆，却无法保证查到的书不重复。因此，我们在网络上建立了一个共同空间，外出采访小组每天把查到的书目发送到这个空间上，彼此核对，看看有无重复；同时，南京大学的留守人员则和数据库中的资料进行比对，看看有无价值，最后确定需要复制的书目，交给外出的小组去执行。这就需要及时的配合，需要系统的协调，需要密切的合作。这样，既节约了时间，也节约了经费，最终提高了效率。

问：清词文献的搜集难度大不大？

答：清词文献太多，太琐碎，收藏情况太复杂，搜集起来，确实不容易。在搜集材料的过程中，若无一些特殊的机缘，编纂工作将会出现更大的困难。在这方面，有很多人给我们非常大的帮助。这里我想特别提出来的是陆维钊先生。陆先生是著名学者、书法家，他在1940年代曾经协助叶恭绰先生编纂《全清词钞》，叶先生用以编纂的原本，后来都保留在陆先生处。陆先生于1980年逝世，他的夫人得知《全清词》上马，就决定将这些底本都捐献出来，共有632种。当时在捐赠文件上说好，先由《全清词》编纂研究室使用，使用完毕后，由南京大学图书馆收藏。我还记得，大约是1985年，我随几位老师到上海将这批书运回南京，成为编纂《全清词》的重要基础。目前，虽然《全清词》尚未编完，但1990年代初，由于一些特殊的原因，这批书已经先行送到南京大学图书馆收藏了。好在我们和图书馆的沟通比较顺畅，仍然能够保证这批书的妥善使用。在《顺康卷》《顺康卷补编》和《雍乾卷》的后记中，我们都曾感谢过一些提供过帮助的学者，没有各方面的大力支持，像这样的工作是无法顺利进行的。比如，有的学者在阅读清代家集、族谱等文献时，发现了相关资料，就主动复制下来，送给我们。更多的朋友，是帮助我们与图书馆打交道，使得资料的复制减少了困难。要感谢的人是一串长长的名单，由于都写在后记中了，这里就不再重复。

问：你提到和图书馆打交道的问题，从事古籍整理的学者往往都有一些感触，能不能谈一谈？

答：编纂《全清词》涉及许多不同种类的文献，有的比较好找，有的则非常难找。有的词人在世时就有很大的名气，其词集刊刻之后，流传各地，因而现在的不少图书馆都有收藏。有的词人则非常边缘化，只是地方上的小名士，其词集刊刻之后，只在地方上流传，现在也只是见于当地的图书馆。还有不少词人，生前或未及刊刻词集，或无力刊刻词集，其作品只以稿本或抄本的形式还存在，而这些稿本或抄本，由于种种原因，又散落在不同地方。这些，都需要认真清理，细致采访。自 2002 年以来，我先后组织人力，对全国 20 多个省市自治区的图书馆、数十所大学的图书馆进行了采访，对一些文化发达的地区，则逐县进行了采访，还调查了不少的博物馆、地方志办公室等。在这个过程中，我们和许多图书馆都打过交道，有非常多的体会。总的来说，随着商品大潮的兴起，以及图书馆事业的发展，现在进行文献采访和复制，和以前有很大的不同。1980 年代中叶，我刚参与这项工作时，也到过一些图书馆采访。那时，国务院古籍小组给我们发放了不少空白介绍信，说明这是国家的大型古籍整理项目，希望各地图书馆提供方便。我记得，拿着这种介绍信，基本上各图书馆都是敞开大门，无私支持。不过，在近些年的编纂过程中，我还是对不少图书馆的大力支持，心存感激。我派出去的访书小组，按照我的要求，写了不少访书日志，其中记载了对每一家图书馆的印象，如访书的顺利程度，得到的帮助（当然也有一些是受到的冷遇）等，有几十万字。我觉得，这是非常生动的资料，可以从一个角度看出社会的变化。当然，在感谢之余，我还是希望有些制度能够稍微灵活一些。比如，现在绝大多数的图书馆对于古籍的复制，都只是提供三分之一，甚至还有的图书馆规定只能是每页的三分之一。这样做，从他们的角度看，或许有其理由，但是，对于我们这样的大型古籍整理项目，就会造成很大不便。有些图书馆表示，他们不鼓励复制，但可以为抄录提供方便。这当然也是一种办法。但是，其中也会存在问题。由于抄录者的水平不一，工作态度不一，抄录下来的东西，也就不是都能满意的。比如，底本上往往有不少异体字，如果抄录者在辨认时想当然，就会出现错误，更不要说，抄写中的笔误更是常见的现象。受经费的限制，也受人力的限制，不可能每一种都再跑到原图书馆校对，那么，如果有些问题未能及时发现，就将提供一个错误的本子，最终遗害学术。当然，在目前的情况下，抄录总是无法避免，这就要加倍地细致。2010 年，我们的编纂团队近 20 人集中在南京，利用整整一个暑假，为《雍乾卷》做整合工作，我也亲自带领一些人坐在南京图书馆查找资料、录入词集。《雍乾卷》中的不少词集是善本，南京图书馆原来条件有限，对于阅读善本时的湿度有严格的要求，即在 45% 以上、60% 以下才可以阅读，这样，能够满足阅读条件的湿度非常有限。而且，一天之中，湿度往往是变化着的，有时我们出发时，查到了合适的湿度，高高兴兴地来到图书馆，但是，也就是过了这走在路上的半小时，湿度变了，按制度就无法提书，只能败兴而归。值得高兴的是，也就是在 2010 年暑假，南京图书馆设立了恒温阅览室，我有幸成为该室的第一位阅览者，这也提高了我们的工作效率。在这一过程中，也还有一些意外的惊喜。比如，有一次我填写书单，号码填错了，但却歪打正着，竟然提出来一本我们目录上没有记载的雍乾词集，即蒋基的《坚香词》。为什么会出现这样的情形呢？我分析，1980 年代初《全清词》上马的时候，虽然已经对南京图书馆的馆藏词集目录做过一番摸底，但是，或者是当时翻查目录时不够细心，或者是后来南图又更新了目录，因此导致了我们的待访书目中并无此种。举这个例子是想说明，编纂工作非常复杂，任何一个环节出了问题，都会影响工作。当然，我们在外出采访的过程中，有时也会碰到这样的图书馆或博物馆：他们藏有重要的清词文献，可能是海内孤本，但是，无论怎样做工作，就是不提供方便。不仅不准复制，甚至不准抄写。作为一个大型总集的编纂者，明明知道海内尚存在这么一种文献，而且也知道这种文献在什么地方，却无法将其收入，是非常令人无奈和痛心的事情。

问：照你刚才所说，编纂《全清词》是一项系统性很强的工作，那么，在分卷编纂出版的情况下，怎样处理局部和整体的关系？

答：我前面说过，编纂《全清词》，在目前的情况下，不得已仍然采取了分卷工作的形式，这样做，能够适应有关部门的要求，较早地出成果，但也有问题，即整体性会受到影响。如果能够将所有前期工作都做完，尽量考订出作家的生卒年，编出一张清词作家名单，则即使分卷排列，也能从容自如。但是，现在这样集中攻关的方式，往往使得整体性不够，后来发现的资料，可能会与前面所做的工作有所冲突。比如断代，到底怎样安排，总有一些矛盾。在《顺康卷》出版后，有的学者曾经对其断代提出看法，认为体例出现问题，其中有一句："明清之际词人，大体以作者出处定取舍。凡抗清殉难以及殁于清初而以明遗民自居者，本书不予收录。"但事实上，《顺康卷》中确实收录了一些“殁于清初而以明遗民自居者”。就体例而言，当时确实是这样制定的，但我也记得，后来在具体实践的过程中，即发现这个原则很难掌握，作为大型总集，一一细致考订，人力上不许可，所以后来又决定尽量从宽收录，以为读者提供方便，但是由于在编纂过程中出现了一些问题，人员几番更替，体例上的那句话却忘记删掉了，所以就出现了这种情况。《雍乾卷》的编纂在断代上也会碰到一些问题，比如，某人乾隆中叶出生，却一直活到道光年间，是应该编入《雍乾卷》，还是编入《嘉道卷》呢？在需要处理大量文献的情况下，要想将其人的主要词学活动时间考订出来，加以编纂，而且将之作为一种通例来处理，无疑是不可能的。类似的问题在以后的编纂中也还会出现，就只能综合各种因素来加以安排，出现编年上的参差也就在所难免。尽管如此，我觉得，还是应该有一个整体意识，因此，我们现在也集中力量，将所有已经搜集到的资料尽量进行编年，以使得后面各卷的编纂更加顺利一些。

问：那么，对清代词集的文本，在进行工作时有没有什么处理方式？比如，是否也会进行校勘？

答：总的来说，由于资料太过复杂，我们在编纂《全清词》的过程中，对校勘问题不可能特别严格，但是，倘若在搜集资料的过程中，确实已经掌握了一定的文献，非从事校勘不足以体现其价值的，我们也会做这方面的工作。比如别集的对校。清代不少词人的集子，在其一生中，一刻再刻，虽然名称依旧，内容却可能产生一些变化，诸本对校就有了学术的价值。而且，清代不少词人往往有稿（抄）本和刻本同时存在，一般来说，刻本作为定本，应该具有一定的权威性，可是，既然号称“全”，则稿（抄）本与刻本相异的内容仍然应该体现出来，尤其是稿（抄）本中存在，而刻本已经删除的部分，更是应该补入。这或许违背了作者本人的意思，却也只能如此。大量的刻本和稿（抄）本并存，是清代以前没有的现象，如何妥善处理，可以体现清代文献整理的一些新特色。

问：在校勘的过程中，恐怕有些地方还是要改过来的吧？

答：是的，有些地方不改不行。比如，清人非常喜欢写集句词，但却不一定有非常严格的文献意识，凭记忆而随意写出，张冠李戴的现象所在多有。碰到这一类问题，我们都尽量查找原始文献，给出正确的出处；或者，某些词人在写作集句词时，有的能够记得出自何处，就写了出来，有的则记不得，就空在那里，我们也调动各种手段，将其作者查出，为之补上。这种仅凭记忆而出现失误的现象在词调的运用上也很突出，在标点中，经常会看到调名为此而词的本体为彼的情形。比如明明是《南歌子》，却写成《醉花阴》；明明是《青玉案》，却写成《菩萨蛮》；明明是《念奴娇》，却写成《满江红》；明明是《虞美人》，却写成《洞仙歌》。碰到此类情形，我们都会仔细核查，直接将其纠正过来并加上校注。类似的情况在书中有不少，或者也是清词文献中的一个值得注意的问题。

诗词史的性别视野

“诗可以兴，可以观，可以群，可以怨。”《论语·阳货》中记载的孔子的这段话，说明在中国，诗歌的地位非常高，因而对诗歌的历史书写也一直是学者非常关注的问题。但是，尽管不少学者认为《诗经》中的不少作者都是女性，似乎已经建立了女性书写的正当性，以及性别意识的宽松性，但是真正提出性别议题，并用以检视中国诗史（广义的诗，也包括词）的书写，就会发现，这还是一个有待开拓的领域。

中国传统的诗歌批评，以诗话、词话和选本等为基本形态。尽管这一类著作往往比较零碎，不成系统，但统而观之，仍有一个整体的脉络，是古代形态的诗词史。总的来说，在这样的著作中，性别的声音比较细微，不仅女作家大多以“群芳谱”的面目出现，男作家笔下的女子类型，也经过了一定的选择，因而呈现出一定的套路。现代意义上的诗词史，虽然内容更加丰富，结构更加宏大，和古代诗歌批评相比较，仍然有着一脉相承的地方。以通史而言，在几千年的脉络中，能够进入作者视野的性别内容非常有限。至于断代史，尤其是进入明清以后的断代史，在这方面有所弥补，不过涉及女性，大多也是点缀。

在男作家的文本中，最经常出现的女性形象是思妇。这又可以分为两个层面：一是实际生活中的女性，在士人宦游等离别的大背景中，她们的情感，是社会生活的一个组成部分；二是用以寄托的女性，从屈原以来所建构的“香草美人”传统发展而来，以美人不偶暗示士人不遇，特别是宫体诗形成之后，为了抗拒纯粹色貌的描写对世道人心的冲击，重视寄托甚至成为思潮更替的重要因素。在词的领域，这一点更加清楚，清代常州词派的崛起就是以此为出发点之一的。

据胡文楷《历代妇女著作考》著录，明清两代的女作家，有近 4000 人。即以清代而言，目前还能看到的清代女性作品集，就至少有一千多种，其内容多半是诗词。按理说，这种情况应该给分体断代文学史提供更加丰富的资源，可是，以几部清代诗词史著来说，像刘世南的《清诗流派史》和霍有明的《清代诗歌发展史》，就基本上没有提及女性诗人。严迪昌的《清词史》讨论了徐灿、顾贞立、李因、熊琏、吴藻、贺双卿、顾春、秋瑾等女词人，他的《清诗史》则介绍了毕著、刘淑、商景兰、吴山、黄媛介，以及蕉园七子、吴中十子和随园女弟子、碧城女弟子等女诗人。这与传统的文学史书写相比，已经是一个不小的进步。不过，文学史的书写似乎面临着一个困境，即很难处理主流与边缘的关系。即使严先生的著作，使得原先被忽视的一些女性诗词作家在文学史中有了一席之地，但在结构安排上，却只能让她们以附录的形式出现——《清词史》是附在全书之后，《清诗史》则是附在对袁枚的讨论之后，从论述随园女弟子延伸到其他女性诗人。文学史的叙述往往以流派和风格的演变作为主轴，女诗人们得到这样的处理，按照传统的思路，也有其可以理解之处。当然，如果仅仅从性别的角度看，也可以写女性诗词的专史，这种专史可以超越风格流派的限制，却也容易流于“群芳谱”式的介绍。已有的成果如邓红梅《女性词史》走出了可贵的第一步，而其发展空间仍然很大。

性别的内容能否为诗词史带来新貌？答案是肯定的。

第一，从文献来看，已有诗词史中出现的女作家比较定型化，反反复复就是那么几位，给人一种固定的印象。如果按照我们对女作家创作的理解，其实还有许多作家作品没有进入阐释视野，其原因是满足于既有的叙述，而忽视了对文献的爬梳。比如清代女性词的创作空间确实较之以往在不断扩大，但这并不完全意味着向男性词境界的靠拢，在其本身为社会所规定的空间中，她们仍然能够发现新的境界。清代初年的高景芳，在其词中用联章的方式，创作了不少和她的生活密切相关的作品，致力于在女性平凡的生活中发现诗意，将已婚闺阁女性的生活如实展示出来，从而突破了那种一味伤春悲秋的传统定式，体现了女性词的一种发展。高景芳的词在胡文楷的著作中虽有记载，但以往学者未见给予充分关注，这就提醒我们，所谓新资料，不一定是新出现的资料，还包括在传统阅读视野中被忽略的资料。

第二，即使放在男性作家为主体的叙述模式中，女性作家也可以有其特定的位置。李清照的情况或许比较特殊，对于她，众口一词的评价是可以置身大词人之列，而不仅是女性词人之列，所以，在中国词史的发展中，她处于一个非常重要的位置，也是一个不可或缺的环节。女诗人中，除了汉代蔡琰的《悲愤诗》，能够作为一个时代的代表之外，其他作家往往都被放在边缘。不过，这也要看如何处理。比如说，钱谦益是虞山诗派的代表人物，人们已经注意到，柳如是的某些诗，风格很像钱谦益，其中或有钱谦益改动的痕迹，但也一定能反映出其本人的某种追求，因此，若能放在这个诗学思潮中加以叙述，则就能开拓别一种视野。清代的一些女词人，也往往呼应着同时的流派，从中可以观察她们创作心态的变化。

第三，谈到女作家，由于作品类型的限制，人们一般比较关注的是诗词，但如果具有交叉的问题意识，则也可以展示出别一种风貌。例如，叙事文学中喜欢讲女扮男装从军的故事，明清的各种记载中，也有着不少女性领兵的资料，并见之于吟咏。如明末清初的刘淑（1620—1657），在李自成攻陷北京时，就希望为国分忧，后来清军攻入其家乡吉安，她倾尽家资，组建了一支军队，自为主帅，写有不少诗作，记述其豪情及活动，可惜壮志未酬，被迫遣散所部，卜居山间，参禅礼佛，郁郁而终。刘淑以女子之身而从事行伍，其家庭的忠义传统，现实局势的压力，以及本人的个性，都应该考虑在内，但也还可以从明清文学创作的大环境中去作一些理解，从文学与生活的关系上去作一些理解，这样可能引发出新的思考。

第四，从两性互动来看，诗词史也有不少新空间。早在东汉时期，诗歌史上就出现了夫妻赠答的内容，最著名的是秦嘉的《赠妇诗》和徐淑的《答秦嘉诗》，写得感情真挚，历来为批评家所推崇。但是，也许是女性作品很多未能保留下来的缘故，在相当长的时间里，文学史上主要出现的是赠内诗；而所谓的寄外诗，则往往都是男子代拟之作，虽然站在男子的角度加以悬想，也能一定程度上反映女子的心态，但作为被建构者，毕竟有较大的局限。由于明清两代的众多女诗人仍有大批文献传世，她们笔下的寄外之作，就让我们可以看到这些女子内心的活动，与以往代拟之作的平泛想象之词大异其趣，如对于女性责任的强调，对于家庭日常生活的描述等，都足以和男子赠内之诗形成互动，因而，诗歌史中的这一部分也就显然更加具有了立体感。

第五，悼亡诗是中国诗词中的一个重要部类，从晋代潘岳开始，经过唐代元稹、李商隐，宋代苏轼等，已经形成了一个重要传统，在诗词史中也还能占有一席之地。不过，如果引入性别意识，这个问题仍然可以进一步开阔诗词史的空间。特别是到了清代，悼亡之作盛行，不仅作家的集子里往往有联章之作，而且甚至印刷成专集，成为一种印刷文化。其中当然不乏故作姿态，博取名声之辈，但也有许多是情真意切之作，往往能够从一个侧面还原夫妻家庭生活的面貌，无疑是性别史的一个重要内容。所有这些，都能够看出诗词发展的一种新面貌，其意义又不仅在于性别。

从以上挂一漏万的简单叙述来看，对于诗词史的书写而言，倘能引入性别视野和性别内容，不仅能够使其内涵更加丰富，而且能够使其意蕴更加深刻，从而能够更好地认识诗词的发展。不过，总的看来，目前的情况是，在诗词研究中，史的书写和性别的书写，往往还是各行其道，倘能具有贯通的意识，则一部更为全面、更为深刻的诗词史就是可以期待的了。

在正副文本之间

谈钱寿芝《瑞香楼剩稿》

一部别集往往由不同的部分构成。在清代，经常看到的情形是，除了正文之外，别集中还有序跋、题词、传记、评点等，这些部分可以称为副文本。正文本和副文本之间往往是彼此互动的关系，像序跋对作者的介绍，对正文的创作背景、艺术成就的交待等。但是，具体到实际的作品，也并非总有一定之规。本文主要谈一谈钱寿芝的《瑞香楼剩稿》。

钱寿芝，号韵兰，江苏常州人，嫁同里汪易。咸丰十年（1860），太平军进攻常州，地方官一哄而逃，但当地读书人和士绅自发组织，进行抵抗，终于力竭而不支。四月六日城破后，太平军血腥屠城，烧杀抢掠，城中民众自尽者甚多。据《团练纪实》："赵起，字于冈，道光二十年举人，咸丰三年，起年六十余矣，与团练事。七年，大兵复镇江，叙劳保教谕，加中书衔。十年，贼逼常州，官僚皆逃。或劝起出避，起指所居园池曰：'此吾全家葬所也'。四月六日，城陷，起视其家妇女三十三人皆投池中死。己危坐待贼，贼至欲加刃，起以头撞石死。子曾寅，有拳勇，夺贼刀，连杀数人，为贼众斫死。……李彤勋，字午轩，道光二十年举人，广东候补知府。咸丰十年，乞养归。四月，贼围常州，罄家财，犒守城民勇。城破，率数十人巷战，大呼杀贼，身被数创，骂愈厉，遂遇害于新坊桥。”“巷战死锋镝者二万余人。而老弱妇女饮刃自缢赴河池死者又二三万人。盖六日亡五万人，而城外义民不与焉。”钱寿芝当时也在城里，面对如此情形，她不愿受辱，投河自尽而死，时年35岁。

钱寿芝生长在文风丕盛之地，自己也雅好吟咏，本来创作了不少作品，但大都毁于战火，剩下来的不过是零篇断简，由其丈夫刊刻梓行。汪易所作的序介绍了相关情况：“（钱寿芝）性耽吟咏，往往吮毫伸纸，镇日不厌。每一篇成，辄以示余，余恒叹不及也。其所作《瑞香楼诗词稿》若干卷，故园沦没，人琴俱亡，兹就余所记忆者，得若干首。”这个“若干首”，仅诗一卷，数量不多；词一卷，更不过二首而已。但钱寿芝留下的作品虽然很少，前面的题词、序言等却有很多，两相对照，可以发现有趣的现象。

中国传统对创作的观念，突出的是有德者必有言，而谈到女性作品时往往对此会更加强调。像明代顺德人（一说庐陵人）刘祖满，字兰雪，14岁时，母亲双目失明，她梦见神仙，教其燃指法，以治疗母亲。著有《丛桂轩剩稿》，虞启昆为之作序，特别提到其德行：“古云忠臣出于孝子，及当时变，士大夫指不堪数屈，岂可问诸女流？苟其人有一奇行堪纪，即为当世绝事，又不必问其人之诗之文之词赋，而其事断断在可传矣。……予于刘兰雪，奇其才，以为有古绛纱受业、椒花献颂遗风。及得其燃指救母一事，百死一生，为烈丈夫所难为，不觉铁如意向玉壶碎矣。……兰雪以幼稚女子，拼身而付母氏，令为士大夫膺重寄，吾知其悲苦壮烈，啮舌折齿，当不出张睢阳、颜常山下。吾以是益奇兰雪诗，每一读一叫绝，竟欲与忠烈古贤诸集并笥藏之，不仅作女史观。”他之所以“一读一叫绝”，和对刘氏德行的体认密切相关。钱寿芝的《瑞香楼剩稿》封面有题词：“一卷诗，千秋节，斯人斯文永不灭”。但实际上，从“一卷诗”里的内容，基本上看不出与“千秋节”的关系，武进徐兆蓉在题辞中说：“素志当于歌咏寓。”这基本上在现存作品中并没有体现出来，不过是人们的一种预设，或也可以理解为一种套话。她的那些创作基本上展示的就是一般女子写作中常见的伤春悲秋，流连光景，要说寄寓了什么“素志”，不免过甚其辞。

但是，这些副文本的书写者仍然要按照传统的模式进行德才之辨：“古来论巾帼者，德为上，才次之。与其有才而无德，不若有德而无才。读夫人之遗稿，才可知矣；观夫人之行略，德可知矣。使夫人仅有咏絮才，则汪君历年游幕，得免内顾之忧者，谁之力耶？叠遭大故，操持丧礼，井井有条，宗族无间言者，谁之功耶？且逆势围城已急，因夫从军未返，复能誓不迁避，视死如归，谓非平素之德性坚定，安得深明大义若此。真无愧为女中丈夫矣。若第以诗词一节称之，恐未足以知夫人之苦心孤诣也。何则？当世之名公巨卿，高谭经济，嚼诗论文，著作重重（？），其才非不足以冠一时、传后世，及至庚申之变，而肯从容就义如夫人者，有几人哉？余故曰：夫人之节，非夫人之才，实夫人之德也。有夫人之德，而夫人之节传矣，夫人之才亦传矣。夫人虽死，犹不死也。余虽不才，敢不辨之。”（史凤池序）他说了这么多，才的部分被轻轻带了过去，重点仍然是德。有了德，则文才自然可传，绕了一大圈，还是文以人传的老话，甚至可以理解为是一种书写策略。周乃大以传统的标准来赞美钱寿芝：“德言与容工，四者皆备矣。”《礼记·昏义》：“是以古者妇人先嫁三月……教以妇德、妇言、妇容、妇功。”郑玄注：“妇德，贞顺也；妇言，辞令也；妇容，婉娩也；妇功，丝麻也。”《礼记》中的言和后来的文才，不是同一概念，但并不影响人们从这一点上加以发挥，因此明末叶绍袁就认为“德才色为妇人三不朽”，清乾隆年间吴震生也提倡“色期艳，才期慧，情期幽，德期贞”（《西青散记序》）。周乃大的说法也可以从这个角度去理解。

但是所谓德只是一个概念，如何和才有所沟通呢？于是就拈出学养来。如朱光锡在序中先说自己早知其女侄韵兰有才女称，读到现在的残稿，则说：“宿闻韵兰诗才，不及早窥全豹。今拜读残膏剩馥，亦幸也。”然后评价其诗：“竟读韵兰寄外诸篇，含蓄深远。”这是因为其“得力于茶山、剑南之学。昔赵仲白所谓‘清于月白初三夜，淡似汤烹第一泉。’似之”（《诗人玉屑》卷十九载赵庚夫题《茶山集》曰：“清于月出初三夜，淡似汤烹第一泉。咄咄逼人门弟子，剑南已见一灯传”）。最后他说：“惟韵兰之才，人当惜其死。余谓有此才，当有此节，节完，诗足传矣。”这里所提到的茶山和剑南，分别是曾几和陆游。

曾几（1084—1166），字吉甫，号茶山居士。祖籍赣州（今江西赣县），徙居河南府。历任江西、浙西提刑，广西转运副使等，卒谥文清。曾几富有爱国热情，诗宗江西诗派，堪称其后劲。陆游作为南宋著名的爱国诗人，人所共知，不必多说，值得提出的是他是曾几的学生。他有《别曾学士》一诗："儿时闻公名，谓在千载前。稍长诵公文，杂之韩杜编。夜辄梦见公，皎若月在天。起坐三叹息，欲见亡繇缘。忽闻高轩过，欢喜忘食眠。袖书拜辕下，此意私自怜。……他时得公心，敢不知所传。"以及《追怀曾文清公呈赵教授，赵近尝示诗》云："忆在茶山听说诗，亲从夜半得玄机。常忧老死无人付，不料穷荒见此奇。律令合时方帖妥，工夫深处却平夷。人间可恨知多少，不及同君叩老师。"所以，从师承来说，他和江西诗派也是很有渊源的。但是，如果考察钱寿芝的现存诗歌，很难看出与曾几、陆游有什么直接的渊源。也许，最能够在她和曾、陆之间搭起桥梁的，还是忠贞之情。所以朱光锡最后归结道："节完，诗足传矣。"

基本上可以说，在这个集子的绝大多数副文本中，谈人的多，谈文的少。人们塑造出来的形象是烈女，而不是才女。在这里，甚至已经偏离了有德者必有文，或文如其人之类常见的规范，以至于有时显得副文本和正文本中的似乎不是同一个人。这样的副文本已经不是在和正文本互动，而是集中指向了人，在这些作者看来，人当然是可以脱离文而存在的，因此，这些副文本就充当了一个表彰文德的作用，把实际上的正文本无法展示的东西，揭示出来。当然，序中对作者加以介绍，从序这一文体的传统来看，也是应有之义，在清代女性别集的序跋中，这也不是孤例，只是文和人之间产生这么大的反差，仍是一个有意思的问题。也许，在这些作者的心目中，有此反差，正是值得提出的范本，即他们要的就是脱略行迹，强调根本。

与此相关，在这些副文本中，其实还有一个主题，就是通过对女性的义烈加以表彰来针砭世风。如陈钟祥说："此一册也，彼世之须眉冠冕，偷喘息于宇宙间者，读之大可以知愧矣。"陈氏的话还有点含蓄，谢兰生就非常直截了当："四月六日城陷，韵兰投河殉焉。维时高牙大纛，先已狼奔；武弁文员，随之兔脱。"作为和钱寿芝的对照，写了当时常州城内文武官员的可恨。咸丰十年（1860）四月初，太平军接近常州，城内官员非常恐惧，竟有擅离职守而逃窜者。据张佩忍《太平军目睹一角》："四月一日，警报告急，太平军的先锋，已抵离城四十里的阳立埠（湟里）了。难民来的很多。何制军托言筹饷，要去苏州，绅士恽汇昌们前去跪留，那里肯听？督标竟开枪伤了数人，毕竟在半夜逃走了。由是常州府平翰、武进冯誉驹、阳湖县何均也相继跑了。未逃的只有城守营袁敏府知事岳公而已。凡各衙署，俱已一空，城中居民，乃谋自卫了，大家揭竿而起，愿守常城，遂各分配防守。"何桂清是两江总督，当时统领10万清军，驻守常州，竟然以筹饷为名，逃往苏州。出逃时，有常州士绅跪留，其随从开枪打死19人，方才脱身。数日后，常州城破，因曾经抵抗，被太平军屠城。此事当时引起极大震动，影响极坏，引起咸丰皇帝的震怒，将其抓捕，后于收复常州后，将其判处斩立决。"桂清无料敌之明，又失效死之节。身名俱陨，罪实难辞。"（《清史稿·何桂清传》）为此，丁绍基写有长诗："咸丰庚申夏四月，贼骑西来逼城阙。甲士纷纷尽倒戈，城头处处空悬蔽。"主将逃跑，军士不能用命，使得城头的盾牌成为摆设。所导致的结果就是，“忽闻夜半角声哀，青犊千群肆驰突”，这时，站出来的是闺秀奇女子，“就中巾帼出完人”，“誓甘玉碎耻瓦全，大节凛然愧簪笏”（《行次保阳，同乡汪子昂易上舍以其亡室钱孺人遗诗属题，走笔应之，率成十六韵》）。

两相对比，何桂清、冯誉驹、何均这些守土有责的官员，能不惭愧？

这里，实际上暗含着表彰烈女的一个意脉。

在明清之际天翻地覆的大变动中，人们就已经发现官员的品行有亏，就开始有意识地表彰女子的气节，以与之相对照。扬州守将卓焕之妻钱氏，当城将破之际，卓焕劝其至夹道中躲避，钱氏不从，乃抱子投水自尽，受其风范感召，卓氏一门从死者 9 人。钱氏的事迹当时广为传诵，而对钱氏的表彰，往往伴随着对失节士人的批判。如黄宗羲《卓烈妇》四首之二：“无数衣冠拜马前，独传闺阁动人怜。”贾开宗《卓烈妇》：“睢阳须眉今已矣，南雷铁骨不可起。天地正气付阿谁，兹道如今寄簪珥。”柴绍炳《卓烈妇》：“二十年前余有言，大都女人胜男子。”到了晚清，为了宣扬革命，人们也会推崇女子的气节，如光绪三十年（1904）高燮在《女子世界》4 月号发表的长诗《女中华歌》：“人生不幸有如此，汉水无波自由死。腥秽薰天二百年，神州不见一男子。慨自明祚失其纲，犬羊异种恣猖狂。从兹尧封干净土，一变竟作大牧场。七尺重重皆鼠伏，猳尾低垂辱莫辱。衡阳颇具种族思，黄书至今无人读。野蛮宰割共牵连，何以男降女否世争传？吾意当时女界必发达，力能撑持群己排毳膻。团体坚强谁敢御，贵胄那分男与女。妇人从古系兴亡，岂独匹夫责有与？衣冠涂炭偏自骄，秋槐春杏兴味高。残将同种博富贵，蚩蚩共说人中豪。呜呼！汉儿汉儿大可鄙，豢养恩深便欢喜。奴颜婢膝可怜虫，也应愧杀裙钗底。”太平天国战争期间的此类描写，正是承上启下的一个过渡。

正文本和副文本之间的互动关系，是一个有趣的话题，本文所涉及的，不过是一个很小的层面，更深的研究，还有待于进一步展开。

地方文人与新兴媒体

戈鲲化与《申报》

《申报》原名《申江新报》，清同治十一年三月二十三日（1872 年 4 月 30 日）创刊于上海，有着广泛的影响力，在中国近现代社会的发展中起到了重大的作用。

《申报》创刊之后，很快就引起文人的关注，重要的原因之一，是其大量刊登了旧体诗词。据花红艳《早期〈申报〉文人唱酬与交际网络之建构》的研究，《申报》从 1872 年 5 月 2 日第二期开始刊登南湖蘅梦庵主的《观西人斗驰马歌》，到 1890 年 3 月 21 日刊登《词坛雅鉴》后停止刊发旧体诗词，近 20 年时间里，共刊登旧体诗词万首左右，为旧体诗词的传播，为文人之间的应酬交往，开创了一种新的方式。而《申报》之所以能够吸引这么多文人投稿，和它的一条启事不无关系。在 1872 年 4 月 30 日的《申报》创刊号上，刊登过一则《本馆条例》："如有骚人韵士，有愿以短什长篇惠教者，如天下各名区竹枝词及长歌纪事之类，概不取值。""概不取值"，就是说不收取版面费。《申报》既然强调这一点，或者其他报刊发表诗词作品时，有收费之举，也未可知。有了这样一种方式，文人之间的诗歌交流更为方便，因此诗坛和词坛才那么热闹，涌现了那么多的作品。

《申报》创刊在上海，一般认为其作者应以上海本地人为多，其实并不尽然，身在宁波的戈鲲化就是积极的作者之一。

戈鲲化（1836—1882），安徽休宁人，太平天国战争期间曾入湘军黄开榜幕，后在上海美国领事馆工作，同治四年（1865）来到宁波，在英国领事馆任职，一直到光绪五年（1879）赴美，受聘担任哈佛大学教席，成为第一个在美国大学任教的中国人，也成为美国汉学的开创者之一。他一共在宁波居住了 14 年。

可能是长期在领事馆工作，和西方打交道的关系，戈鲲化对《申报》这个现代传媒方式投注了很大的热情。他积极参加《申报》上的一些热门话题讨论，如种牛痘，其方法从西洋传入中国后，曾有一些老式痘师予以排斥，百姓中也有种种不同的认识。戈鲲化曾在 1875 年 3 月 6 日和 3 月 8 日《申报》，连续发表《牛痘引证说》上下二文，从正反两个方面，说明西洋种痘之法的优越。他曾经以诗歌的形式记载《申报》在宁波一地的影响："印板分明尺素裁，新闻市价一齐开。沿门遍递争先睹，《申报》今朝又早来。"（《三续甬上竹枝词》之三）早上报纸到来，人们纷纷争着先睹为快，是对早期报刊接受研究的珍贵记录。至于他自己，也是热情为《申报》提供新闻。《申报》辟有"宁郡杂闻"一栏，1876 年 7 月 20 日发布了这样的消息："昨宁波人寿主人来书，谓月之二十四日到有英国兵船一只，船中水师提督偕驻宁之英领事，于二十五日同往奉化之雪窦山游历，闻将于二十七日回来，二十八日开往上海也。”浙江水师提督黄少春陪同宁波领事馆领事佛礼赐将要往游奉化，看来是一件重要的事情，因此作为新闻来报道。这样看来，戈鲲化就一定程度上带有《申报》“特约通讯员”的身份。众所周知，上海与宁波连接密切，两地有着浓厚的亲缘关系。这一点，即使从宁波在《申报》上的位置也可以看出来。

正是有了这一层关系，《申报》对旧体诗词创作的鼓励和提倡，也大大激发了戈鲲化的创作热情。他在《申报》上一共发表了一二十首诗，其中不少是写宁波的风土民情。如《三续甬上竹枝词》之一：“琛赆招来海国商，甬江北岸屋相望。分明一幅西洋画，楼阁参差映夕阳。”之二：“千里邮程达上洋，轮船一夜快非常。不须艳说滕王阁，风送才人过马当。”之六：“又新街接日升街，纸醉金迷色色佳。要使游人心目炫，东西洋货巧安排。”第一首写宁波开埠之后，外国人多聚集在甬江之北，西式建筑令人印象深刻。第二首写宁波地理位置优越，乘坐轮船很快就能到达“上洋”（滕王阁，用王勃探父，船至江西彭泽马当，得一老者相助，一夜之间船行六七百里，到达南昌事）。第三首写宁波街市，来自东洋和西洋的货品令人心目震炫，看也看不过来。戈鲲化好像是在用这些诗，有意识地对宁波加以记录，介绍给读者。当然，他在《申报》上发表的诗，题材不止这些。如《偶乘火轮车放歌》，就可以称作那个时代的一篇佳作。作品先指出，先进的运输工具的创意原是出自中国，而且达到了相当的水准：“轩辕皇帝善物物，偶见飞蓬制为车。后来周公众巧聚，指南远服僸任侏。木牛流马辇餫饷，葛相意造此权舆。”但是，这种创意在中国没能得到发展，却被西方后来者居上："中国失传泰西出，曰英圭黎尤杰殊。采煤铸炭实车腹，气之所鼓雷霆驱。"火车构思精巧，坐在车上，真有风驰电掣之感："我今坐向吴淞口，旋转卅幅同一枢。暗设机关夺造化，繫车之人真仙乎。在地疾走轶奔马，在天健行迈踆乌。"但戈鲲化最后的结论却是："然而百利一大害，覆辙每遭肝脑涂。所以圣人摈不用，宇内坦荡有康衢。"诗中最后表现出来的观点似乎有些保守，但从前面对火轮车的描述来看，仍然是赞美之意居多，可以看出当时的一批知识分子复杂的心态。

光绪元年，戈鲲化 40 岁（虚岁）生日，他有所感慨，写了自述诗四首，广邀朋从作和。在这个过程中，《申报》有了奇特的作用。第二年的五月九日（1876 年 5 月 31 日），《申报》上刊载了一位署名内自讼斋主人的和戈鲲化四十生辰自述四首诗："才调翩翩美一时，长河浩落想襟期。鲰生久切瞻韩意，介绍先凭尺幅诗。"其二："飞鸿莫递海天书，同此依人异地居。何日乘风挂帆席，相逢始信愿非虚。"其三："遥想诛茅曲水滨，图书满架一吟身。半生著作如相示，不异赉粮馈我贫。"其四："会待旗亭同贳酒，相将画壁听新声。人生有乐须行乐，莫漫悠悠负壮生。"诗中写自己久慕戈鲲化大名，希望能够有机会拜会，现在先以四首和诗作为自我介绍。这位内自讼斋主人，现在尚不知是何人，而且和戈鲲化彼此并不认识，但看得出来，他对戈鲲化非常仰慕。那么，他是怎样得知戈鲲化写了这四首诗的？

虽然戈鲲化和《申报》关系密切，常在上面刊登诗作，但根据现在检索的结果，没有看到《申报》发表他的《四十自述》，按照情理，他是应该在这份报纸上发表的。首先，他自己有《午后搁浅待潮，用四十生日自述韵》，发表在《申报》第1170号（1876年2月21日）。如果他的《四十自述》没有发表在《申报》，而用韵再写的作品反而在上面发表了，就显得有点奇怪。其次，这位内自讼斋主人和戈鲲化并不认识，更没有见过面，他的和诗既然发表在《申报》上，以情理度之，似乎也应该是在《申报》上看到的原作。这些还有待进一步考察。

无论如何，这位内自讼斋主人登报和诗的行为，还是有着特定的认识意义，使人们看到，《申报》创刊后，传统文人的交往方式，由于这个新的传播媒介，也发生了不少变化，日报的形式，使得作品的刊登和传播更加快捷，所以，《申报》上文人群体的诗词活动非常多。据邱炜萲《五百石洞天挥麈》记载："数年前尝闻沪上寓公，有李芋仙，其人与王紫诠、何桂笙、邹翰飞、钱昕伯诸名士先后襄理西人美查所设华文日报，号曰《申报》者。复以其暇日，提倡风雅，发挥文墨坛坫之盛。诗酒之欢，佳话一时，颇云不弱。"花红艳据此提到《申报》的第一任主笔蒋芷湘，从1872年12月25日到1873年1月21日，在沪上文人之间组织并发起了四次消寒雅集，并在《申报》上大量刊登唱和之作。同时，蒋氏还与其他友好陆续发起了白桃花吟社、消夏社、聚星吟社、玉兰吟社等文人雅集唱酬活动。这样的盛况，固然和《申报》的办报主张有关，但也和"概不取值"的规定有关。免费刊登诗词作品，大大调动了作家们的积极性，使得他们可以换一种方式，而且是更便捷、传播途径更广泛的方式来进行诗社活动。戈鲲化40岁生日，之所以能有100多位作者，创作了600多首诗，形成一个小小的文化热点，和《申报》的影响力是有一定关系的。

上海最早的演讲家戈朋云

演讲之事虽然古已有之，但严格说来，只是在进入现代社会之后，才真正成为一种具有社会性的活动。中国古代的“游说”，陈辞方式同于演讲，却没有公众性。总的说来，现代意义上的演讲在古代没有发展的空间，因为一旦放任，就会导致聚众议政，这是封建专制统治者所不愿看到的。不过，晚明的社集，曾经有在苏州虎丘举行大会的盛事，其中主事者的发言，也是真正意义上的演讲，应该视为中国演讲事业的重要里程碑，但不久明朝覆灭，社集之事为清政权所忌，终于不能再发展。

进入现代社会之后，皇权被推翻，西方思想传入。有识之士深感开启民智的重要，因此特别注重发动群众，于是演讲事业也蓬勃发展起来，其中的先驱之一就是戈朋云。

戈忠，字朋云，以字行。清同治六年（1867）农历夏五月生于浙江宁波鄞县天封桥。他是中国近代第一位赴美国高等院校教授中文的教师戈鲲化的儿子，曾在美国念书，回国后又进了美国传教士林乐知所办的中西学院，受到中国传统文化和西方文化的双重教育。后来，任教于京师大学堂。他在光绪三十一年建立了中国第一个演说会：公忠会。所谓“公忠”，就是表示忠于四万万同胞，而不是忠于一家一姓，可见其动机与宗旨。秉持着澎湃的爱国热情和中西兼通的学识，戈朋云以演说为基本手段，参与了近代中国的不少重大事件。

1840 年以后，美国西部大开发，前后总计有超过 30 万的华工参与其中，做出了重大贡献。可是，随着 1870 年以后美国发生经济危机，美国资产阶级为转嫁矛盾，把责任归于华工，不断制造虐待、排斥华工的事件，推行种族歧视政策。1904 年，清政府希望能够修改《限制来美华工，保护寓美华人条约》，遭到美国政府的断然拒绝，因而激起全国人民的极大义愤。1905 年，以上海为中心，发起了抵制美货的运动，得到全国各大城市的热烈响应。在这一事件中，戈朋云表现出极大的热情。1905 年 7 月 20 日，他和曾铸等人在上海商务总会举办的聚会上发表演说。8 月以后，由于清政府的压力，运动的领导者曾铸等人相继退缩，但中小资产阶级、手工业者和爱国知识分子中仍有不少人坚持斗争。8 月 18 日，以戈朋云为首的公忠演说会联络文明拒约社、四明同乡会等召开谈话会，学、商、工三界到会者 86 人，其中 76 人签名赞成将抵制美货的运动进行到底。8 月 31 日举行力维抵制大会，到会者千余人，戈朋云报告会议宗旨，朱连魁、吴趼人、俞国桢、姚义门、连慕秦、周廉生、冯仰山、沈兆鹏、王清甫、顾维精、尹鹤林次第演说，“均以抱定不用美货四字，坚持到底，勿为讹言所惑，致散已成之团体”。会议由戈朋云提出四条办法：1. 彼尽疏通，我只不用。我不能禁彼卖出，彼亦不能强我买入。2. 虽有印花亦暂且勿买。3. 若有意外阻力，则誓当终身不买。4. 通电各处，请坚持不用美货。清政府禁止抵制美货的上谕发布以后，公忠演说会等团体集会如故。所以，9 月以后，以戈朋云为首的公忠演说会实际上成为上海同时也是全国抵制美货运动的中坚，戈朋云也展现出巨大的号召力。当时，公忠演说会的组织不断扩大，上海附近的南汇，以及浙江的乐东、新市、埭溪等地都成立了支会。他们印行并到处寄发《敬释谕旨》一文，解释抵制不违背谕旨，并派人到各地辅导成立组织，展开宣传。当时新成立的抵制组织有上海工商界的和平社、西厨帮的义愤社、商业求进会等，此外尚有江南拒约社、宜兴同舟拒约会、海盐文明拒约社等。上海各行业如蜜饯、银炉、信业、玉业、竹业、五金业、漆业等继续集会。商业求进会甚至邀请戈忠为大公正。埭溪公忠支会于十月三十日（11 月 26 日）开会时，有小学生 50 余人在会议结束时高唱《美约苛虐歌》。而十一月十四日（12 月 10 日）苏州争约处举行的加厉抵制大会上，悬挂着曾铸的石刻小像、奸商一览表，以及商会、董事、各埠代表、新闻记者等招待处，可以看出在抵制运动中，斗争的艺术更加成熟。逸事大王郑逸梅记载了这次运动中戈朋云在上海四明公所的一次演讲，其文云：“初登台时，轻描淡写地说上几句话，随口出声，嗓子并不高，或许座位较后者没有听出来，就是听清楚的也以为平平庸庸，毫无奇警之句。可是细细辨味，他所说的，却似文章的总冒，作开发下文的章本。于是一句紧一句，声音也一句响一句。说到紧要关头，声色俱厉，使听客的四肢百骸，完全兴奋起来。好像演讲者一颗热烈的心，要从他腔子里跳跃而出。起初漠然的，至此没有个不瞿然注视他，似乎他是发电机，听客都通了电流一般。”（《上海最早之演讲家戈朋云》，《联合晚报》1946 年 6 月 29 日）抵制美货运动反映了中国人民民族意识的进一步觉醒，表现了对国家主权与独立、民族地位与尊严的强烈要求，在中国近代史上具有重大意义，而戈朋云的表现，则为这次运动添上了浓墨重彩的一笔。

抵制美货运动尚未完全平息，上海又出现了大闹会审公堂案。事情的起因是这样的：1905 年 12 月 8 日，广东籍已故官员黎廷钰的妻子黎王氏经上海回广东，工部局捕房认为其所携人口中有拐骗者，遂将其拘捕，送往会审公廨。中国官员关炯之认为证据不足，拟判押公廨女所候讯。英国副领事德为门则违反会审章程，要求由捕房带回，被关拒绝。结果由争执而争斗，巡捕强行将黎王氏押往西牢。这种蛮横强暴的行径，激起了上海各界人民的强烈反对，自次日开始，就掀起了集会抗议的热潮，戈朋云当然也积极参与其中。12 月 10 日晚，公忠演说会在徐园集会，出席者五千余人，戈朋云、严承业、刘人杰、钱文史、孙罗德、林大松等相继发表演说；12 月 12 日，四明同乡会在四明公所集会，出席者数千人，戈朋云、王清甫、林放卿、严承业、刘人杰等发表演说；11 月 13 日，文明拒约社在城内九亩地校场集会，出席者一万余人，戈朋云、刘人杰、魏松园、许孟贤、林放卿、俞国桢、徐锡龄、严承业等发表演说；11 月 14 日，玉业同人在老北门内侯家浜玉器公所集会，出席者千余人，戈朋云、涅履之、刘人杰、严承业、林放卿、吴大初发表演说；11 月 15 日，潮州会馆在洋行街举行大会，各帮各业出席者四千余人，戈朋云、严承业、刘人杰等发表演说。这次事件，虽然由于清政府的妥协退让，最后以失败而结束，但上海人民的爱国热情在中国近代史上却值得大书一笔，而戈朋云也以自己全身心的投入，展现了一个爱国者的形象（熊月之主编《上海通史》第3卷第9章《拒俄运动、抵制美货与民族主义涌动》）。在事件中，他的演讲才能得到了极大发挥，郑逸梅记载在徐园的演讲情形说："关炯之和会审西官大闹公堂，他又凭着正义感在徐家汇演讲，作强有力的支援。租界巡捕房派了许多武装巡捕包围他，他不动声色，侃侃而谈。巡捕也无奈何他，结果被他说的全上海的商铺，都闭门罢市，关炯之居然在公堂上争得了主权。从此凡开什么禁烟会，女子天足会，光复时的剪辫会，他总是大声疾呼地演讲，收着很大的效果。"（《上海最早之演讲家戈朋云》）

戈朋云的演讲知识丰富，说理透辟，很有鼓动性，总是极受欢迎。1897年，美国传教士李佳白（Gilbert Reid）在北京创设宗教文化团体尚贤堂，不久迁往上海。辛亥革命后，尚贤堂每隔一段时间总要举行公开演讲，戈朋云的演讲也总是人们关注的热点。以下是《尚贤堂纪事》有关演讲情形的记述：

> 戈朋云先生热心社会教育事业，悃愊无华，长于言语，久为沪上知名士。九月二十四日下午，本堂开常例会，特先期订先生演说。先生因命题如右（按：即"论教育非不进，人才非不增。而于时仍有缺憾者，以未革心也。革心必返求乎建共和惟一国基之民德"），届时按题发挥，颇有倒流三峡之致。苟中无

物，乌得有此？

每届开会，冠簪朋盍，称盛一时。尤佩仰诸君子之热心云。遂请戈君登台宣讲演题（按：即“儒教于世界之永久精真大光明与大实益”）。戈君苕年游美，好学不倦，中西学理，均极邃优。晓畅摅词，历二时许，众咸鼓掌，餍望而散。

本堂中外学务联合会，于十月七日下午，开常例会，将请戈朋云先生演说，题为“对今日学业之种种观感，及论其进良之所亟需者”。各界人士届时与会颇盛。

本堂中外教务联合会，自去年规复以来，按月请宗教名流演说教理，以期互相研究。二月二十六日（星期）下午三时，为本堂第四次开教务演讲会之期，由哈少甫先生主席，特请沪上演说家戈朋云先生演讲孔教，题为“救人心，奠时局，惟在速究道德而已。儒教之道德，实为最自然、最适用于世界人群者”。戈先生拯世为怀，以道自任，慨近代世道衰微，人心日薄，演说之际，对时局人心痛下针砭，且嬉笑怒骂，淋漓尽致。听讲者掌声雷动，异常满意。

本堂中外教务会，自去秋规复以来，按月请名流演讲，以资联合、融洽教理之效，进化殊速。六月四日（星期）下午三时，本堂开第七次教务联合会，由周蓝田先生任主席，特请本埠儒教演说家戈朋云先生演讲，题为“道德上对今日人人所爱享平等自由之当取准绳”。此题为时人指示正义，导致实益，于社会声教，甚有功用。戈君演讲，词多发挥，听者甚为动容。

从以上记载可以看出：首先，戈朋云作为上海著名的演说家，其地位已经得到公认。其次，戈朋云的演讲受到公众的普遍欢迎。再次，戈朋云所演讲的题目都是有关于社会和人心者，有着现实的针对性。正是由于在这些社会事件中的出色表现，所以，郑逸梅尊他为“上海最早之演讲家”。

戈朋云及其『开门尊孔』说

20世纪初的中国，各种思潮并存，如何对待儒家思想，往往成为政治斗争的重要一环。1906年清政府进行教育改革，即把尊孔作为教育的重要宗旨之一。辛亥革命推翻了清王朝，中华民国临时政府立即否定了原来忠君、尊孔的教育方针，“学校禁读经书，私家如有私授经者，官吏至加以刑罚”（劳乃宣《桐乡劳先生遗稿》卷五）。这引起了清朝遗老的极大不满，认为失去了中华民族文化传统的精髓。其中的代表人物康有为即指出：“惟今者共和政体大变，政府未定为国教，经传不立于学官，庙祀不奉于有司，向来民间崇祀孔子，自学政吴培过尊孔子，停禁民间之祀，于是自郡县文庙外，民间无祀孔子者。夫民既不敢奉，而国又废之，于是经传道息，俎豆礼废，拜跪不行，衿缨并绝，则孔子之大道一旦扫地，耗矣哀哉！”（《孔教会序》之一）更指责说：“今吾国生民涂炭，国势抢攘，道揆凌夷，法守扫荡，廉耻靡尽，教化榛芜，名为共和，而实共争共乱；日称博爱，而益事残贼虐杀；口唱平等，而贵族之阶级暗增；高谈自由，而小民之压困日甚，不过与多数暴民以恣睢放荡，破法律，弃礼教而已。”（《复教育部书》）认为“孔子之教，文明皆备，万法精深，升平久期，自由已极”，“中国之人心、风俗、礼仪、法度，皆以孔教为本”（《法国革命史》）。尊孔在当时知识界实际上很有市场，如著名维新派人物严复也持同样态度，其《读经应当积极提倡》一文有云：“中国之特别国性，所赖以结合二十二行省，五大民族于以成今日庄严之民国，以特立于五洲之中，不若罗马、希腊、波斯各天下之云散烟消，泯然俱亡者，岂非恃孔子之教化为之耶？孔子生世去今二千四百余年，而其教化尚有行于近者，岂非其所删修之群经，所谓垂空文以诏来世者尚存故耶！”

以康有为为代表的尊孔思潮为袁世凯恢复帝制提供了思想依据，后者非常敏感地意识到尊孔读经有助于维护其统治，于是也将其意识形态公开化。1913年6月22日，袁世凯发布《饬照古义祀孔令》，提出：“立国之本在于政治，而政治新旧之递嬗，恒视学说为转移。我国之尊孔子始于汉武帝，摈黜百氏，表章六经，自是学说遂统于一尊。顾孔学博大，与世推移，以正君臣为小康，以天下为公为大同。其后历代人主专取其小康学派，巩固君权，传疏诸家，变本加厉，而专制之威，能使举世学者不敢出其范围。近之国体改革，缔造共和，或谓孔子言制大一统而辨等威，疑其说与今之平等自由不合，浅妄者流至悍然倡为废祀之说。此不独无以识孔学之精微，即于平等自由之真相亦未有当也。”所以，当时的教育方针也把“法孔孟”作为重要的部分。这些，曾受到资产阶级革命家的强烈批判，如章太炎发表《驳建立孔教议》，就明确指出：“近时有倡孔教会者，余窃訾其怪妄。”

这一场斗争，当时引起许多人的关注，几乎所有的思想家都或直接或间接地发表了意见。其中的不少人作为现代思想史的核心人物已经载入史册，而另一些人虽然也很重要，却还没有引起足够的重视。本文所要讨论的戈朋云就是属于这一类型。

我们现在尚没有确切资料说明戈朋云直接参加了这一场政治斗争，但从思想上看，他是儒家的坚决拥护者。而且，在倾向上他似乎也与尊孔派比较靠近。辛亥革命后，清朝遗老常有聚会，表达思念故国的情怀，如 1912 年胡思敬在上海愚园召集遗老聚会，一时著名遗老如梁鼎芬、麦孟华、陈衍、朱祖谋、李瑞清、樊增祥、陈曾寿、郑孝胥、陈三立、沈增植等分别从广东、福建、江西、江苏、四川、北京等地赶来，“怆念故物，缅怀旧京”（胡思敬《吴中访旧集》）。当时还成立了不少诗社、文社，如超社、淞社、逸社、希社等，也都是大致相同的思想倾向的组织。戈朋云正是希社的成员。另外，美国长老会牧师李佳白（Gilbert Reid）1897 年在北京创设宗教文化团体尚贤堂，不仅其本人先后发表文章和讲演，提倡尊孔，而且广邀社会名流就这一问题到尚贤堂进行演讲。戈朋云是尚贤堂里演讲的常客。不过，考察他的思想，却又与同时极力尊孔和力反尊孔的两种人有所不同，这就是他所提出的“开门尊孔”的主张。

所谓“开门尊孔”，就是以开放的态度，与时俱进的立场来对待孔子。戈朋云指出，孔子为“圣之时者”，因而“欲其道德灵活通行于时，为强国之动机”（《尚贤堂纪事》第 7 期）。

这一观点，当然也是其来有自，早在战国时代，孟子就已经指出："孔子，圣之时者也。孔子之谓集大成。集大成也者，金声而玉振之也。金声也者，始条理也；玉振之也者，终条理也。"（《孟子·万章下》）孟子指出孔子能够顺应时代潮流，体现时代精神，体系充实完整，品质伟大崇高（程千帆师等《杜诗集大成说》），戈朋云的论述即从这一思路发展而来。

首先，他指出应该继承孔子的因时变改的思想："孔子周游列国，适周，得百十二国书，问礼于老子，是则在今日固当广涉世界各友邦，搜罗种种科学以研究，人有片善，无不就而虚心求之，断不以从人之所长为可耻。"（《尚贤堂纪事》第13期）提倡根据时代变化而加以创新。其次，他从自己的观察出发，指出儒学的思想资源可以和西方文化互补："予有眼光敢预说，将来儒教赴欧美讲道，必获赞许者繁众。""吾道必有大行于欧美诸大邦之一日。"

值得提出的是，当时的一些外国人也多有东西方文化互补的观念，如俄国人盖沙令（Hermann Graf Keyserling）1912年5月2日在上海尚贤堂发表题为"东西求道论"的演讲，特别指出："以科学技艺及博爱之法制论之，则西方之进步较高，而东方只当效法而已。若论修己之学，自得之乐，自制之严，能知乎所谓幸福者，乃身心性命之事，而无所待于外。此则西方之普通人不能不学于东方之同胞矣。"（盖沙令《孔教乃中国之基础》）这在当时的论争中应该是另一种声音，是对西方文化经过反思的深思熟虑之言。而戈朋云曾经记载京师大学堂创立时，诸外籍人士有礼敬孔子之事，他作有《六国士人礼孔圣志》一诗，其中说："孔圣受敬六国士，创典吾为儒史笔。纪历光绪二十四，戊戌冬仲十九日。”（自注：欧美人士莫不闻知孔夫子之名也，京师大学始立，开课，美国丁韪良总教习率英法德俄日诸国各有其宗教之教习，诣孔殿前，三免冠，三鞠躬，袭使臣来华觐见之仪，庄敬严肃为空前，非可偶然之举。余适与其盛，因实志之。）

戈朋云认为儒学的优点有以下数端：1. 扫除迷信，注重感化；2. 自然平实，不求怪奇；3. 政教合一，有俾治国；4. 虽名为教，没有仪式；5. 破除迷信，以意相从；6. 孔子是人，并不是神；7. 重在先世，不讲灵魂。戈朋云指出，这七条都是当时尊孔之人所未能分辨者。从这一点出发，他进一步阐述了孔子学说的思想意义和实践意义，如“正心修身齐家治国平天下”，即个人、家庭、社会、国家、世界的关系；“仁智勇”，即德育、智育和体育；“人能弘道，非道弘人”，即英雄造时势；“万物并育而不相害，道并行而不相背”，即多元并存，共同发展。这些方面，如何具体评价，还要作更加深入的研究，但戈朋云把儒学作为现代社会的一种思想资源来看待的理路，却很可注意。如前所述，儒学在当时面临极大争执，一方面，袁世凯恢复帝制，希望利用儒学；另一方面，西学大行，中国文化遭到强烈质疑，以为儒学应对中国当前的柔弱负责，或谓尊孔导致专制主义，或谓尊孔意味对外来文明的排斥，或谓儒学已经过时，不适合于今用，或谓儒学重生不重死，缺少终极关怀……戈朋云对这些做出回应，或许不够深入，或许不够严谨，或许不够准确，但其动机值得肯定。

特别应该指出的是，和不少人注重学理的探讨不同，戈朋云非常重视对儒学实践性的发挥。比如孔子在社会生活中主张

“恕”：“夫子之道，忠恕而已矣。”（《论语·里仁》）什么是恕？推己及人曰恕。可是，如何解释，却有很大的空间。戈朋云认为，“个人私事，合于可恕者，亦当恕之。否则直勿恕。恕人之不当恕者，害有四焉：一、自我自开招侮之门也。二、他人转将受此影响，以我不能先制其侮之尝试也。三、于我侮者之自身亦极不利，彼将谓人甘忍侮，我不妨一任暴性，及其结果，必获大凶。四、使天地间之公理屈而莫得伸。”因此，他指出：“恕不可以过，过犹不及。”（《尚贤堂纪事》第7期）如孔子之诛少正卯，他赞其“不顾其方居位而遭人谤”，其魄力非“今儒所能见及”。因此，他又特别谈到，孔门道德，可以概括为仁智勇，三者之中，尤以勇为孔门所特有。孔子曾说过，仁者必有勇，但没有把勇单独提出，戈朋云强调这一点，是为了以孔门之勇，推动社会进化。所以他指出：“今日之国，欲舍此（按：指勇）而立于世界狂澜烈竞中不为之倒，难矣。”（《尚贤堂纪事》第7期）可见，他的关于孔子的论述，都有着现实的考虑，不一定是对历史上的孔子发表见解。考虑到中国自进入近代以来，内忧外患，国势衰弱，这些论述应该有着强烈的现实针对性。

戈朋云并不是一个纯粹的学者，他在讨论问题时有许多地方不免过于感性，但他的经历和学养使他具有极大的敏感性，因此，他所提出的某些问题仍然具有意义。事实上，一直到现在，其中某些问题仍然困扰着不少学人，使得他们在对文化遗产加以评判时，往往陷于不知所云的境地。对照而言，近百年前戈朋云在这方面的探索，显然可以提供不少思考的空间。

徐志摩就读美国克拉克大学行实钩沉

徐志摩于1918年8月14日从上海搭乘“南京号”客轮赴美留学，9月中旬进入位于马萨诸塞州乌斯特的克拉克大学读书，次年毕业，并获得一等荣誉学士学位。自徐志摩1932年逝世以来，已经出版了若干种年谱、传记等，但有关他在克拉克大学读书的情况，则或者语焉不详，或者叙述有误。笔者曾经访问克拉克大学，查阅了徐志摩在该大学的档案，并在友人的帮助下，获得了徐志摩在克拉克大学毕业时的成绩单，以及他写给老师的四封信。查《徐志摩全集》(天津人民出版社2005年版)，其第六卷为书信，其《本卷说明》说:“本卷收入迄今为止已发现的徐志摩的书信。除生前在报刊零星发表的外，主要采自陆小曼编的《爱眉小札》，蒋复璁、梁实秋主编的《徐志摩全集》和梁锡华编译的《徐志摩英文书信集》。”但其中并没有这四封英文书信，因而可以视为集外佚篇。今将成绩单和信件略加整理，公之于世，并予以说明，希望能对徐志摩研究有所裨益。

一、徐志摩毕业于哪个系

关于徐志摩从克拉克大学的哪一个系毕业，现有记载中有不同看法。早期著述多认为徐志摩就读于社会系，如陈从周《徐志摩年谱》认为，徐志摩“至美入克拉克大学社会系”；台湾传记文学出版社《徐志摩全集 · 年谱》说，徐志摩1918年到美，“入社会学系”，1919年“上半年仍在克拉克大学，习银行及社会学”。1990年代以后的著作则大多认为徐志摩读的是历史系。仅就目验的几种，列之如次。赵遐秋、曾庆瑞、潘百生编《徐志摩全集》第5册《徐志摩年谱》：“就读于克拉克大学历史系。”宋炳辉《新月下的夜莺——徐志摩传》：“志摩在克拉克大学就读于历史系三年级（三年制本科）……”赵遐秋《徐志摩传》：“徐志摩……最后到达马萨诸塞州克拉克大学，就读于历史系。”刘介民《风流才子徐志摩》：“1918年9月4日，徐志摩抵达美国的旧金山，后横跨美国大陆，经芝加哥、纽约，最后到达马萨诸塞州。他首先入克拉克大学历史系插读二年级……”方慧《徐志摩》：“徐志摩……到达马萨诸塞州的克拉克大学，就读于历史系三年级。”这些记载或许都和梁锡华的辨正有关，梁说：“民国七年夏，志摩赴美入克拉克大学。根据该校的记录，志摩属历史系而不属社会系或银行系。”（梁锡华《徐志摩新传》）梁先生应该是亲自到克拉克大学进行过调查，所以，韩石山撰《徐志摩传》，就引用了梁的说法：“抵美后，入克拉克大学。据查过该校记录的梁锡华先生说，志摩进的是历史系而不是社会学系或银行系。”但“查过该校记录的梁锡华先生”也可能有误。梁先生在克拉克大学确实看到了徐志摩的成绩单，即在其《徐志摩新传》前面所影印者。但是，他或许没有看到另外还有一份成绩单，虽说是大同小异，但是，这个“异”的地方，或许正可以说明问题。在这份成绩单上明确写道，徐志摩在克拉克大学主修（Tutor）政治和社会学，副修（Minor）历史。根据美国大学的制度，主修者即可以认为是所毕业的系。另外，成绩单显示，徐志摩的导师是富兰克·H·汉金斯（Frank H. Hankins）。汉金斯是当时克拉克大学政治和社会学系（Department of Political and Social Science）唯一的专任教授，该系另外还有两个教授，都同时在别的系兼课。因此，应该认为徐志摩毕业于克拉克大学的政治和社会学系。

二、徐志摩为何在克拉克大学一年即毕业

克拉克大学的学制是三年，但徐志摩只用了一年就毕业了。并不是徐志摩三年的功课只用一年即学完，或因学习成绩好而跳级，而是他在入克拉克大学之前的学习成绩被承认，从而充抵了两年的学分。据曾庆瑞编修《徐志摩年谱》，徐志摩1910年春入杭州府中学读书，次年春，杭州府中学改名为杭州第一中学，徐志摩在该校继续学习。1915年夏，徐志摩毕业于杭州第一中学，考入北京大学预科。1916年春，转入上海浸信会学院，选修课程有中国文学、中国历史、英国文学、英国历史、数学、物理、化学、圣经等。1916年秋，徐志摩转入天津北洋大学法科预科，选修课程有法律基础、逻辑学、心理学、中国文学、英国文学、世界文学等。1917年秋，北洋大学法科并入北京大学，徐志摩随同转入北京大学法学院，以旁听生资

格攻读政治学，同时学习法语、日语（赵遐秋、曾庆瑞、潘百生编《徐志摩全集》）。正是由于他在北洋大学和北京大学的学习成绩被计算为克拉克大学的学分，所以才能直接插入三年级的。另外，据克拉克大学的档案管理员介绍，甚至他的中学以及在上海浸信会学院的一些成绩，也得到了承认。

徐志摩在克拉克大学主要学习了6门功课，克拉克大学共保留了他的两份成绩单，大同小异。

第一份如下：

课目	第一学期上	第一学期下	第二学期上	第二学期下	学分
社会学	A	A−	B+	B+	6
经济学	B	B+	B+	A−	6
历史	A	A−	A−	A−	6
法语	B−	B+	B+	B+	6
历史	A	A−	A−	A	6
西班牙语	B+	A−	B	B−	6

第二份如下：

课目	具体内容	第一学期	第二学期	学分
社会学	社会学	A−	B+	6
经济学	劳工问题	B+	A−	6
历史	19世纪欧洲的社会和政治	A−	A−	6
法语	语法、发音和口语	B+	B+	6
历史	1789年后的国家主义、军国主义、外交及国际组织	A−	A	6
西班牙语	西班牙语入门	A−	B−	6

两份表格的不同，在于前者列出了每学期的两次考试成绩，而后者每学期只有一个成绩。据此判断，后者应该是计算的平均分。

另外，从成绩单中可知，徐志摩学得最好的是历史，因而有的学者认为他毕业于该校历史系，也不为无据。而徐志摩最差的成绩是体育，只得了 C。

我在前面之所以说“徐志摩在克拉克大学主要学习了 6 门功课”，是因为成绩单上还有一项颇为蹊跷。两份成绩单的前半部分，都有用百分制计分的 5 门功课，和后面的计分方式完全不同，却又计入了总体学分（每门功课都是 3 学分）。这 5 门功课是：经济学（商业管理），95 分；法语（语法、发音和口语），82 分；心理学（普通心理学），90 分；社会学，85 分；历史（现代欧洲史），88 分。克拉克大学的档案管理员也无法说明为什么这里要和后面不同，用百分制。如果加上这一栏成绩，很容易认为徐志摩在克拉克大学的学习时间是三个半年，或三个学期。但是，成绩单上也明确写道，徐志摩的入学时间是 1918 年 9 月 18 日，毕业时间是 1919 年 9 月，他不可能在克拉克度过一年半，而他在哥伦比亚的硕士入学正是在 1919 年的秋天。因此，这些用百分制计算的成绩到底意味着什么还要存疑。根据克拉克大学历史系罗溥洛（Paul Ropp）教授的分析，这存在两种可能：一，徐志摩在中国读书的有关成绩，经过测验后，冲抵了克拉克大学的有关学分；二，1918 年秋天，在第一次世界大战的烽烟中，克拉克大学组织了学生军事训练团（Students' Army Training Corps），并为之专门开课。比起第一种可能，罗教授更倾向于这是徐志摩在参加学生军事训练团期间所上的课。尽管如此，徐志摩只在克拉克大学读了一年，仍然是可以肯定的，不应作出不合实际的推测。

但是，以上成绩总体上仍然算是非常优秀的，因此，在毕业时，徐志摩被授予一等荣誉学士（First Honors）称号。在克拉克大学，荣誉学士有一等和二等之分，每个毕业班大约有10% 到 25% 的人获得这种荣誉，但得到一等显然比得到二等更加困难，因而荣誉也更大。

三、徐志摩为什么参加康奈尔大学的夏令班

顾炯《徐志摩传略》说：“徐志摩是一九一九年七月在克拉克大学毕业的，这个学校是三年制，而他只用了一年时间（中间他曾到康奈尔大学夏令班修了四个学分，以满足克拉克大学的要求）。”这段话有个地方值得斟酌。徐志摩到康奈尔大学的夏令班不是在“中间”，而是在他结束了在克拉克大学第一学年的学习之后。原因很简单，既然是夏令班，当然是开在暑期的，七月毕业的说法，也和成绩单上不符合。从徐志摩的成绩单看，他获得一等荣誉学士的时间是 1919 年 6 月 23 日（不是方文说的七月），距毕业的要求还差 4 学分，于是他到康奈尔大学去上夏令班，以凑够这 4 学分。这时他面临的情况是这样的：他必须在夏令班中拿到 4 学分，在得到克拉克大学的承认后，还要抓紧在暑假中办理毕业手续，赶在秋季开学之前拿到毕业文凭，以便去哥伦比亚大学报到注册。因此我推测，他的当年 6 月份毕业的毕业证也是补办的。

克拉克大学档案馆保存着徐志摩写给该校负责教务的麦尔维尔教授的 4 封信，从这些信中，可以了解徐志摩在康奈尔大

学夏令班的一些情况。

徐志摩大约是 1919 年 7 月开始在康奈尔大学上夏令班的，他在夏令班所选的两门课是经济学原理和英语。不过，看起来校方一开始是要求他选修其他课程，所以他才在致麦尔维尔的信中，表示对自己没能及时汇报新选课程的歉意。但是，在徐志摩的成绩单上，却只有经济学的成绩，是 4 学分，而没有英语的成绩，只是列出名目而已。这是因为徐志摩认为经济学有 4 学分，已经能够满足毕业的要求，就不必再列出英语的成绩了，可能他觉得自己是毕业于政治和社会学系，成绩单上的“经济学”更有利于说明背景。无论如何，徐志摩本人在夏令班上是非常愉快的，他表示伊萨卡这里，“不仅学习环境良好，而且对健康也大有裨益”。

徐志摩在夏令班的学习于 8 月中旬结束，14 日考完试，8 月下旬拿到了结业证书。这时，他最关心的是自己在康奈尔拿到的学分能否被克拉克大学承认，并且得以在克拉克顺利毕业。不仅如此，他还特别关心自己能否及时拿到毕业文凭，因为他刚刚决定入哥伦比亚大学继续求学，如果不能及时拿到毕业文凭，将无法按要求在哥伦比亚大学秋季开学注册。我们从他的信中得知，这时他已经明确表示自己的兴趣在经济学和社会学。

1919 年的整个夏天徐志摩一定是非常紧张的，因为他不知自己能否及时拿到克拉克大学的毕业文凭，并赶得上哥伦比亚大学的注册截止日期。不过，到了 9 月下旬，他终于可以放心了，因为他收到了克拉克大学寄来的文凭，赶在截止日期之前不多的时间里，在哥伦比亚大学顺利注册了。从此，他成为哥伦比亚大学的一名硕士生，又在美国开始了新的也是更重要的学习生活。

在 1919 年的夏天，麦尔维尔教授是和他密切联系的人之一，也是对他帮助很大的一个人。麦尔维尔（Carey Eyster Melville，1878—1963），1901 年毕业于美国西北大学，1914 年至 1918 年任克拉克大学数学系助理教授，1918 年至 1943 年任该系副教授，1943 年至 1948 年任该系教授，1948 年至 1963 年任克拉克大学名誉教授。从 1914 年到 1932 年，他还兼任克拉克大学的教务主管，这就是徐志摩在 1919 年夏天和他联系密切的原因。

最后要对韩石山先生的《徐志摩传》作一点辨正。在谈到徐志摩的克拉克大学生活时，韩先生根据梁锡华的《徐志摩新传》立说，并作了一定的发挥，有如下一段话："抵美后，入克拉克大学。据查过该校记录的梁锡华先生说，志摩进的是历史系而不是社会学系或银行系。第二年夏天，曾入康奈尔大学夏令班修了四个学分，才满足克拉克大学的要求，赶得及在 1919 年冬季毕业，取得一等荣誉学位。志摩在克拉克大学实际只有三个学期，修习的科目计有——三科历史学课程：一，欧洲现代史（半年）；二，十九世纪欧洲社会政治学（一年）；三，一七八九年后的国家主义、军国主义、外交及国际政治（一年）。两科经济学课程：一，商业管理（半年）；二，劳工问题（一年）。两科法文课程（共一年半）。一科西班牙文（一年）。一科心理学（半年）。两科社会学（共一年半）。……这一年，志摩在克拉克大学还参加陆军训练团，接受军事训练。政治热情归政治热情，一点儿不妨碍刻苦学习，他要尽量缩短学习期限，早点拿到学位文凭。……他在一年半之内取得学士学位，且为一等荣誉学位，已经够快的了，更为快捷的是，只用了半年的时间，就拿到了哥伦比亚大学的硕士学位。”（韩石山《徐志摩传》）这一段有若干可斟酌之处：一，徐志摩进的是政治与社会系，而不是历史系，说已见前文。二，徐志摩是毕业于1919年夏季，最多可以说是秋季，而不是冬季。三，徐志摩在克拉克大学是两个学期还是三个学期，前面已经提及。但这里，韩先生将梁先生说的三个学期，理解成了一年半，不知是否符合梁先生的本意。四，徐志摩并不是靠努力勤奋缩短了在克拉克大学的学习期限，提前毕业。他只用了一年，是因为入学以前的学分被承认。五，他在哥伦比亚大学拿到硕士学位是一年而不是半年，这是一个正常的学习期限。其中的某些说法当然都是有其来源，但刻苦用功以缩短学习期限云云，则是有些想当然了。

附：徐志摩致麦尔维尔信四通（译文）

（一）

朱登路215号

伊萨卡，纽约

1919年7月20日

凯利·E·麦尔维尔教授

克拉克大学

乌斯特，马萨诸塞省

亲爱的麦尔维尔教授：

7月16日来信收到，多谢关心。我在康奈尔大学新选的课程，没能及时向您汇报，对此，我感到非常抱歉。我希望，而且也相信，您不会因此对我有不好的印象。

在此要向您禀告的是，我对能在伊萨卡上夏令班，感到非常愉快，在这里，不仅学习环境良好，而且对健康也大有裨益。我选的课，一门是经济学（一），即经济学原理，除星期六外，每天上两次，分别是11点和12点，共4学分，任课教师为H·J·德文普特（顺便告知，选择此课得到了汉金博士的同意）；另一门是英语（一），除星期六外，每天都上，任课教师是邦迪教授。有关这些课程的详情，可在康奈尔大学举办夏令班的说明上查得，分别见第19页和第27页。

谨此匆复，并致以良好祝愿。

徐章埗敬上

（二）

朱登路215号

伊萨卡，纽约

1919年8月27日

凯利·E·麦尔维尔教授

克拉克大学

乌斯特，马萨诸塞省

亲爱的教授：

我怀着兴奋的心情，给您寄上康奈尔大学夏令班的结业证书，用以证明我这个暑期的学习情况，不知是否凭此即可获得毕业证书。如果您能在9月5日之前，也就是我离开伊萨卡之前将我的毕业文凭寄来，我将感激不尽。

同时，我也很高兴地向您禀报，我已经决定秋后入哥伦比亚大学读书，以从事进一步的学习。我想，我最感兴趣的专业是经济学和社会学。

向您和E·C·桑福德校长致以诚挚的祝福。

徐章埗敬上

（三）

朱登路215号

伊萨卡，纽约

1919年9月4日

凯利·E·麦尔维尔教授

克拉克大学

乌斯特，马萨诸塞省

亲爱的教授：

9月2日来信收到，多谢关心。我想，在离开伊萨卡之前，我是无法收到毕业文凭了，不过，只要不影响哥伦比亚大学秋季开学的注册，晚一些收到文凭也无大碍。能否请您多多关心，以免延误？

我确实选了邦迪教授的英文课，不过没有算成学分，因为我觉得，选两门课，修4个学分，就已经能够符合克拉克大学的要求了。不知这样理解是否有误？

本月中旬左右，我仍会在纽约，到时将把地址寄上。致以美好的祝愿。

徐章埗敬上

（四）

列文斯顿堂30号H

哥伦比亚大学

纽约

1919年9月20日

凯利·E·麦尔维尔教授

克拉克大学

乌斯特，马萨诸塞省

亲爱的麦尔维尔教授：

您寄来的毕业文凭准时收到了，有劳之处，谨致深深谢意。本周一，我就要到哥伦比亚大学和从事社会研究的新学院注册了，希望很快能够见到白鲁斯教授。致以诚挚的问候。

徐章埗敬上

诗词赏读

七夕节与七夕诗词的写法

夕的意思是晚上，七夕节就是在农历七月七日的晚上过的节日。七夕有非常悠久的历史，来源于对牵牛星和织女星的自然天象崇拜。

在中国古代社会，七夕作为民俗，主要有两个内容，一个是乞巧，另一个是牛郎织女天河会。乞巧就是乞求灵巧，向谁乞求呢？是向织女乞求。因为在民间传说中，织女是一个美丽聪明、心灵手巧的仙女。乞巧的主人公一般是年轻的少女，她们往往摆上香案，供上时令瓜果，向着天上拜祭，乞求织女能够赐给她们灵巧的双手。这个过程中还有一个重要项目——对着月亮穿针，互相比赛，看看谁的手最巧，穿得最快。古时候的乞巧其实和女性对自己的生活的期待密切相关，因为她们的劳动技能，也就是对针线、纺织、刺绣等技能掌握的程度，往往和她们将来的生活是否美满密切相关，因此慢慢就成为一个重要的风俗。不过，随着时代的发展，现在大家已经不怎么知道这种民俗了。

七夕的另一个内容，就是这一天是牛郎织女在天河上相会的日子，寄托着人们对美好感情的赞叹和向往。

牛郎织女的故事，经历了一个形成和发展的过程。早在《诗经》的《大东》一篇中，就有关于牵牛、织女的描写。诗中说，天上银河如明镜般闪着光辉，织女星就像织布机织布一样，一天要移动七次。可是虽然样子像织布，却并不能真正织出布来。那闪闪发光的牵牛星，也并不能真的拉车。从这些描写可以看出，在那个时代，人们关注的还是天上的两颗星星，认为它们有名无实，这体现了我们的祖先在艰苦的劳动中，对遥远的天空的一种想象，也是对提高劳动力的期盼。

在牛郎织女神话的演变过程中，还出现过其他的内容。比如梁代殷芸《小说》中记载的故事是这样的：天河的东边住着织女，是天帝的女儿，她年年在织布机上辛勤地劳动，织成了天上的片片彩云。天帝看她总是一个人，太孤独，就把她嫁给了住在天河西边的牛郎。织女出嫁后，就不再织布了，惹得天帝大怒，强迫她住回河东，夫妻二人一年只能相会一次。这个故事不符合广大民众的心理期待，所以理所当然地被淘汰了，现在已经没有什么人知道还曾经有这样的一个故事存在。大家比较熟悉的是，牛郎是一个孤儿，和哥哥嫂嫂在一起生活，受到虐待，分家时只分给他一头老牛，与他相依为命。织女是王母娘娘的外孙女，因羡慕人间生活，每月一次，和众仙女到湖中洗澡。牛郎按照老牛所教的方法，藏起了织女的衣服，两个人就结了婚，生下一对儿女，过着幸福的生活。后来，此事被王母娘娘发现，就将织女捉回天上。牛郎披起牛皮，用扁担挑着子女在后面追赶。王母娘娘拔下头上的簪子，朝后面一划，汹涌的天河就把他们阻隔开了。二人的故事感动天地，于是每年的七月七日，喜鹊都给他们在天河上搭起一座桥，使他们可以一年一度相会。

牛郎织女的故事在中国称得上是家喻户晓，而且也能够引起人们的好奇心，在生活中做出回应。以前，每年农历七月七日的晚上，当月亮升起来的时候，长辈会给孩子们讲牛郎织女的故事，并告诉他们说，如果安静地待在庭院中的葡萄架下，还能听见牛郎织女相会时的窃窃私语呢。

牛郎织女的故事更是中国古典诗词创作的重要题材，这个题材的基本感情就是离别，千百年来，围绕着这种感情所写的作品，真是数不胜数。其中很著名的一篇作品就是《迢迢牵牛星》，这首诗大约出现在东汉末年，是这样写的：

> 迢迢牵牛星，皎皎河汉女。
> 纤纤擢素手，札札弄机杼。
> 终日不成章，泣涕零如雨。
> 河汉清且浅，相去复几许？
> 盈盈一水间，脉脉不得语。

这首诗写牛郎织女隔着一道天河，织女虽然不断在织布机上忙活，但是一整天也织不出来一匹布，因为她为离别而伤心，一直在流泪，泪水像下雨一样滚落下来。这首诗可能是描写牛郎织女离别感情最早的一篇作品，最早的作品往往就会定下来一个基调，后来的作家基本上无法突破这个范围。因此，在相当长的时间里，古典诗词中关于这一题材的作品都是在他们相聚时间太短，离别时间太长这个点上做文章的，区别不是太大。

但是，生活是非常丰富的，人生也会有很多种不同的选择，那么，离别难道只能带给人们伤心这种感受吗？牛郎织女的故事，是否一定只能在这个基调上思考？在这个故事长期流传的过程中，人们结合自己的生活经验，逐渐出现了不同的解读：虽然一道天河将牛郎织女阻隔开，但无法隔断他们的感情；虽然一年365天，他们只能有一天见面，但无法冲淡他们的感情。真挚的感情，可以战胜空间，也可以战胜时间。因此，按照这种思路，作家们也能写出具有翻案意识的作品，其中最有代表性的一篇就是北宋秦观的《鹊桥仙》，这首词是这样写的：

> 纤云弄巧，飞星传恨，银汉迢迢暗度。金风玉露一相逢，便胜却人间无数。　　柔情似水，佳期如梦，忍顾鹊桥归路！两情若是久长时，又岂在朝朝暮暮！

上片写天上的云彩变幻出巧妙的形状，点点流星好像是在为牛郎织女诉说心事，在这个夜晚，他们无言地踏上鹊桥，在宽阔的银河上相会。写到这里，感情有点低沉，但接下来的两句一下子就摆脱了这种低沉。这两句是这样写的："金风玉露一相逢，便胜却人间无数。"意思是说牛郎织女在秋风吹拂、白露茫茫的时节相逢，虽然一年只有一次，却胜过人世间千千万万长年厮守在一起的夫妻。为什么这样说呢？因为他们有真挚的感情，而许多人不一定有。下片写他们之间的深厚感情像这天河里的水一样不断流淌，这一年一度的相会像梦一样，显得有点不真实，而回过头来看看那归途，心中不免充满感伤。写到这里，感情又有点低沉。后面又用两句将意境提升了起来："两情若是久长时，又岂在朝朝暮暮。"这两句实际上是说出了整篇作品的中心思想，就是人生的追求是什么，人生最重要的是什么。这里，和上片后两句一样，也是通过时间的观念，揭示短暂和永恒的关系。"久长"是感情的时间，"朝朝暮暮"是自然的时间。但自然时间的久长，不一定代表感情时间的久长，其中最关键的是质量，而不是数量。有了真挚的感情，不一定必须长相厮守，因此，当然也能够经得起离别的考验。这看起来是写牛郎织女，其实包含着现实人生的体验，因此也就将牛郎织女的传说赋予了新的生命，可以为我们提供很多人生的启示。

我们在讨论关于牛郎织女故事的诗词时，还要指出的一点是，作家们有时要对离别这件事进行新的思考，有时甚至是将它消解掉，做出更大的翻案。比如唐代诗人崔涂的《七夕》这样写道：

年年七夕渡瑶轩，谁道秋期有泪痕？
自是人间一周岁，何妨天上只黄昏。

诗中说，每年七月七日的夜晚，牛郎织女乘坐华美的车辆在天河上相会，人们往往认为他们一定为长期的离别而悲伤，其实，他们一点悲伤都没有。为什么呢？因为，他们都是神仙，神话中说：天上一天，地上一年。我们在地上看到他们等了一年才相见，其实对于天上的他们来说，也不过是一天而已，就像白天上班，晚上回家，其实是生活中的常态，又有什么好伤心的呢？虽然仍是从一年一度的相会去做文章，但巧妙地以不同的空间所导致的时间观念的不同来展开，真正是意料之外，情理之中，写得很别致，一下子就将以往集中在离别这件事上的种种情感，全部都翻了过来，是中国古代翻案诗中很有名的一首。将人间的时间和天上的时间对写，表示仙凡感情的不同，前人已经有所尝试，如顾况《古离别》："西江上，风动麻姑嫁时浪。西山为水水为尘，不是人间离别人。"麻姑是传说中的女仙，据她自己说，她曾经三次见到沧海变为桑田，大自然是永恒的，人生是短促的，西江上的风现在吹动的浪，还是当年麻姑出嫁时的浪，而麻姑既然曾经三见沧海桑田，则她的出嫁也是很久远的事情了。那么，她如果出嫁，是否也会有凡人的悲欢离合呢？作者认为没有，因为她是仙女，仙女当然"不是人间离别人"。不过，这首诗只是在仙凡之间寄意，不够生动，远不如崔涂选择一个人所共知的故事加以翻案能够一下子抓住人。

上面这三首写牛郎织女的诗（词），都是从离别入手，第一首写牛郎织女为离别而伤心，第二首说由于他们有着真挚的感情，因此离别并不能影响他们什么，第三首则巧妙地借助天上人间的时间观念的不同，写他们根本就没有一般人所认为的那样的离别。无论如何，说明离别这件事，在古人心目中，是人生的一件大事。

拟代之情与经典建构

说张华《情诗》

西晋诗人张华，诗写得很华美，特别善于写儿女之情。他有《情诗》五首，是文学史上较早地以此为题的作品。对于这五首诗，萧统编《文选》，选入其中的第三首和第五首，后来不少选张华诗者，如王士禛《古诗选》、沈德潜《古诗源》，也都是选入这两首，显然是认为，这两首是张华的代表作。

两首诗如下：

清风动帷帘，晨月照幽房。
佳人处遐远，兰室无容光。
襟怀拥虚景，轻衾覆空床。
居欢惜夜促，在戚怨宵长。
拊枕独啸叹，感慨心内伤。

游目四野外，逍遥独延伫。
兰蕙缘清渠，繁华荫绿渚。
佳人不在兹，取此欲谁与。

巢居知风寒，穴处识阴雨。
不曾远别离，安知慕俦侣。

第一首写思妇，时间是夜晚，地点在室内。一开头，清风吹动帷帘，就显得意蕴丰厚。帘动，正是心动。为什么心动？是因为有所希冀，有所期盼，而这个希冀和期盼，很可能延续了整个夜晚，所以有"晨月照幽房"一句，暗示着主人公一夜未睡，直到黎明。一般说来，由于万籁俱寂，感觉容易集中，凌晨的月光总是显得特别明亮，但对于怀远之人来说，却是相反的，因此引出下面的因果句："佳人处遐远，兰室无荣光。"这种情形，是特定的心境和视觉产生的矛盾造成的。从视觉上说，有月总比无月要明亮些，但由于自己沉浸在伤离的情绪中，也就有了相反的效果，看过去，芬芳的闺房反而显得一片昏暗。由于思念之深，她辗转反侧，再也躺不住了，于是披衣徘徊，清幽的月光，洒满她的全身。"虚景"就是月影，创造的感觉是月成虚，影成虚，人成虚，思念也成虚。于是回过头来，看到"轻衾覆空床"，一个"空"字，正好和上句的"虚"字相承接，原来一切的根源都在这里。正是由于"佳人"——这里指所思念的男子——不在身边，所以她感到寂寞孤独，其实也有一点《古诗十九首》（青青河畔草）中"荡子行不归，空床难独守"的意思。因此，下面自然发出"居欢惜夜促，在戚怨宵长"的慨叹。二句既是今昔对比，又是凝聚着深刻感情的体会，还体现了物与我之间矛盾关系的对立统一。人的感情往往不受时间和空间的限制，但这不受时间和空间限制的思维活动也同样受着某一种法则（或曰客观规律）的支配。"居欢"

与“在戚”，就客观的某一段时间而言，并不存在什么短和长的问题，然而，由于当事人情感的作用，则会产生感受上的变化，即主观上认为是长或短了，这就是物（客观）与我（主观）的矛盾，就如王国维所说的“有我之境”：“以我观物，故物皆着我之色彩。”（《人间词话》）因此，这对矛盾，在主观的感受下，统一到了人的感情上。全诗以“拊枕独啸叹，感慨心内伤”作结，直抒其情，使得诗歌的节奏由缓到急，呈现出变化，只是从通篇的情致看，末句显得有点直致。试看杜甫《别房太尉墓》之结句：“惟见林花落，莺啼送客闻”；谢翱《书文山卷后》之结句：“无处堪挥泪，吾今变姓名”，可以体会含蓄与直致之别。

第二首写游子，时间是白天，地点是野外。“游目”，目光由近及远，暗寓怀远之意。“逍遥”，漫无目的地行走，暗寓企图排遣心中愁绪之意。“延伫”和“逍遥”并提，增加了主人公感情的起伏。那么，在何处“延伫”？诗人给出了具体的场景：“兰蕙缘清渠，繁华荫绿渚。”兰蕙美丽芬芳，沿着清清渠水，一片灿烂，繁茂的花朵覆盖着碧绿的沙洲。对此美景，主人公摘取一朵赏玩，原是很自然的事，但是，所思之人不在身边，纵然花朵美丽，无“佳人”同赏，又有什么意思呢？这种心理变化是一刹那的：由物（兰蕙）及我（主人公），进而及人（所怀之人）。感情的潜流，构成了诗歌深远的意境。王夫之说：“以乐景写哀，以哀景写乐，一倍增其哀乐。”（《姜斋诗话》卷上）兰蕙所带来的盎然春意，在主人公看来，不过更添哀愁而已。《古诗十九首》中有云：“涉江采芙蓉，兰泽多芳草。采之欲遗谁，所思在远道。”张华这里的抒情思路显然从此而来，采撷遗远的思路还可以追溯到《九歌·湘夫人》：“搴汀洲兮杜若，将以遗兮远者。”但古诗含蓄，张华直接，仍有区别。接下来“巢居”二句，古乐府有“枯桑知天风，海水知天寒”句，是其所出，但张华所作更加整饬。这带有议论的性质，也是一种比喻，因为并非实景，乍看与“兰蕙”二句无法衔接，但却是感情起伏发展的必然。因为如写向阳花木，备感温暖之类，虽然喻意不变，但喻体和本体之间的联系却切断了。而且，“兰蕙”之“繁华”与“风寒”又“阴雨”，在视觉上又产生了强烈的对比，因此，虽然似乎转折陡峭，却脉络不断，让我们体会到主人公内心世界的翻腾。最后两句，是主人公经过昼夜相思折磨而得出的深刻体会：“不曾远别离，安知慕俦侣。”这种体会，只能是在远别的爱人之间才能产生，反过来说，俦侣在一起的时候，也往往并不能珍惜。李商隐《无题》：“此情可待成追忆，只是当时已惘然。”清末民初徐枕亚《玉梨魂》中有句：“韶华到眼轻消遣，过后思量总可怜。”这一层意思，张华已经先写了出来。

钟嵘《诗品》将张华列为中品，认为其诗“儿女情多，风云气少”。这是个非常具有个人特色的评语，因为一般来说，“风云气”和“儿女情”并不构成高低上下之分。但是，钟嵘对张华诗歌的内容和风格的把握还是准确的。我们要进一步追问的是，张华的这类作品，特点何在？

如上所述，从《文选》开始，人们选录张华的诗歌，在五首之中，往往都取此二首，有其特定的考虑。从某种意义上说，两篇作品在内容和文字表现上明显构成了对应的关系。如“佳人处遐远，兰室无容光”和“佳人不在兹，取此欲谁与”，一说佳人外游，兰室无光；一说佳人不在，兰蕙奚遗。二者构成了呼应。又如“居欢惜夜促，在戚怨宵长”和“巢居知风寒，穴处识阴雨”，将生活场景、人生体验注入其中，抒情中带有议论，也以类似的模式，展示彼此相承的脉络。

《情诗》五首，有四首中出现了“佳人”。上文已经提及，在中国传统文化的语境中，“佳人”既可以指男性，也可以指女性。从这两首的具体情形看，前者应是思妇，后者应是游子。诸重要选本以之相并，可能都是看到了其间存在着互相呼应的关系，类似于夫妻赠答。这也有传统。在中国文学史上，早在东汉末年，就有了夫妻赠答诗，即东汉秦嘉、徐淑夫妻的作品，其本事见《玉台新咏》卷一秦嘉《赠妇诗》的序：“秦嘉，字士会，陇西人也，为郡上掾。其妻徐淑，寝疾还家，不获面别，赠诗云尔。”其中，秦嘉所作是三首五言诗，而徐淑所作则是一首骚体诗。对于秦、徐以诗赠答，钟嵘《诗品》是这样说的：“夫妻事既可伤，文亦凄怨。为五言者，不过数家，而妇人居二。徐淑叙别之作，亚于团扇矣。”陈祚明《采菽堂古诗选》评徐淑所作：“《诗品》称徐淑能为五言，当时必别有答诗，今不传。”陈祚明认为徐淑当年作有五言诗，以与秦嘉相赠答，可备一说。从萧统开始，诸家或许是看到了这种传承关系，才把张华的这两首诗析出，成为一个整体，构成酬答的关系。不同的是，张华的二首诗是同一人所作，是拟代之体，更多地具有了文学创作的意味，这应该看作文学的一种发展。事实上，从作品本身来看，也能找出一点前后传承的痕迹。比如说，张诗中“佳人处遐远，兰室无容光”，就可以和“独坐空房中，谁与相劝勉”“顾看空室中，仿佛想姿形”有所沟通；

“居欢惜夜促，在戚怨宵长”，也可以联想到“忧艰常早至，欢会常苦晚”；至于“兰蕙缘清渠，繁华荫绿渚。佳人不在兹，取此欲谁与”，则和“诗人感木瓜，乃欲答瑶琼。愧彼赠我厚，惭此往物轻。虽知未足报，贵用叙我情”，都以赠与之事为思路。所以，张华的这些作品，很可能与秦嘉、徐淑的赠答诗有一定的渊源。

从以上分析可以看出，张华的这两首诗，无论是在结构上，还是在语言上，都和汉代的五言诗传统深有渊源，这启发我们进一步思考其意义。

萧统《文选》选录了十九首古诗，后来被称为《古诗十九首》。其产生年代向有争议，比较常见的说法是东汉的作品。这些诗，以及《文选》中所选录的其他汉代五言诗，往往受到后世的极大爱赏，也引起了连续不断的模拟之风，较早的，可能是西晋陆机所拟的十四首（或十二首）。事实上，整个晋代诗歌，多模拟之风，如罗根泽在《乐府文学史》中评价晋代乐府所说：“概皆模拟古乐府之作，无自己创制者。篇章虽多，而有生气、有性灵者则甚少。”但是，从经典化的角度看，模拟也正是其中的一个重要环节。刘勰《文心雕龙·明诗》评《古诗十九首》为“五言之冠冕”；钟嵘《诗品》卷上在评述古诗时指出：“陆机所拟十四首，文温以丽，意悲而远，惊心动魄，可谓几乎一字千金。”显然，在《古诗十九首》经典化的过程中，陆机和其他作家的模拟之作，具有一定的意义。张华和陆机是同时代人，张的年龄还长于陆。从《情诗》中对包括《古诗十九首》在内的汉代诗作的学习或模仿来看，在一定程度上，他也应该被置于这个经典化的过程来加以考虑。

大谢的诗笔和诗理

钟嵘《诗品》列谢灵运为上品，评语却似乎有褒有贬。他说:“其源出于陈思，杂有景阳之体，故尚巧似，而逸荡过之，颇以繁芜为累。”紧接着又说:“若人兴多才高，寓目辄书，内无乏思，外无遗物，其繁富，宜哉!”“巧似”是六朝诗歌批评常见的说法，大致上指对大自然或物象的穷形尽相的描写。钟嵘认为，谢灵运源出曹植，并杂有张协之体，其巧似由此而来，却又在巧似中增加了逸荡，所以显得繁富。这是和谢灵运的两个学习对象进行比较做出的结论，就曹、张所建立的标杆来看，谢的繁富就牵累了他的创作成就。但钟嵘又回到谢灵运本身，毕竟谢和曹、张仍有不同，他“兴多才高，寓目辄书，内无乏思，外无遗物”，这样写出来的诗，就体现了自己的个性，所以，“其繁富，宜哉”!

钟嵘的这个表述既考虑了谢的渊源，又考虑到其自身的创作个性。论前者，未能完全秉承前修，故有遗憾;论后者，则发展出自己的特色，又值得肯定。我们讨论谢灵运的诗，也要从这个角度去思考，特别是结合其自己的特色加以思考。

首先，诗人个性与山水特征的契合。一个诗人，当他对自然界进行感受时，肯定会带着自己的个性色彩。如果被他所感受的景物也以其独特之处而与诗人的个性有所合拍，则一定会带来某种感应。谢灵运的游览之处多在永嘉、会稽、彭蠡湖等地，那里的山水壮美清奇，而他又“寻山陟岭，必造幽峻，岩障千重，莫不备尽”（《宋书·谢灵运传》），作为一个“性奢豪，车服鲜丽，衣裳器物多改旧制”的贵公子，他正好得到了发挥的空间，而山水本来的特色，也就得到了表现。在文学史上，大小谢齐名，都以对山水的精妙描写而著称，但他们的山水诗却有相当的不同。试比较下面二诗：

灞涘望长安，河阳视京县。
白日丽飞甍，参差皆可见。
余霞散成绮，澄江静如练。
喧鸟覆春洲，杂英满芳甸。
——谢朓《晚登三山还望京邑》节选

剖竹守沧海，枉帆过旧山。
山行穷登顿，水涉尽洄沿。
岩峭岭稠叠，洲萦渚连绵。
白云抱幽石，绿筱媚清涟。
葺宇临回江，筑观基曾巅。
——谢灵运《过始宁墅》节选

小谢诗中，绮丽的彩霞，平静的江流，洲渚上啁啾的鸟儿，还有郊野烂漫的群芳，构成了一幅秀丽的春色图，散发着优美的情韵。而在大谢笔下，则是崇山峻岭，重重叠叠，洲渚萦回，连绵不绝。白云弥漫在山头，簇拥着幽暗的山石，绿竹掩映中，一泓绿水荡起涟漪。这幅图画的境界相对壮阔，和小谢的诗相比，一清丽，一壮丽，判然可分。这当然与诗人的个性有关，与诗人的审美情趣有关，但也不可否认他们面对的景物，给他们造成的感受本有区别。谢朓多往来于南京和宣城一带，山水秀丽，风景优美，他的诗歌染上了这种色彩，也是理所当然的。而谢灵运之所见，则肯定也在有意无意中促使他展示出富艳的才情。

其次，谢灵运善于使用富丽精工的语言来模山范水。这一点体现了时代的特色。《文心雕龙·明诗》："宋初文咏，体有因革，庄老告退，而山水方滋。俪采百字之偶，争价一句之奇。情必极貌以写物，辞必穷力而追新。"大势如此，谢灵运"有不得而自主者"（《谢康乐集题辞》）。"俪采百字之偶"原是西晋开始的一种偏重形式的诗风，这一点，到了大谢手中，某些方面得到继承，某些方面则有所调整。他向前人学习时，不仅借鉴了太康、元康时期的崇尚华丽的诗风，而且在某些方面也继承了建安文学的那种直抒胸臆的写作方法。如《登上戍石鼓山》："日没涧增波，云生岭逾叠。白芷竞新苕，绿蘋齐初叶"；《入东道路诗》："陵隰繁绿杞，墟囿粲红桃。鷕鷕翚方雊，纤纤麦垂苗"，都精雕细刻却又自然清新。如"日没"一联，观察非常细致：日头将落，斜晖映照，涧水微波荡起，云霞缭绕在崇山峻岭中，更见出山峦叠嶂，绵延不绝。至于《入东道路诗》的这几句又状物入微，辞采华美，具有视觉冲击力。

谢灵运诗的这一语言特色与前人有着一定的渊源关系。关于这一点，钟嵘指出："其源出自陈思，杂有景阳之体"（《诗品》卷上）；胡应麟则指出："灵运之词，渊源潘陆"（《诗薮·内编》卷二）。这几位，在钟嵘《诗品》中都有评价，如曹植是"词采华茂"，张协是"词采葱蒨，音韵铿锵"，潘岳是"烂若舒锦"，陆机是"才高词赡，举体华美"。如果拿来和谢灵运的诗相对照，确实能够看出一定的传承关系。试看曹植《驱车篇》："隆高贯云霓，嵯峨出太清。周流二六候，间置十二亭。上有涌醴泉，玉石扬华英。东北望吴野，西眺观日精。"语言精工华美，描写细致入微，显然和谢灵运的有关诗作有不少相似之处。

第三，穷极笔力，状物无遗。如此进行创作，在一般诗人手中，难免流于繁琐和壅塞，但谢灵运则得心应手。如《石壁精舍还湖中作》："昏旦变气候，山水含清晖。清晖能娱人，游子憺忘归。出谷日尚早，入舟阳已微。林壑敛暝色，云霞收夕霏。芰荷迭映蔚，蒲稗相因依。披拂趋南径，愉悦偃东扉。"描写傍晚从石壁精舍还家，泛舟湖上所见到的自然景色，抓住"昏旦"之间气候变化的特点，重点写这一变化给"林壑""云霞""芰荷""蒲稗"带来的影响，反复烘托，极力描摹，却又不伤于琐细，充分显示了诗人驾驭语言的能力。又如《九日从宋公戏马台集送孔令》："季秋边朔苦，旅雁违霜雪。凄凄阳卉腓，皎皎寒潭絜。良辰感圣心，云旗兴暮节。鸣葭戾朱宫，兰卮献时哲。饯宴光有孚，和乐隆所缺。在宥天下理，吹万群方悦。归客遂海隅，脱冠谢朝列。弭棹薄枉渚，指景待乐阕。河流有急澜，浮骖无缓辙。岂伊川途念，宿心愧将别。彼美丘园道，喟焉伤薄劣。”起四句写景，点出时令；“良辰”四句以“圣心”二字点出宋公，交代集送之事；“饯宴”四句承上，将集送之事申足；“归客”以下六句始落在被送人孔令身上，从其现在，想象其未来，表达深深关切；末四句道出惜别之意。全诗反复致意，大加铺排，气象宏大，而又描摹细致。章法上则非常整饬，次序井然。杜甫的名篇《送孔巢父谢病归游江东兼呈李白》：“巢父掉头不肯住，东将入海随烟雾。诗卷长留天地间，钓竿欲拂珊瑚树。深山大泽龙蛇远，春寒野阴风景暮。蓬莱织女回云车，指点虚无是归路。自是君身有仙骨，世人那得知其故。惜君只欲苦死留，富贵何如草头露？蔡侯静者意有余，清夜置酒临前除。罢琴惆怅月照席，几岁寄我空中书？南寻禹穴见李白，道甫问讯今何如。”首四句写巢父前往江东之因；接着四句写前往江东的一路之景，对其此行加以想象；“自是”四句写巢父一向的精神追求，因此，虽惜别而实不必留；最后六句回到当前宴席，将置酒者、惆怅者、寄书问讯者一起收束，逐一缴足题面。清人施补华《岘佣说诗》评云：“起笔‘巢父掉头不肯住，东将入海随烟雾’，突兀可喜。下接‘诗卷长留天地间，钓竿欲拂珊瑚树’，一句应‘不肯住’，一句应‘入海’，整束有力；自此便顺流而下矣。直起不装头之诗，此最可法。收笔‘南寻禹穴见李白，道甫问讯今何如’，只作一点，确是‘兼呈’，题中宾主分明。”也指出了该诗在结构上的特色。与大谢诗对读，当能看出一定的传承。

第四，关于谢灵运诗的玄理，一直是学界讨论的重要话题。值得提出的是，尽管创作风格不同，但陶渊明和谢灵运在这方面有一定的共性。陶渊明比谢灵运大 20 岁，他们所处的时代大致相同，他们本身的诗作也有明显的传承之迹，如谢之《登池上楼》:“潜虬媚幽姿，飞鸿响远音。薄霄愧云浮，栖川怍渊沉。”陶之《始作镇军参军经曲阿作》:“望云惭高鸟，临水愧游鱼。”前者就似乎受到了后者的影响。而在玄风大盛的时候，他们也都一定程度上被联系到一起。方东树曾说:“陶公说不要富贵，是真不要。康乐本以愤惋，而诗中故作恬淡。”(《昭昧詹言》卷五)意思是写到富贵时，陶是发自内心的不要，谢则有所矫饰，移来理解二人诗中的理，也可以提供参考。二人的经历和性情都有不同。陶在社会中经历了很多，已经看得很透彻，他从山水中悟出理来，便身体力行，故能弃冠冕如敝屣；谢则出身世家，虽经磨难，于功名富贵终不能忘怀，所以虽然也能认识到修身养性之理，却不能真正实行，卒致杀身之祸。

不过，谢身上也是有矛盾性的，在相当的时间里，他也一直处在仕与隐、语与默的矛盾中，如他自己所说:“进德智所拙，退耕力不任。”(《登池上楼》)一方面，“工拙各所宜，终以返林巢”(《从游京口北园应诏》)，居官而慕江湖；另一方面，“千念集日夜，万感盈朝昏”，则是身在江湖，而情寄魏阙。因此，也不能片面认为他之所言都不由衷。

谢诗言理的方式很多，或直接，或间接，或明显，或幽微，各随其时、其地、其境而有所不同。如《石壁精舍还湖中作》:“虑澹物自轻，意惬理无违。”一个人，如果没有了得失计较之心，对于外在的东西自然会淡然处之，看得很轻，而在纷繁复杂的社会生活中，能够心平气和，常常感到满足，则就自然符合宇宙的至理，也是最重要的养生之道。这两句直截了当，直指人心，写得很有力度。当然，更多的是写景而理寓其中，如《悲哉行》："幽树虽改观，终始在初生。"萧涤非先生曾记黄节讲录，认为这两句写景中含有名理，因为树有初生，即有落叶，就像朝代有兴亡，人事有盛衰一样，都是不易之理（《读诗三札记》）。另如《石室山诗》："虚泛径千载，峥嵘非一朝。"也可以引申为事情的成功，必须勤加积累，花大力气。前人已经指出过，谢灵运学问广博，尤其对《庄子》非常熟悉，诗歌中往往既有其理，也有其语，黄节《谢康乐诗注》就常引《庄》注谢。如《登永嘉绿障山》："恬知既已交，缮性从此出。"黄注："《庄子》曰：古之治道者，以恬养知，知生而无以知为也，谓之以知养恬。知与恬相交养，而和理出其性。又曰：缮性于俗，（俗）学以求复其初。"又《游赤石进帆海》："溟涨无端倪，虚舟有超越。"黄注："《庄子》曰：北溟有鱼，其名曰鲲。海运则图于南溟。……《庄子》：孔子曰：反覆终始，不知端倪。……《庄子》曰：有虚舟来触舟。"将《庄》谢对读，是了解谢诗之理的重要方式之一。

柳恽的言情与布局

说柳恽《捣衣诗》

柳恽是齐梁间的诗人，和沈约一起，为诗歌的声律化做出了很大贡献，其本人也善于创作，可惜今存诗不多，其中《捣衣诗》是比较突出的。

《捣衣诗》，有些选本作五首，而有些选本则作一首五章。古代诗歌在流传的过程中，由于特定的书写形式，往往在这些方面较为含糊，但不管是五首，还是一首五章，其内涵都有相通之处，即全诗由五个部分组成。本文参考一些选本的看法，将其视为五首联章诗。先录作品如下：

孤衾引思绪，独枕怆忧端。
深庭秋草绿，高门白露寒。
思君起清夜，促柱奏幽兰。
不怨飞蓬苦，徒伤蕙草残。

行役滞风波，游人淹不归。
亭皋木叶下，陇首秋云飞。

寒园夕鸟集，思牖草虫悲。
嗟矣当春服，安见御冬衣。

鹤鸣劳永叹，采菉伤时暮。
念君方远游，望妾理纨素。
秋风吹绿潭，明月悬高树。
佳人饰净容，招携从所务。

步榈杳不极，离堂肃已扃。
轩高夕杵散，气爽夜碪鸣。
瑶华随步响，幽兰逐袂生。
踟蹰理金翠，容与纳宵清。

泛艳回烟彩，渊旋龟鹤文。
凄凄合欢袖，冉冉兰麝芬。
不怨杼轴苦，所悲千里分。
垂泣送行李，倾首迟归云。

中国古代诗人很早就注意到了组诗的重要性，如西晋的左思，其所创作的《咏史》八首，就是一个有机的整体，反映了作者心态变化的过程，有首有尾，紧密衔接，不仅使得结构的完整性进一步呈现出来，而且其中的感情显得更为丰富，发展得更为合理。作为联章诗，左思《咏史》的结构还较为隐晦，至柳恽《捣衣诗》五首，就显得非常清楚了。

古诗，“其一题数章者，互为起承转合”（范况《中国诗学通论》之《论结构》。按：此原为仇兆鳌评杜甫《羌村三首》语，见《杜诗详评》卷五），柳恽的《捣衣诗》就是如此。

第一首是起。“起手贵突兀”（沈德潜《说诗晬语》）。开始两句“孤衾引思绪，独枕怆忧端”，起得直率，有力，创造出一种悲凉的气氛，不仅可以笼罩此篇，而且可以笼罩全诗。“孤衾”“独枕”，点明处境，亦寓所感。“深庭”二句则明言时已深秋，即将换季。因此，不论是主观还是客观，捣衣的原因都交代出来了。“思君”二句，显然出自阮籍《咏怀》：“夜中不能寐，起坐弹鸣琴。”清夜促柱，而弹的又是《幽兰》，其情其景，都是上面四句的深化。末二句，“不怨飞蓬苦”，承“孤衾”二句。这是站在女子的角度去写。飞蓬的意象，传统上看，是比喻游子。飞蓬本身是苦的，又会给思妇带来悲苦，但这一句却说并不抱怨游子给自己带来的悲苦。“徒伤蕙草残”则又上承“深庭”二句，言时已深秋，自己青春将去，就如蕙草凋残一样。细细体会，里面是有感时伤怀之意，但若隐若现，并未直说，表现了中国诗歌传统中“温柔敦厚”“怨而不怒”的传统。

第二首和第三首是承。所谓承，即申足第一首所写的主人公的孤独之感和怀念之情。这是就整体说的，而如果仔细分析，其所描绘之景物也有承接关系。第一，反复申明时令，如第一首有“深庭秋草绿，高门白露寒”，第二首和第三首则分别有“亭皋木叶下，陇首秋云飞。寒园夕鸟集，思牖草虫悲”，和“秋风吹绿潭，明月悬高树”。这样写，使语气不断加强，暗示着主人公感情的深化，贯穿了一条伏线。第二，对游子的状况的交代也越来越清楚。先言“思君起清夜”，次言“行役滞风波，游人淹不归”，复言“念君方远游”。由此可以得知，她的“思君”，是由于“行役”的“游人”淹留他乡“不归”，而之所以不能归，又是因为其“远游”在外。这样，“思君”一句也就有了着落。第三，如上所述，这位思妇虽然很悲伤，但却是通过她对游子的悬想展开的。在第一首中，她将游子比作“飞蓬”，见出其无根而漂泊；第二首中，她又想象游子风尘在外，不仅是“故衣谁当补，新衣谁当绽”（《艳歌行》），而且是“嗟矣当春服，安见御冬衣”，由于滞留在外，眼看要到冬天，仍然还不得不穿着春衣。想到这里，不禁柔肠寸断，于是在第三首中，更进一步想象远游的行人殷切地盼望着她寄去寒衣（“念君方远游，望妾理纨素”）。这样，就把捣衣的原因交代清楚了，妙就妙在不写自己怀远，却写游子急切地需要寒衣，这种从对面写的手法，是古典诗词中经常使用的，而在柳恽手中已经达到了相当的高度，于是下面就用“佳人饰净容，招携从所务”来收束上文，又开启下文。但这一句却又有妙处，它不像一般的思妇诗，如《诗经・卫风・伯兮》：“自伯之东，首如飞蓬。”而这里的女主人公却打扮得整整齐齐，准备去捣衣。试比较王昌龄《闺怨》：“闺中少妇不知愁，春日凝妆上翠楼。”也是说的打扮，但王诗中的主人公是从“不知愁”到知愁，服饰配合着心理的变化，体现了一个过程，而柳诗中的主人公则早已沉浸在哀愁之中，却在出门之时，打扮了一番。但生活的逻辑本就是如此。“自伯之东，首如飞蓬”，这个“飞蓬”的形象，是在自我的空间，无心打扮，也是面对自我的心理活动。但捣衣则不同，据记载，捣衣不是自己单独的行为，应该有着一定的群体性。南朝刘宋著名的文学家谢惠连，其被钟嵘誉为“警策”（《诗品》卷中）的《捣衣》诗这样写：“衡纪无淹度，晷运倏如催。白露滋园菊，秋风落庭槐。肃肃莎鸡羽，烈烈寒螀啼。夕阴结空幕，宵月皓中闺。美人戒裳服，端饰相招携。簪玉出北房，鸣金步南阶。檐高砧响发，楹长杵声哀。微芳起两袖，轻汗染双题。纨素既已成，君子行未归。裁用笥中刀，缝为万里衣。盈箧自余手，幽缄俟君开。腰带准畴昔，不知今是非。”从“美人戒裳服，端饰相招携”二句可以看出，主人公也是装扮整齐，而且女伴互相邀约。既然往往和女伴相携，类似于一个公众的场合，则将自己打扮整齐些，原是很正常的。所以，描写思妇并不一定都要写“风鬟雾鬓”。柳恽可能受到了谢惠连的影响，这让我们更具体地感受到古代诗歌的前后传承。

第四首是转。所谓转，即转入正题：捣衣。但即使如此，也只是用了两句来描写捣衣这件事：“轩高夕杵散，气爽夜砧鸣。”其余数句，都是围绕着它，前后交待和衬托。“步榈”二句以环境描写衬托思妇的心情，“步榈”是檐下的走廊，可能确实比较长，但一般来说也不至于“杳不极”，可见她急于要去捣衣，并进而寄衣的心情，是多么迫切。“瑶华”以下四句应是捣衣之后的情形，节奏显得轻快了一些，这也和思妇的心情有关。“瑶华”，玉佩，这里指女子身上的装饰品。由于做完了这一件费力的事，特别是寄远的心愿接近完成，因而步履轻盈，身上的饰物随步作响，声音动听，经过之处，也带起幽兰的芳香（当然，这一句也以景物描写暗示她的品行芳洁）。“踟蹰”，本来的意思是徘徊不进，如《诗经·邶风·静女》：“爱而不见，搔首踟蹰。”这里传神地写出思妇将近家门前的行为，也承接了前面的描写。杜甫《捣衣》：“用尽闺中力，君听空外音。”说明捣衣很费力气，并不轻松。执杵舂打的行为，意味着劳作中可能无法保持首饰的齐整，因此，进门之前要整理一下，和前面的“饰净容”形成呼应。“容与”，悠闲自得。这是说，这位女子完成了如此一件工作后，在夜晚的清气之中，一时感到非常放松，也很是欣慰。

至第五首，就进入了最后的合。事与情在这里全都汇合起来，同时又宕开一笔，将二者上升到一个新的高度。经过前面的铺垫，衣服终于裁制好了，“泛艳回烟彩，渊旋龟鹤文”手艺精湛，非常漂亮，而且“凄凄合欢袖，冉冉兰麝芬”，两袖对称，绣着合欢式样，散发着“兰麝”般的芳香。但第一首开头就写“孤衾”，这里出以“合欢袖”，一头一尾，形成对照，此即“不怨杼轴苦，所悲千里分”二句的感叹不得不然。李白《子夜吴歌》:“长安一片月，万户捣衣声。秋风吹不尽，总是玉关情。”是就捣衣之声本身来写，以声传情。但这里的写法有所不同，既是退一步说，又有递进的意思。诗人代思妇立言，说不是捣衣之声凄苦，而是自己感慨千里长别，而产生了一腔悲感。这种写法，略嫌刻露，但由于感情真挚，仍然有着打动人心的力量，思妇的形象也刻画得非常鲜明。东晋曹毗《夜听捣衣》也有类似者:“清风流繁节，回飙洒微吟。嗟此往运速，悼彼幽滞心。二物感余怀，岂但声与音。”虽较为蕴藉，但也是运用了以退为进之法，不但行文上有波澜，而且也造成了感情的起伏。末二句是一篇结穴，是全部感情所凝结。“行李”，使者。去往远方的使者，带着她辛苦制作的寒衣上路了，她说不出话，唯有“垂泣”而已。这个“垂泣”，比起千言万语的叮嘱、拜托，更有着打动人心的力量。“倾首”，抬起头。“迟”，待。《古诗》:“浮云蔽白日，游子不顾返。”是则“归云”

可指归来的游子。这最后一句正像一个特写，写出她隐微的感情，深深的期待，也是整个捣衣之事的寄托所在。

沈德潜《古诗源》选了五首诗中的前四首，并对这四首有一个评价："捣衣只于末首正点，以上写情。"他是把前四首作为一个整体了。确实如此，从前四首看，这组诗的题目虽然是《捣衣》，但真正写到捣衣行为却很少，也很简单，主要的内容都是言情。这显然是作者特定的追求。因为，越是把捣衣前的情感变化写得缠绵悱恻，越能把捣衣这件事的重要性衬托出来。试比较杜甫《捣衣》："亦知戍不返，秋至拭清砧。已近苦寒月，况经长别心。宁辞捣熨倦，一寄塞垣深。用尽闺中力，君听空外音。"重点是写事。但二者都感人至深。由此，我们可以体会表现方法的丰富性和多样性。

诗本是"情动于中，而形于言"，以情为主，但一旦行诸文字，就不免有了创作的意识。柳恽这五首诗对我们理解中国联章诗的发展，可以提供一个特定的角度。

粉图山水与驰骋想象

说李白《当涂赵少炎少府粉图山水歌》

唐代是中国绘画艺术得到进一步发展的时期。这种情形，促进了以绘画内容为题材的诗歌大量出现，从而使得诗歌艺术中的诗情和画意得到了进一步的融合。李白便是这种艺术尝试的较早实践者之一。

峨眉高出西极天，罗浮直与南溟连。
名工绎思挥彩笔，驱山走海置眼前。
满堂空翠如可扫，赤城霞气苍梧烟。
洞庭潇湘意渺绵，三江七泽情洄沿。
惊涛汹涌向何处，孤舟一去迷归年。
征帆不动亦不旋，飘如随风落天边。
心摇目断兴难尽，几时可到三山巅。
西峰峥嵘喷流泉，横石蹙水波潺湲。
东崖合沓蔽轻雾，深林杂树空芊绵。
此中冥昧失昼夜，隐几寂听无鸣蝉。

长松之下列羽客，对坐不语南昌仙。
南昌仙人赵夫子，妙年历落青云士。
讼庭无事罗众宾，杳然如在丹青里。
五色粉图安足珍，真仙可以全吾身。
若待功成拂衣去，武陵桃花笑杀人。

这首诗是李白为当涂县尉（少府）赵炎的粉图山水而作。全诗按意思可分为三个部分。

第一部分从开头到“对座不语南昌仙”，凡二十二句，集中笔力对这幅画进行描绘。“峨眉高出西极天，罗浮直与南溟连”，起二句纯用虚笔，气势超迈。峨眉山在我国西部的四川，罗浮山在我国南部的广东。这两座名山相距甚远，放在一起显然并非实景，而是诗人的想象之词。其用意，一方面点出题面“山水”二字，说明画的基本内容，另一方面，则是将不同的空间加以主观的调动、组合，以突出画的气势和画家的笔力，并自然地过渡到下面两句对画本身的切入。绎，抽丝。名工绎思，犹言画家构思巧妙，故能“驱山走海”，将宏伟壮阔的山川置于尺幅之中，呈现在观赏者的眼前。

以上四句是引子，是泛写，下面就具体铺叙，大肆渲染，表现画家是怎样“驱走山海”的。写山，则有“满堂空翠如可扫，赤城霞气苍梧烟”二句。赤城山在浙江天台。苍梧，山名，据《初学记》卷一引《归藏》云，有白云出自苍梧，飞入大梁（今河南开封）。相传舜葬于苍梧之野，娥皇、女英二妃随之不返，亦逝于此。这二句有两层意思，其一，借赤城云霞、苍梧白云来形容画中山的云蒸霞蔚，苍莽一片，见此景色，诗人顿觉所处之地也是“满堂空翠”，像能够入画一样。其二，赤城和苍梧二山神话色彩都很浓，有此一笔，遂与下面对神仙的描写呼应起来，见出结构的匠心。写水，则有“洞庭潇湘意渺绵，三江七泽情洄沿”二句。洞庭、潇湘，均在湖南。渺绵、洄沿，既指水势的渺茫绵远，也指欣赏者心驰目迷的状态。总上而言，可知画家是在创造一种烟水迷离的效果。

下面宕开一笔，写人的活动，使整个画面进一步活了起来。波涛汹涌中，一只小小的船儿似乎是静止的，它要驶往何方？诗人揣测道，船上一定是一位遗世远游，一去不归的乘客吧。看那“征帆不动亦不旋，飘如随风落天边”的情态，便可知这是只“不系之舟”。似有目的，又似无目的，全在机缘的投合，那么，诗人也不禁为之“心摇目断”，情思绵绵了。这几句，意旨若明若暗，若隐若现，其实，完全是对这只孤舟及其上面的乘客的目的地进行铺垫，之后，诗人便进一步将意思挑明了：“几时可到三山巅？”三山，指蓬莱、方丈、瀛洲三座仙山，原来，舟中之人乃是位求仙之士，于是，下面便转入对仙山的描绘，更加细化了。

所谓细化，就是站在观者的角度，视线是从“西峰”到“东崖”，山势嵯岈，山峰峥嵘，横石蹙泉，击水飞迸，轻轻的薄雾，将重叠的群峰、茂密的树林，都笼罩在一片空濛之中。因此进一步逗出对山中静寂的描写。冥昧，幽暗，因山深林密，故云“失昼夜”，在这环境中，静静听去，连鸣蝉之声也没有，正所谓“一鸟不鸣山更幽”。山中如此静寂、清幽，莫非真的没有生命吗？诗人马上告诉我们：有。不仅有，而且还不止一个。这就是列于长松之下的仙人们。不过，他们也是静静的，默然心会，悠然不语，与他们的环境形成了一个和谐的整体。汉代方士栾大曾穿羽衣，取成仙飞翔之意，后世因称仙人为羽客。据《后汉书·杨胡朱梅云传》，汉成帝时，九江梅福为南昌尉，王莽专政，舍弃妻子，离家远遁，相传得道成仙，此即南昌仙之所出。画是空间艺术，诗是时间艺术。在这一大段描写中，诗人一定程度上将空间时间化，从一个接受者的角度，对画面背后的内容作了想象丰富的补充，而又逐层推进，详略得当，充分表现出他的高超的艺术表现力。

第二部分是“南昌仙人赵夫子”以下四句，点出画的主人，并对他进行赞美。“南昌仙人赵夫子”一句与上句是顶针句法，这一修辞手法的运用，不仅使得两个部分的转换处辞气相贯，而且在意思上也转接无痕。如上所云，梅福是任南昌县尉时离家访道的，而赵炎当时正在当涂县尉任上，这一点，使得二者有了共性，明白了这一点，就可知用“南昌仙人”来赞美赵炎不算突兀了。妙年，少壮之年；历落，磊落脱俗；青云士，《史记·伯夷传》：“闾巷之人欲砥行立名者，非附青云之士，恶能施于后世哉”，指功德兼备高尚之人；讼庭无事，指赵炎政事清明简约，使得人民生活安定，而他自己亦复得以摆脱俗务之扰，可终日与诸雅士宾客相交接。对此，诗人赞之为“杳然如在丹青里”。这一句承上而来，有两层意思：第一层是照应“南昌仙人”句，将赵炎及其诸宾比作众羽客；第二层是符契赵炎的身份，暗示只有具有这种高雅的生活和情操，才配拥有这样高雅的画。至此，就画而言，题面已足，故下面诗意又一转。

第三部分从“五色粉图”到篇末，凡四句，抒发诗人自己的感受。五色粉图中所绘虽然美好，但毕竟是用笔画出来的，哪有真正的山水那样使人神往呢？如果等到功成之后再身退，那么必将为隐居地的风景所讥笑，因为，那不是一个真正的隐士所应该具备的风范。武陵桃花，见陶渊明《桃花源记》。这一扬一抑之间，虽然很有分寸，语气也不重，但诗人的主观指向还是很明显的，全诗也显得顿挫有致。但是，必须指出的是，李白在这里说的也可能并不完全是真心话，从他一贯的作风看，他实际上是主张“功成拂衣去”的，正如他在《扶风豪士歌》中所说的：“张良未逐赤松去，桥边黄石知我心。”他是念念不忘用世之志的。当然，这首诗作于安史之乱的前夕，李白长期受到压抑，兴国济世之心不得伸展，难免有所消极。因此，末二句不妨视为他在特定处境中的一种激愤之词。

这首诗有两个特点值得提出来。一是章法严谨，富有层次，而又于严谨之中时间波澜，前后呼应，抑扬有致。二是想象丰富，笔势劲迈，充满烂漫色彩和情调，将情与景、心与物有机地统一起来。可以说，这是一篇能够反映这位杰出的浪漫主义诗人的创作风格的优秀作品。

男女离思与空际游仙

说李白《古有所思》

一腔忠贞而不被体察，满怀抱负而无从得施，这是封建社会中许多知识分子的共同悲剧。文学是社会的反映，但对于具体的作家而言，当有些话不敢直说、不便明言时，这种反映往往是曲折、隐晦的。屈原“信而见疑，忠而被谤”，因此在《离骚》中“上下而求索”，出入于风伯日驭之间，去寻找自己的理想。正是从他开始，中国文学中较为明确地出现了以游仙的形式来表现政治内容、抒发生活感慨的传统。这一传统，在魏晋时期得到了全面继承，而到了李白手中，又有了进一步发展。本文试以其《古有所思》加以说明。

我思仙人，乃在碧海之东隅。
海寒多天风，白波连山倒蓬壶。
长鲸喷涌不可涉，抚心茫茫泪如珠。
西来青鸟东飞去，愿寄一书谢麻姑。

本篇在李白的游仙诗中，不算最出色的，但仍可以从一个侧面反映出他运用这种形式所取得的成就。

起二句开门见山，点出所思对象及其所在地点。据《十洲记》记载，“扶桑在东海之东岸，岸直，陆行登岸一万里，东复有碧海。海广狭浩汗，与东海等。水既不咸苦，正作碧色，甘香味美。”碧海在东海之东一万里，而仙人又在碧海之东隅，可见其远。碧海之水，“甘香味美”，迥别于人间，可见仙人居处的奇异、优美。诗人于仙人不能不萦之于心，而于路途的遥远、凶险亦不能不念念于怀，因而逗出下面数句。

那么，欲到达仙人居处的“碧海之东隅”，到底有多凶险呢？诗人列举了四事。首先是气温低寒，其次是海风凶狂。风狂则浪大，“白波连山倒蓬壶”（木华《海赋》：“波如连山。”蓬壶，即蓬莱），更别提还有凶猛的怪物作祟：“长鲸喷涌不可涉”（长鲸在这里是比喻用法）。由于这层层险阻，诗人痛感无望的悲哀，于是只好“抚心茫茫泪如珠”了。

去既不能，罢亦不忍，“奈何天，伤怀日，寂寥时”，终竟是“意难平”。那么，这一份惓惓之情便只有托那神奇的青鸟代为传递了。青鸟是西王母的信使，见《汉武故事》。麻姑是传说中的一位美丽的仙女，见《神仙传》。这里，诗人请青鸟代为向麻姑（即篇首的“仙人”）表示歉意：他不是不想去，实在是去不成啊！

李白幼有大志，一直希望能够“申管晏之谈，谋帝王之术，奋其智能，愿为辅弼，使寰区大定，海县清一”（《代寿山答孟少府移文书》）。天宝元年（742），他得到推荐，被玄宗召至长安，供奉翰林，但此时的玄宗，已经由励精图治变为腐朽昏庸，不久，李白便蒙受谗言，被迫离开长安，从此远离了政治中心。从李白的生平经历来看这首诗，它的寓意相当明显。可以说，它反映了李白追求美好的理想，虽遭权奸的诋毁，而始终惓惓情切的真实处境，浓缩了这位伟大诗人一生的遭遇，在这个意义上，不能把它当作一般的游仙诗看待。

《有所思》是一个古题，出自汉乐府。用此题者，不少作品所思者为世间之人，而李白将其引入游仙，将所思对象改为仙人，并赋予整首诗以深刻的寓意，从而用古题写出了新意，从一个侧面反映出诗人的创造力。

秋窗风雨与人生喟叹

说杜甫《秋雨叹》

秋天到来，风声雨声，对于敏感的诗人来说，自然会生出很多感想，这样的作品，在诗歌史上有很多，不过不同的作家，往往关注点也有不同。本文主要谈谈杜甫的《秋雨叹三首》。

雨中百草秋烂死，阶下决明颜色鲜。
著叶满枝翠羽盖，开花无数黄金钱。
凉风萧萧吹汝急，恐汝后时难独立。
堂上书生空白头，临风三嗅馨香泣。

阑风伏雨秋纷纷，四海八荒同一云。
去马来牛不复辨，浊泾清渭何当分。
禾头生耳黍穗黑，农夫田父无消息。
城中斗米换衾裯，相许宁论两相直。

长安布衣谁比数，反锁衡门守环堵。

老夫不出长蓬蒿，稚子无忧走风雨。
雨声飕飕催早寒，胡雁翅湿高飞难。
秋来未曾见白日，泥污后土何时干。

《秋雨叹三首》写于天宝十三载（754），史载，这年秋天，“霖雨六十余日，京师庐舍垣墉颓毁殆尽，凡一十九坊汙潦”(《旧唐书》卷一百八十《韦见素传》)，杜甫触目伤怀，于是“一唱而三叹之”。

第一首赋中有比。仇注引申涵光语云：“‘凉风吹汝’二句，说君子处乱世甚微。”并以史书房琯言灾情而忤杨国忠之事作证，能得诗意。杨伦《杜诗镜铨》、浦起龙《读杜心解》也都从此说。近人萧涤非先生认为第一首是杜甫自况（萧涤非《杜甫诗选注》），似可商榷。据《资治通鉴》卷二百十七《唐纪》三十三：“（天宝十三载八月）上忧雨伤稼，国忠取禾之善者献之，曰：‘雨虽多，不害稼也。’上以为然。扶风太守房琯言所部水灾，国忠使御史推之。是岁，天下无敢言灾者。”诗的前两句既然以“百草”和“决明”对举，则一定都有所喻。显然，“雨中百草秋烂死”是指那些明哲保身的“无敢言灾者”，而“阶下决明颜色鲜”则是赞扬房琯的忠直。忠言直陈，是杜甫所欣赏的态度，而因此竟然受到打击，又是杜甫所痛心和不满的。因此，“扶风”以下四句，表现了杜甫对房琯的担忧和不平。杜甫一向和房琯交好，虽然对房氏在肃宗即位后请求亲自率军收复两京，后败于陈涛斜等事，后人有不同的评价，但杜甫对其勇于任事的精神非常赞赏。这其实也是他的一贯态度。在《自京赴奉先县咏怀五百字》中，他说：“圣人筐篚恩，实欲邦国活。臣如忽至理，君岂弃此物。”在《北征》中，他赞扬陈玄礼：“桓桓陈将军，仗钺奋忠烈。微尔人尽非，于今国犹活。”都表现了他对国家重臣的一贯看法，即尽忠尽智，一心报国。

杜甫的第二叹为民生疾苦而发，这也是他的一贯精神：“穷年忧黎元，叹息肠内热”（《自京赴奉先县咏怀五百字》）；“吁嗟乎苍生，稼穑不可救。安得诛云师，畴能补天漏”（《九日寄岑参》）。杜甫的这第二叹，可以作为互证。“阑风”四句，写水势的浩大；“禾头”四句，写给人民造成的危害。《旧唐书》卷九《玄宗本纪》：“是秋，霖雨积六十余日，京城垣屋颓坏殆尽。物价暴贵，人多乏食。”杜甫却想得更远，“城头斗米换衾裯”，如此物价，人民眼下的困苦可想而知；“禾头生耳黍穗黑”，如此状况，人民在次年的生活图景可想而知。杜甫确实具有一副“穷年忧黎元”的“热心肠”。

杜甫的第三叹为自己而发。连日大雨，困守在家，“反锁衡门守环堵”，甚至连“寸步曲江头”的岑参也“难为一相就”（《九日寄岑参》）。他家的房屋是否“颓坏”或者漏雨，他家是否还有足够的食物度过饥荒，诗中并没有说，但从当时“人多乏食”的情形看，他家的状况也不会怎么好，否则，他为什么慨叹“长安布衣谁比数”，抱怨没有人来关心、救济自己呢？他在长安的十年，过着“生涯似众人”（《上韦左相二十韵》）的生活，甚至比一般的“众人”更为难堪：“朝扣富儿门，暮随肥马尘。残杯与冷炙，到处潜悲辛”（《奉赠韦左丞丈二十二韵》）；“饥饿动即向一旬，敝衣何啻悬百结”（《投简成华两县君子》）。可以想见，他此刻是欲乞食而不得，既然欲访“寸步”之间的岑参而不得，外面一定已是汪洋一片，而孩子却不能理解大人的心情，也就使他的慨叹显得更加深沉。由己及人是杜甫诗作的一贯写法，著名的《茅屋为秋风所破歌》最集中地表现了这一点。《秋雨叹三首》虽然没有那样的直接表述，但感情线索却有着一致性，尤其是，这是杜甫的早期作品，对于理解其思想的前后关联，有着重要的价值。

杜甫的第一叹，叹国家大计；第二叹，叹民生疾苦；第三叹，叹自己的生活。这个结构饶有深意。在国家、人民和个人这三者之间，杜甫总是把自己放在后面。为了国家，他“济时敢爱死，寂寞壮心惊”（《岁暮》），在茅屋被秋风吹坏时，他想到的却是“安得广厦千万间，大庇天下寒士俱欢颜，风雨不动安如山。呜呼，何时眼前突兀见此屋，吾庐独破受冻死亦足”（《茅屋为秋风所破歌》）！这就是他给自己的定位。为了这样的描写，他在节奏上的安排也是意味深长的。前两首写国计民生，他使用的韵脚是由平声到入声，给人一种破促感，表现了感情的急剧变化；而当第三章转入自己时，韵脚则由上声到平声，趋于平缓。这一感情脉络的变化，似乎可以从一个方面说明，杜甫一贯具有先国家、先人民、后自己的崇高精神。

当然，韵脚和声情的关系不是绝对的，不过，在杜甫古体诗中，尤其是七古中，有时候，用韵和声情乃至感情的变化确实有一定的关系。如《观公孙大娘弟子舞剑器行》，前昔后今，由乐而哀，而在用韵上，前半用平声韵，局面较为开张，后半用入声韵，节奏则转为迫促。又如《逼仄行赠毕曜》，前半状己之穷困落魄，用的是入声韵，后半自嘲、自宽兼慰友，转用平声韵。从感情上看，前半较为激烈，后半则渐趋平静。《秋雨叹》是组诗，和单篇相比，有其特别之处，具体情况也不一定完全一样，本文只是将其作为一个问题提出，相关细节还有待于进一步的分疏。

琵琶声情与唐宋传承

白居易《琵琶行》与黄庭坚《听宋宗儒摘阮歌》的一点比较

《琵琶行》是白居易的名篇，其对琵琶乐声的描写，非常生动传神。在文学史上，一般将它与韩愈《听颖师弹琴》、李贺《李凭箜篌引》相提并论，认为能够代表以诗歌表现音乐的最高成就。在这座高峰面前，后人一般只能仰视，但是，有创造力的诗人仍然有着腾挪的空间。黄庭坚就是其中的一个，代表作则是《听宋宗儒摘阮歌》。我们不妨将二作加以比较。

白居易《琵琶行》（节选）：

> 大弦嘈嘈如急雨，小弦切切如私语。
> 嘈嘈切切错杂弹，大珠小珠落玉盘。
> 间关莺语花底滑，幽咽泉流冰下难。
> 冰泉冷涩弦凝绝，凝绝不通声暂歇。
> 别有幽愁暗恨生，此时无声胜有声。
> 银瓶乍破水浆迸，铁骑突出刀枪鸣。
> 曲终收拨当心画，四弦一声如裂帛。

黄庭坚《听宋宗儒摘阮歌》(节选):

寒虫催织月笼秋,独雁叫群天拍水。
楚国羁臣放十年,汉宫佳人嫁千里。
深闺洞房语恩怨,紫燕黄鹂韵桃李。
楚狂行歌惊市人,渔父挐舟在葭苇。

通过比较,明显可以看出,山谷是注意向前辈学习的,就重视感情的起伏这一点上,他继承了白诗的极力描摹形容之法,但山谷又不愿紧跟在别人后面亦步亦趋,他试图从另一个角度出发,达到自己的创作目的,下面试作具体分析。

白诗运用了以声言情法。他形容那奇妙的琵琶声,时而高亢热烈,时而低缓深情,时而高低相间、跌宕起伏,时而凝滞幽咽、冷气逼人,音域的跨度几乎达到极限:以低沉写感情的浓郁,以无声写感情的压抑;用银瓶乍破、万马奔腾的气势,表现出由压抑到爆发的生动过程。在手法上,我们看到白乐天是通过珠落玉盘、莺语花底、泉流冰下、水迸银瓶等声音来描绘感情节奏的起伏变化,富有感官的具象性。

山谷却换了一种手法。他选择了自然界和社会生活中的具有典型意义的画面,藉此创造出一种气氛,来表现这种乐器所奏出的内容。“寒虫催织月笼秋,独雁叫群天拍水”,这是两个传统意象,渲染出秋天的萧瑟和凄凉。“楚国羁臣放十年,汉宫佳人嫁千里”,写出了才大难用,失意的孤独和悲伤。“深闺洞房语恩怨,紫燕黄鹂韵桃李”,借两个画面的对比,突出了悠悠离恨,凄凄别情。“楚狂行歌惊市人,渔父挐舟在苇葭”,

又再现了两个隐者的形象——一个狂放，一个闲适，表现出一种不受羁束的自由精神。这一幅幅画面，极为可感，引起人们对乐声的想象；时而萧杀，时而幽怨，时而深情，时而狂放，时而悠远……

而且，山谷对这些画面，是经过了严格选择的。寒虫低吟、独雁叫群是很明显的了。“楚国羁臣放十年”，出自《楚辞·渔父》：“屈原既放，游于江潭，行吟泽畔，颜色憔悴，形容枯槁”，这里有悲吟之声。“汉宫佳人嫁千里”，指的是王昭君远嫁匈奴之事，《琴操》：“昭君至匈奴……，恨帝始不见遇，乃作怨思之歌”（《乐府诗集》卷九十九《琴曲歌辞》三），这里有怨歌之声。“深闺”二句，写紫燕呢喃、黄鹂轻啼的春日，却正是恩爱夫妻离别之时，说不尽满腹的离情别恨。“楚狂行歌惊市人”，出自《论语·微子》：“楚狂接舆歌而过孔子曰：‘凤兮！凤兮！何德之衰？往者不可谏，来者犹可追，已而！已而！今之从政者殆而！……’”“渔父挐舟在葭苇”，出自《庄子·渔父》：“（渔父）刺船而去，延缘苇间，颜渊还车，子路授绥，孔子不顾。待水波定，不闻拿音，而后敢乘。”山谷的用心是很细密的，他对几个画面的选择，本身都具有能够恰当表现内容的声感，这也同样地能使乐声生动、形象。

通过这首诗，我们至少可以体会到，在前人已经达到很高水平的情况下，山谷是怎样试图另辟蹊径的。而且，他也确实写出了新意，表现了自己的特色。

艺术创作的实和虚

说刘禹锡《金陵五题》

南京是六朝故都或十朝都城，千百年来，有无数诗人为它写过诗篇，其中刘禹锡的《金陵五题》具有非常突出的成就。而在《金陵五题》中，又以《石头城》和《乌衣巷》两首最为著名。

石头城

山围故国周遭在，潮打空城寂寞回。
淮水东边旧时月，夜深还过女墙来。

乌衣巷

朱雀桥边野草花，乌衣巷口夕阳斜。
旧时王谢堂前燕，飞入寻常百姓家。

在今天南京的清凉山西部，有一段石壁叫鬼脸城，一般认为是古代石头城的遗址。但作为六朝古迹的石头城，却可能不在这里。据专家考证，早在六朝以前，江水就已经逐渐向西迁移。公元 211 年，孙权将东吴的政治中心从京口迁到秣陵，并将秣陵改名为建业，次年营建了石头城。东吴的大将周瑜曾在石头城操练水兵。这个石头城应在现在定淮门旁边的四望山上，地势靠近长江。清凉山也叫石头山，不过，它的得名却迟至五代十国。由于江水不断向西迁移，杨行密所建立的吴国就把石头城迁到了清凉山。

《石头城》写废城的景象。“故国”和“空城”都是指石头城，前者见出今昔之别，后者带有盛衰之感。石头城依山而建，北临长江，所以有“山围”“潮打”之说。山围故国，依然无恙，城被潮激，却已荒芜。作者以简炼的笔调写出江山和人事之变与不变，并直接引发明月之有情与人事之无常的对照，形象地写出了今日之衰与昔日之盛，其莽苍的气势和悲壮的情调，深为历代读者所激赏。

《乌衣巷》写当时金陵贵族的盛衰。乌衣巷位于今流经南京市区的秦淮河南，原是孙吴时代戍守石头城的军营，因军士都穿黑衣，故有此名。东晋时代，王谢两家先后居住于此，他们是东晋最大的豪门贵族。朱雀桥是当时秦淮河上的一座浮桥，建在乌衣巷不远处。诗人告诉我们，这个原来非常繁华的所在，现在只剩下桥边杂草萋萋，野花自开，一抹黯淡的夕阳斜照着残破的巷子。道上长满野草，可见人烟稀少。夕阳在中国古典诗词中大多是衰败的象征，其中的人事变化就尽在不言之中。后两句历来广为传诵，可以有两种理解：一，由于王谢第宅已经不再，从前在这里筑巢的燕子，只好飞到普通老百姓家，以见变化之大；二，第宅依旧，但王谢家族已经零落，化为寻常百姓，燕子飞回，已非昔比。总之都以小见大地写出世事的无常与盛衰的难测。

《金陵五题》的另外三首如下,《台城》:“台城六代竞豪华,结绮临春事最奢。万户千门成野草,只缘一曲《后庭花》。”《生公讲堂》:“生公说法鬼神听,身后空堂夜不扃。高座寂寞尘漠漠,一方明月可中庭。”《江令宅》:“南朝词臣北朝客,归来唯见秦淮碧。池台竹树三亩余,至今人道江家宅。”显然,关于这一组诗,前面两首艺术性较强,后面三首艺术性较差。千百年来,一般的唐诗选本大多只选前两首,不是没有原因的。因为,尽管都是抒发今昔之感,但前二首选取的是山围故国,潮打空城,秦淮明月,朱雀桥边的野草,乌衣巷口的夕阳,秋去春回的燕子,所有这些,今人能看到,古人也能看到,作者能看到,一般人也能看到,所以,通过这种景象所传达的感受,能够跨越时间,跨越空间,引起普遍的共鸣。而后面三首单纯局限于对历史事实的歌咏,对于普通读者来说,未免就隔了一层。同时,它们所提供的想象和回味的余地,也不如前二首那么多。但这组诗的后三首在艺术上虽然差些,却是不可缺少的组成部分。一方面,前两首虽然包容的信息量很大,但却不够具体,因此,后面三首各咏一事,能使这一缺憾得以弥补。另一方面,六朝事迹可写者很多,此处写昏君陈后主,写高僧竺道生,写文士江总,照顾到了各个方面,可见,作者在安排歌咏对象时,是有着精心考虑的,应该给予充分认识。

关于这组诗的创作,据作者题序自述:“余少为江南客,而未游秣陵,尝有遗恨。后为历阳守,跂而望之。适有客以《金陵五题》相示,逌尔生思,欻然有得。”也就是说,写作的时侯,作者并不在金陵,而且以前也没有到过金陵,他的创作冲动是由于看到了友人的一组作品而产生的。如人们所熟知，生活是文艺创作的源泉，既然作者并没有亲自游历金陵，没有观览这些古迹，他怎么能写出和这些古迹有关的好诗呢？这一方面由于诗人具有丰富的历史知识，也听到过他人游历金陵的见闻；另一方面，金陵古迹之荒凉虽非作者亲见，但一切荒凉之景都是相通的。像江山易改，明月永恒；过去繁华的所在，现已杂草丛生；燕子返回故居，主人已变……这些景象，都是人们可以普遍感受到的。作者把自己的生活经验移植到所写的景象中去，再加以合理的想象，并不违反创作规律。这种情形正如宋代范仲淹创作《岳阳楼记》。当时，范仲淹在邓州做官，离岳州很远，他是应岳州太守滕子京的请求，对着一幅《洞庭秋晚图》写出来的。但他描写登上岳阳楼眺望洞庭湖，却非常逼真形象："衔远山，吞长江，浩浩汤汤，横无际涯；朝晖夕阴，气象万千。"恐怕真正登过岳阳楼的人，也不一定能写得这么好。这是因为，尽管范仲淹没有登过岳阳楼，但他有可能登过黄鹤楼等，熟悉登楼远眺的景象，也有过登楼远眺的感受，他从自己的创作个性出发，根据一定的创作宗旨，把这些生活经验运用到写作中去，再加以合理的想象，也就有了一篇成功的作品。明太祖洪武初年，朱元璋欲在南京长江边狮子山上建阅江楼，宋濂奉诏撰写了《阅江楼记》，这篇被收入《古文观止》的名作虽然悬想的成分多一些，但也有对景物的描写，只是，记写于建楼之前，而这座楼终明一代也并没有建起来。这些都告诉我们文学创作中合理想象的重要性。

刘禹锡笔下这组诗的格调显得比较黯淡，使人感觉歌咏南京之作似乎总是洋溢着悲哀之情。其实，较早歌咏南京的一些作品并不是这样的。如齐代谢朓曾写有《入朝曲》一诗，他笔下的金陵是:“江南佳丽地，金陵帝王州。逶迤带绿水，迢递起朱楼。飞甍夹驰道，垂杨荫御沟。凝笳翼高盖，叠鼓送华辀。”写得既美丽又壮观。文学作品中歌咏金陵而带有悲哀的情调，主要是六朝以后的事。这一方面是由于六朝时期金陵非常繁华，后人至此，容易引起繁华不再的悲哀；另一方面，那一时期朝代的更替很快，也容易使后人生出世事无常的感慨。当然，更主要的原因与创作主体有关。人们歌咏金陵时，往往带有黯淡的历史观，或带有浓重的失意情绪。像刘禹锡在自己的政治生涯中，多次受到挫折，壮志不断被消磨，他对六朝繁华的消逝特别心有感触，原很自然。其他诗人，如杜牧之《夜泊秦淮》“商女不知亡国恨，隔江犹唱后庭花”；韦庄之《台城》“无情最是台城柳，依旧烟笼十里堤”，也都是如此。不过，在咏古一类的作品中，尽管创作客体往往决定创作主体的情感选择，但有时也会有例外。如果创作主体的思想境界具有超越性，则也能赋予客体以独特的内涵。因为时代不同，人物不同，遭遇不同，个性不同，对同一事物的看法也会不同，写出的诗歌，风格当然也会不同。比如明代初年的著名诗人高启写过一首《登金陵雨花台望大江》:“大江来从万山中，山势尽与江流东。钟山如龙独西上，欲破巨浪乘长风。江山相雄不相让，形胜争夸天下壮。秦皇空此瘗黄金，佳气葱葱至今王。我怀郁塞何由开？酒酣走上城南台。坐觉苍茫万古意，远自荒烟落日之中来。石头城下涛声怒，武骑千群谁敢渡。黄旗入洛竟何祥，铁锁横江未为固。前三国，后六朝，草生宫阙何萧萧。英雄乘时务割据，几度战血流寒潮。我生幸逢圣人起南国，祸乱初平事休息。从今四海永为家，不用长江限南北。”诗的主题是歌颂明太祖统一全国的功绩，因此，对于金陵的历史，虽然也深有感慨，但总的感情，是对历史重新掀开一页感到自豪。读了这首诗，让人感到，对于金陵的过去，不管是它的繁华，还是它的衰败，作者都有一种“俱往矣”的气度。这种状况，一方面是由于作者本人的豪放气质，他对历史有着自己的认识；另一方面，也由于明代开国的雄伟气象，激发了作者的豪情，从而也就自觉不自觉地体现在作品中了，使得所描写的对象也带有了强烈的主观色彩。可见，歌咏金陵的历史，固然可以引起深沉的感慨，但这种感慨的基调，却完全可以由创作主体决定。

落寞情态与心灵慰藉

说司空曙《喜外弟卢纶见宿》

大动乱中，人们失去的太多，因而更感到亲情的可贵。不然，表弟的过访，为什么引起作者如此的喜悦？司空曙的《喜外弟卢纶见宿》是这样写的：

静夜四无邻，荒居旧业贫。
雨中黄叶树，灯下白头人。
以我独沉久，愧君相见频。
平生自有分，况是蔡家亲。

按说，作者虽然自称“荒居”，何至于真的“无邻”？但古训有云：“唯邻是卜。”（《左传·昭公三年》）话不投机，有亦如无。所以，每到夜来，缺少“抗言谈在昔”（陶渊明《移居二首》之一）的朋友，就弥觉寂静落寞，哪里仅是因为“荒居”“业贫”而已。这时，来了一个朋友加兄弟的人物，怎能不让他欣喜异常呢？

作者怎样表达这个“喜”字呢？王夫之云：“以乐景写哀，

以哀景写乐，一倍增其哀乐。”（《姜斋诗话》）这一艺术辩证法在这里得到了很好的体现。一盏孤灯，白头相对，两人都感觉到老了。前尘如梦，少壮几时，不能不使他们生出几分凄凉，但这凄凉中分明包含着回忆的甜蜜、思念的痛苦以及重逢的喜悦，当然还有迟暮相聚的安慰。这种种内涵，妙就妙在全不说破，让读者自己去体味。

当然，“雨中黄叶树，灯下白头人”一联的艺术价值，更主要还是其意象组合的言情方式。在大自然中，植物的生长和衰落，常使人们通过移情，对自身进行内省。所以，桓温的“木犹如此，人何以堪”（《晋书·桓温传》），才能强烈震撼着无数文人的心灵，吸引他们在文学创作中进行仿效。但这一类作品往往带有直接接受的色彩，渗透着强烈的主体意识。如卢纶《同李益伤秋》：“岁去人头白，秋来树叶黄”；李嘉祐《暮秋迁客增思寄京华》：“倚树看黄叶，逢人话白头”，黄叶与白头相对比的意味非常明显。而司空曙此联却将几个意象不露痕迹地组合在一起，意蕴含蓄，启人联想。后来韦应物的《淮上遇洛阳李主簿》和白居易的《途中感秋》都学习这种表现手法，但艺术效果显然不及此作。明人谢榛《四溟诗话》曾对此做过一个比较：“韦苏州曰：‘窗里人将老，门前树已秋。’白乐天曰：‘树初黄叶日，人欲白头时。’司空曙曰：‘雨中黄叶树，灯下白头人。’三诗同一机杼，司空为优：善状目前之景，无限凄感，见乎言表。”这一比较有着很高的艺术鉴赏力。韦、白诗用虚字联缀，意在表现趋势，但叙述的意味太足，略显直致。若论情景交融，自以司空为优。黄叶树虽是眼前存在的景物，但此刻作为自然界生命衰败的象征，已自然地成为白头人的同形同构的对应物，两者之间于是产生一种无形的内在联系，使白头人的形象多了一层生发联想的意蕴。这种细腻、微妙的表现，使古典诗歌的表现技巧由比喻描写趋向于象征、暗示，在杜甫精工深刻的写实、再现的世界之外又拓开了一个境地，也使古典诗歌情景交融、含蓄暗示的美学特征日益鲜明起来。如果我们从整体上考察唐诗美学趣味的转变的话，就可以看到，这一联实在有着深刻的意义。

如果说，颔联是以意象来传达感慨的话，那么，颈联则转为直接抒写，从而也直接呼应了首联。“无邻”的寂寞，加上“荒居旧业贫”，难道还不是“沉沦久”？如此境况，却得卢纶“相见频”，这里的感情，事实上已超越血缘的联系，而建立在知音的基础上了。所以，“感”“愧”二字，虽略显直致，但却恰如其分。作者自己也觉得这种情谊实在是难能可贵，于是索性在尾联径自写出：“平生自有分，况是蔡家亲。”“蔡家亲”即表亲，用的是羊祜为蔡邕外甥的故事。难道不是吗？这种既是知心朋友，又是亲戚的情形，毕竟是不多见的啊。

这首诗的艺术手法有许多值得谈的，但其语言特色最值得注意。要曲，就完全用象征和暗示；要直，则又完全是口语。这种搭配法，恐怕并不是偶然的。这意味着，作者对语言结构的形式美，对在不统一中求统一，有着自己的主观追求。

戏谑与打诨

说黄庭坚《戏答俞清老道人寒夜三首》（之一）

江西诗派的诗，风格多样，戏谑与打诨是其中的重要手段，如下面黄庭坚的这首《戏答俞清老道人寒夜三首》（之一）：

索索叶自雨，月寒遥夜阑。
马嘶车铎鸣，群动不遑安。
有人梦超俗，去发脱儒冠。
平明视清镜，政尔良独难。

关于俞清老和这首诗的本事，《王直方诗话》引黄庭坚语云："金华俞清老名子中，三十年前与予共学于淮南。元丰甲子相见于广陵，自云：荆公欲使之脱缝掖，着僧伽藜，奉香火于半山宅寺，所谓报宁禅院者，予之僧名紫琳，字清老，无妻子之累，去作半山道人，似不为难事。然生龟脱筒，亦难堪忍。后数年见之，儒冠自若也。因尝戏和清老诗云云。"

这首诗为打趣之作。诗人选取了俞氏为僧后的一个特定的清晨来加以描写，生动地刻画了这位既着僧衣而又难耐寂寞的友人的形象。起首二句写景：风吹叶落，月明夜阑。这一背景，渲染了庙宇的清寒，也烘托出俞氏内心的枯寂。因为，叶落月明，正是他亲见的，而一个遥字，更可以微妙地揭示出他在长夜中的心灵感受。无疑，对漫漫长夜的不耐，使他对大自然的变化更加敏感，其心境也就自然与之融合起来。

如果说一二句是描写寺院的清寂，侧重于静的气氛的揭示，并借以暗示俞氏内心潜在的躁动的话，那么三四句则集中写动态，进一步点出俞氏的不安。清晨，前来进香的人们络绎不绝，马嘶声、车铃声响成一片，寂静的寺院顿时热闹起来。面对这种场景，诗中主人公的感受如何呢？作者也没正面写，但“群动”句已作了明确的回答。如果说本诗一二句是暗示僧人生活，三四句是表示世俗生活，则可以看出，这“群动”的景象，牵扯着俞氏的思绪，也使得他“不遑安”了。这一联，妙在不动声色，而含义显豁。

五六句，句意一转，正面提到了俞氏，对这位友人委婉地嘲谑了一下。梦有两层意思：一为正面写，点出俞氏当“不遑安”之际，追忆“去发脱儒冠”之时，殆如一梦，契合着长夜过后的感受。一为侧面写，见出作者的嘲谑，意为俞氏的这种举动不过是一种可笑的梦想，作为一个相知甚深的老友，作者一下子便摸到了俞氏未能“超俗”的心理，而由于“索索”以下四句的交代，更使得这一描写带上了几分幽默，并逗出下面二句。

作为全诗的结束，作者在末二句刻画了主人公的一个看镜细节，直接点出俞氏心理活动的结果。由于前面已有“去发脱儒冠”的交代，因此，主人公清晨起来，看着镜中的自己，不禁想到，做和尚真是不容易啊！揭示了其未能忘形的心态。这一句，看似平淡，实际上，仔细推敲，正像一幅漫画，将主人公的形象、神态、心理全都勾勒出来，语带诙谐。同时，它也是前面六句的自然延伸，那么，主人公最终的“儒冠自若”也就是顺理成章之事了。

这首诗的结构错落有致。首二句和次二句既是对比，又是递进，五六句宕开，末二句小结，承接中又含转折，有余不尽。全诗暗写和明写交织并用，过去与现在互相交叉，章法齐整而有变化，颇能见出作者在安排结构时的匠心。江西诗派写诗讲究“打猛诨入，打猛诨出”，黄庭坚在向学生传授作诗方法时就直截了当地说：“作诗正如作杂剧，初时布置，临了须打诨，方是出场。”（《王直方诗话》）王季思先生曾对此有具体的分析：

> 宋诗一面固受禅宗的影响；而打诨通禅，宋诗于当时流行的参军戏，正复得到不少启示。……至山谷谓：“作诗如作杂剧，临了须打诨，方是出场。”更明揭以示学人，而江西派之宗风以立。山谷题伯时顿尘马诗：“竹头抢地风不举，文书堆案睡自语”，是打猛诨入；“忽看高马顿风尘，亦思归家洗袍裤”，则打猛诨出矣。……下至杨诚斋，大而日月山川，小而虫鱼草木，无不可以打诨，江西派的宗风，可说发展到极限了。（《玉轮轩曲论·打诨、参禅与江西诗派》）

王先生所引的黄氏这首诗，另一记载为苏轼作，题为《试院观伯时画马绝句》，不过字句略异。在《书试院中诗》一文中，苏轼还对这首诗的本事有一段记载，如下：

> 元祐三年二月二十一日领贡举事，辟李伯时为考校官。三月初，考校既毕，待诸厅参会，故数往诣伯时。伯时苦水悸，愊愊不欲食，作欲骒马以排闷。黄鲁直诗先成，遂得之。鲁直诗云："仪鸾供帐饕虱行，翰林湿薪爆竹声，风帘官烛泪纵横。木穿石盘未渠透，坐窗不遨令人瘦，贫马百啮逢一豆。眼明见此玉花骢，径思着鞭随诗翁，城西野桃寻小红。"子瞻次韵云："少年鞍马勤远行，夜闻啮草风雨声，见此忽思短策横。千重故纸钻未透，那更陪君作诗瘦，不如芋魁归饭豆。门前欲嘶御史骢，诏恩三日休老翁，羡君怀中双橘红。"蔡天启、晁无咎、舒尧文、廖明略皆继，此不能尽录。予又戏作绝句："竹头抢地风不举，文书堆案睡自语。看马欲骒顿风尘，亦思归家洗袍袴。"伯时笑曰："有顿尘马欲入笔。"疾取纸来写之后。三月六日所作皆是也。眉山苏轼书。

这首《试院观伯时画马绝句》七言四句。前两句一个单元，写竹梢低垂，贴近地面，风吹不动，里面的人文书堆案，昏昏欲睡，百无聊赖。室内室外形成一个整体。后两句又是一个单元，写忽然看到画面上卧于泥土之中的马正起身抖落身上的尘埃，顿时清醒，勾起了思乡之心。不仅勾起了思乡之心，而且想象回到家中抓紧换洗袍袴之事。为什么能够产生这样的联想呢？一条暗线或许可以将马卧于泥土，起来抖落尘埃，和游子回到家乡，离开官场，也是抖落红尘相联系，但从字面上看，马卧于泥土——起来抖去身上尘埃——人思家而返乡——一路车马劳顿，满身尘土——所以回到家中要换洗衣服，将马和人的行为进行类比，思路较奇特，想象也生动。其实，前两句是开玩笑的口吻，后两句也是开玩笑的口吻。所以说是打猛诨入，打猛诨出。苏轼也是宋诗的代表人物之一，而且和黄庭坚关系密切。此诗两属，也有可以理解之处。

黄庭坚写《戏答俞清老道人寒夜》也同样成功地运用了这一手法。全诗诙谐而不失含蓄，戏谑而不流于刻薄，气氛幽默、轻松，见出二人的密切关系，打趣的分寸掌握得非常恰当，体现了黄诗的某些特色。苏轼是一个很能发掘别人优点的作家，如果这些优点是自己所没有的，他就会更加关注，而且进行学习。黄庭坚对此有非常深刻的体会，有一首诗题为《子瞻诗句妙一世，乃云效庭坚体，盖退之戏效孟郊、樊宗师之比，以文滑稽耳。恐后生不解，故次韵道之（子瞻送杨孟容诗云“我家峨眉阴，与子同一邦”即此韵）》，写道：“我诗如曹郐，浅陋不成邦。公如大国楚，吞五湖三江。赤壁风月笛，玉堂云雾窗。句法提一律，坚城受我降。枯松倒涧壑，波涛所舂撞。万牛挽不前，公乃独力扛。诸人方嗤点，渠非晁张双。袓怀相识察，床下拜老庞。小儿未可知，客或许敦厖。诚堪婿阿巽，买红缠酒缸。”正是由于他的作品中缺少黄庭坚这样的风格，所以他才要努力模仿。对于这首《戏答俞清老道人寒夜》，他也非常激赏，“屡哦此诗，以为妙也”（见四部备要本《山谷诗集注》卷十）。前面曾经提到，《试院观伯时画马绝句》的作者一作苏轼，从这些地方来看，我们对苏黄并提，或许可以多一点体会。

气味的同与不同

说黄庭坚《六月十七日昼寝》

黄庭坚作诗非常愿意向他人学习，也很会学习，这本是一种大家风度，但却常为后人所指责。如潘德舆《养一斋诗话》卷七：“晁君诚‘小雨愔愔人不寐，卧听羸马龁残刍’。山谷吟赏不已，遂摹其句云：‘马龁枯萁喧午梦，误惊风雨浪翻江。’自以为工。而不知其气味去之甚远。”这话不免对黄庭坚有误读，因为，黄庭坚自己虽然也说过是受到晁诗启发，但却并不想步其后尘，“气味”相同正是他要着力避免的。两首诗如下：

寒林残日欲栖乌，壁里青灯乍有无。
小雨愔愔人假寐，卧听疲马龁残刍。
——晁端友《宿济州西门外旅馆》

红尘席帽乌靴里，想见沧洲白鸟双。
马龁枯萁喧午枕，梦成风雨浪翻江。
——黄庭坚《六月十七日昼寝》

在内容上，晁诗表达了强烈的思归之心：日落西山，寒意阵阵，连乌鸦也要栖息了。外面下着淅沥的小雨，旅馆的墙壁上，一盏油灯忽明忽暗。经过一天的劳顿，在这将睡未睡之际，主人公的耳边听到马儿吃草发出的细细的声音——很可能是雨声造成的错觉，或两种声音有所夹杂。无论如何，这也表现了他对脚力的关心，而关心脚力是盼望早日回家。黄诗表达了一种对自由的强烈向往：戴着席帽，穿着乌靴，被官身羁绊，是多么地违反天性，所以他时时想着翱翔在沧洲上的那对自由自在的水鸟，想着想着，他睡着了，身边“马龁枯萁”的声音，变成了梦中风浪翻江的声响——他驾着风雨，去寻找自由。内容的不同，导致了描写手法的不同。晁诗是以静写静：日落乌栖、青灯明灭、小雨愔愔，这一切和那微带骚动和不安的梦境是多么和谐，充分表现了那份拳拳的思归之心；而黄诗却把一个同因引起的梦写得非常动荡：“红尘”的意象，总是导致人们想象喧闹的人境，而戴着席帽，穿着乌靴，又给人一种和衣而睡的匆促感。一个“喧”字，虽有点露，但在那种特定的情绪中，却渲染了“马龁残刍”之响以及由此带给作者的心理变化。一切都是极喧闹，而黄庭坚追求的梦境却是静谧的：“想见沧洲白鸟双”，那悠闲自由的白鸟，正是他的理想所在。动中求静，是黄庭坚对君诚诗境的一种创新，里面也反映了追求自由的不易。我们不必轻易评判二诗高低，但至少黄庭坚写出了自己的个性，而且，正因为“气味”不同于君诚，方能成为千古佳作。先师程千帆先生在《读宋诗随笔》中曾敏锐地指出：“两诗一写醒，一写梦，本来就不一样。”这确是非常精准的判断。

类似这种指责是很多的，如金代王若虚，恐怕是“古今来诃山谷最严厉者”，但他往往只凭主观想象，举例来说，其《滹南诗话》卷上有段评论：

> 退之诗云：“泥盆浅小讵成池，夜半青蛙圣得知。”言初不成池，而蛙已知之，速如圣耳。山谷诗云：“罗帏翠幕深调护，已被游蜂圣得知。”此“知”字何所属邪？若以属蜂，则“被”字不可用矣。

这种批评是片面的，因为他未将全诗联系起来读。韩愈诗中有一“讵”字，则下句自不必出现虚词，而黄庭坚诗中“罗帏翠幕深调护”只是一句铺叙，倘不用一介词“被”字，怎能明显地表示转折？“知”当然属“游蜂”。即使属“蜂”，“被”字又何尝不能用？只是这里的“圣”字，已转变为副词，作状语来修饰“得知”了，而不像韩愈诗中带着点倒装句法。一般人但见黄庭坚好学前人，便多方讥之，其实，黄庭坚虽学前人，却决不会埋没自家的特色。从这个意义来说，说他有的诗学得不像是对的，可这正是他的可贵之处。

山水情与『平常心』

说宋诗僧道潜《东园》

道潜是宋代诗僧中最有成就者之一，下面这一首是他的名篇：

> 曲渚回塘孰与期？杖藜终日自忘机。
> 隔林仿佛闻机杼，知有人家在水西。
>
> ——《东园》

环境优美，气氛幽静，诗人沉浸其中，自是无限愉悦，但他不像那种“每逢清景，辄唤奈何”的魏晋风度，表现出情溢于外的志得意满，而是透过这一层，代“曲渚回塘”立言，把自己与大自然浑融无间的高雅情怀，从侧面点出，以见“杖藜”一句并非泛言。忘机，典出《列子·黄帝》：“海上之人有好沤鸟者，每旦之海上，从沤鸟游。沤鸟之至者百住而不止。其父曰：‘吾闻沤鸟皆从汝游，汝取来，吾玩之。’明日之海上，沤鸟舞而不下也。”沤（鸥）鸟不下，盖因其人已生机诈之心。后世遂以“忘机”称自甘恬淡，不受名利纷扰或不以世事为怀。以“终日”二字加以修饰，更以时间的渲染，刻画出在那一特定空间中的一位高人——也就是诗人自己——的形象。全诗至此，题面已足，但内容还不够明确，一般作手或许要就“忘机”二字生发一下，以见主人公心境是如何空明。但作者却偏偏别出心裁，摆脱自己，侧锋突起，以“隔林仿佛闻机杼，知有人家在水西”二句作结。这两句，颇得苏轼激赏。《诗话总龟》前集卷十四引《王直方诗话》：“东坡云：‘参寥善绝句，有云：“隔林仿佛闻机杼，知有人家在翠微。”’每为人诵。后来黄州，相聚半年，京师故人以书相遗曰：‘知有僧在彼，非隔林仿佛闻机杼和尚耶？’仆谓参寥曰：‘此吾师七字诗号也。’”东坡乐道人善，见解不俗，史有令名，可见，此二句必有独特之处。那么，妙处何在呢？按理说，既是忘机，选择“曲渚回塘”就应该远离世人，可是主人公并没有把自己藏起来，不仅没有僻居一隅，反而距世人很近（隔林而闻机杼之声，自是不远）；退一步说，即使是“结庐在人境”，也应该“而无车马喧”，对所谓“机杼”声充耳不闻，可是他偏不，“仿佛”二字足见他对这种声音乐于接受，不存在主观上加以排斥的故意。我们说，妙处也正在这里。因为，这才是真正意义上的“忘机”。诗人日日杖藜于此，今天才闻机杼之声，知水西处有人家，这一突然发现的喜悦，他并不想故意掩饰。但知有人家又怎么样呢？莫非这能打乱他的安祥的心境吗？当然不能。事实上，知，仅是大脑皮层的表面感知，对诗人来说，也就仅是知之而已。机杼声也好，甚至人声也好，一如大自然中的其他声响，自然而来，自然而去，当然没有掩饰的必要了。前人论艺术辩证法，或云就自然界而言，有以动写静，以静写动之说；就心理状态而言，有以喧形寂，以寂形喧之说。此诗后二句貌似后者，其实已完全脱略痕迹，臻于化境了。因为，它只是写出了这么一种自然状态，淡淡地，似乎毫不经意地写出，而这又比无论怎样的渲染都能表现出诗人“忘机”的程度。

由此可见，此诗最大的特色就是自然，以后二句而论，说它可与陶渊明的名句“采菊东篱下，悠然见南山”相媲美，也不为过，因为二者均出之于极自然的当下之感，纯是一片忘机。释惠洪在《冷斋夜语》卷四中称美道潜作诗追法陶渊明，并举此诗为例，确是深知其甘苦的有见之言。

然而，如果仅仅体认到此诗与陶诗的相通之处，似乎还未完全揭示出它的审美价值。由于作者是一位生活在 11 世纪的僧人，这就促使我们同时试着从禅的角度去认识这首诗。

禅家有所谓“平常心”之说，即重视在日常生活中的体验，不去故意追求什么，更避免由于这种追求而导致的压力。同时，禅要求人们放弃凭借意志的力量来排遣那些感到执着的事物。禅所带给人的，是一种平静而又轻松、纯朴的气氛。这种境界，我们在诗中能够很容易地体会出来。机杼之声入耳，乃至反应到近处有人家，全是生活中顺理成章之事，惟其顺理成章，才能不以为意，此正应了那句俗语：酒肉穿肠过，佛祖心中留。禅家的定力，隐士的高致，都在这极自然的描写中得到了显现。

另外，我们都很熟悉那一段关于参禅的语录，即，开始参禅时，见山是山；自认已了解禅时，见山不是山；完全认识禅时，见山仍旧是山。三个阶段，实际是三种境界，这颇像中国古代文学理论中的三境说，显然，第三种境界是最高境界。意思是，只有把自己与山融为一体，同时也把山与自己融为一体时，山才真正是山。这涉及人与自然、主观与客观的关系问题。

当一个人具有了禅的意识时，他与自然的关系便发生了根本的变化。彼此之间，不是互相参与，而是完全合一。最后的开悟，之所以见山仍旧是山，正是由于这种合一。铃木大拙认为，这就是佛家的空观。“在这空性中，山是山，我见山如是，山见我亦如是，我之见山亦即山之见我。因此，空成为真如，真如即空，空即真如。”（《禅与生活·自然在禅学中所占的地位》）而一旦达到这种境界，纯粹主观即是纯粹客观，自觉体即是本然体了。

从这个意义来看，在诗人耳中，机杼之声完全是“天籁自鸣”，他在这种氛围里，更加意识到自己的本来面目，悟到对于具体时空的超越，从而也就获得了更加丰厚的禅悦之情。

自然之景与禅悦之情

说赵师秀《数日》

赵师秀一生酷爱写诗，一直到生命的结束，仍然不废吟咏。据南宋赵与时《宾退录》卷六载，嘉定十二年（1219），他曾写了一首《数日》，“仅脱选而卒”，此诗想必凝聚着他对人生的种种感受。诗如下：

> 数日秋风欺病夫，尽吹黄叶下庭芜。
> 林疏放得遥山出，又被云遮一半无。

已经是深秋天气，病了几天的诗人更感到浓浓的秋意，走出居室，发现树上已是光秃秃的，被秋风吹落的黄叶积满了荒芜的庭院。叶落尽则林疏，这一景象虽是客观存在，但由于诗人已是数日足不出户，在他眼里，仍然具有突然性，因而显出某种动态，此即“出”字之所由来。然而，真正的动景却是云。诗人惊喜的目光，刚刚穿过稀疏的林木，看到久违的“遥山”，却不知从哪儿飘来几朵白云，又使得它被遮住一半，若隐若现，似有似无。

这首诗，捕捉的便是大自然的这种瞬间即逝的景色，非常准确，非常生动。陈衍《宋诗精华录》评此诗云：“似诚斋。”说这首诗像杨万里的作品，这一判断是准确的。钱锺书论诚斋体时说：“诚斋擅写生……如摄影之快镜，兔起鹘落，鸢飞鱼跃，稍纵即逝而及其未逝，转瞬即改而当其未改，眼明手捷，踪矢蹑风，此诚斋之所独也。”（《谈艺录》）赵师秀向这位前辈学习，以七言绝句来抒写瞬间感受，写生的手法既很纯熟，艺术魅力也尽在此。

赵师秀号灵秀，与当时的徐照、徐玑、翁卷都是永嘉人，人称永嘉四灵。他们多与僧人相接，本身亦很重视禅的体验，并经常把这种体验有意无意地写入诗中。这首诗是同类题材中比较突出的一篇。

佛家认为，若想得道，必须先去妄念。《圆觉经》云：“譬彼病目，见空中华及第二月。”又云：“此无名者，非实有体，如梦中人，梦时非无，及至于醒，了无所得，如众空华，取于虚空，不可言说。”空华（花），就是妄念。“林疏放得遥山出”，“遥山”果真“出”了吗？为何转瞬间，“又被云遮一半无”？这不正是“如梦中人，梦时非无，及至于醒，了无所得”的感受？诗人于这一有一无之间，悟到了什么？另外，佛家又认为世间一切事物不能久住，都处于生成住灭之中，正如《涅槃经·寿命品》所云：“是身无常，念念不住，犹如电光暴水幻炎。”山也无常，云也无常，即使诗人自身，又何尝是真我？赵师秀此时见林疏山出，复被云遮，亦如被当头棒喝，顿悟有即是无，无即是有，“杀空得实，杀于无我而得真我”。捕捉到大自然中转瞬即逝的禅机，诗人就到达了一个久觅不得的新境界。

当然，这首诗的禅趣并不止此，我们还可以理解为是诗人对开悟经验的描述，禅门中人，其主要目标，或许就是获得开悟的经验。但达到大悟的境界，并非轻而易举之事。大体上说，人们必须训练自己，同知性隔绝，并唤醒知觉的潜能。在这一过程中，有时朦胧，有时洞达，有时滞碍重重，有时柳暗花明。总体的参悟感觉，经常在即将达到彼岸时，又生出几分混乱和芜杂。就是这样不断超越自我，由有限到无限，最终达到彻底的禅悟。“林疏放得遥山出，又被云遮一半无”二句，给我们的感觉，正是开悟过程中的变化无端、无从捉摸的种种现象。这本是一种只可意会的境界，诗人以比喻出之可以说是非常巧妙的。

仁者见仁，智者见智。这首诗的内涵给我们的感觉是不固定的，但正是这种不固定，能够把我们引入迷人的境界。永嘉四灵的许多诗，都可作如是观。

梅雪争春的创作机趣

梅花绽放和暮冬落雪，都可以说是迎接春天的象征，而且都可以展示出“花”的形象，尤其是白梅，更能够引起彼此互通的联想，因此，在文人墨客的笔下，梅和雪经常同时出现。如唐代张谓《早梅》：“一树寒梅白玉条，迥临村路傍溪桥。不知近水花先发，疑是经冬雪未销。”诗要写一树白梅的性喜偏僻，连村路都是热闹之处，因此要远远离开，而盛开在溪桥旁边。为什么说是“早”呢？这和“近水”有关，在诗歌创作中，其来有自。如杜甫《和裴迪登蜀州东亭送客逢早梅相忆见寄》：“东阁官梅动诗兴，还如何逊在扬州。此时对雪遥相忆，送客逢春可自由？幸不折来伤岁暮，若为看去乱乡愁。江边一树垂垂发，朝夕催人自白头。”这首被王国维盛赞的诗（《人间词话》：“白石《暗香》《疏影》格调虽高，然无一语道着，视古人‘江边一树垂垂发’等作何如耶？”），里面提到“还如何逊在扬州”，何逊那首咏梅名作，题目正是《早梅》。至于为什么江边水边的梅花先开，大约是地势开阔，更容易感受到气候变化的缘故。冬末，残雪未消；春初，梅花开放。因此，二者的形似就能相通。

张谓诗中因梅雪形似而有疑，却并未写出如何释疑，至宋代王安石，其所处时代本来就提倡怀疑精神，因此就将此疑落实了。王安石《梅花》：“墙角数枝梅，凌寒独自开。遥知不是雪，为有暗香来。”梅是白梅，又生在墙角，人则是远远望过去，因此视觉上可能会产生错觉，以为是雪花落到了枝头，当然这是欲擒故纵法，自我设问，自我排除，最后推出暗香，以此说明是梅不是雪。这首诗事实上已经将雪和梅做了比较，即雪落在枝头，虽然很像花，但毕竟没有香气。作者称赞了一种不事张扬的美，不过，却并没有明显对雪和梅有所区分。而有了香，则就成为辨别的利器。所以元末明初的著名画家王冕写有《白梅》：“冰雪林中著此身，不同桃李混芳尘。忽然一夜清香发，散作乾坤万里春。”如果说，作为否定的形象桃李是由“芳尘”陪伴，则梅花就是由冰雪陪伴。不同的植物上覆盖着雪，一眼望过去，就是雪的世界，一片玉树琼林，满枝白色花朵。虽然到处是“花”，却并非春天到来，只有梅花盛开，忽来一夜清香，春天才真正到来。这里的雪只是一种背景描写，但也可以使人联想到，枝头的雪，雪下的梅，由于“清香发”而形成的对照，这就是，只有散发出香气的梅，才能真正带来春天。

从这个思路出发，可以看出，在梅和雪之间，已有希望加以区分的想法，可是到了南宋，诗人又希望各见其长，合而观之。于是出现了卢梅坡（或作卢钺、方岳，梅坡可能是卢钺的号）著名的题为《雪梅》的两首诗：

梅雪争春未肯降，骚人搁笔费评章。
梅须逊雪三分白，雪却输梅一段香。

有梅无雪不精神，有雪无诗俗了人。
日暮诗成天又雪，与梅并作十分春。

第一首从争春的角度看待梅和雪的关系。争春，就是谁迎来春天，谁最具有早春的特色。这里的别致之处是拟人化。本来，所谓争春只是人的感受，现在却让梅和雪自己去争，而让人也就是诗人做评判者。但是，诗人也无法评判，踌躇再三，只能做和事佬，说是各有长短：从视觉看，梅不如雪的白；从嗅觉看，雪没有梅的香。第一首指出了梅雪各自的短和长，第二首就从这个思路出发，认为只有互相取长补短，才能真正展示春天。也就是说，任何一方都不具备单独呈现早春特色的优势。如果只有梅而没有雪，诗人认为这幅画面缺少精神。这本来就是文人的一个传统，早在六朝，萧纲就有《雪里觅梅花》："绝讶梅花晚，争来雪里窥。下枝低可见，高处远难知。"庾信《梅花》："当年腊月半，已觉梅花阑。不信今春晚，俱来雪里看。"这些都可互参。所以，卢梅坡也说，天上下雪，人间诗成，就能"与梅并作十分春"。宋人喜梅，比卢梅坡时代稍早的赵师秀曾说："但能饱吃梅花数斗，胸次玲珑，自能作诗。"（韦居安《梅磵诗话》）甚至有人说，"诗句中有梅花二字，便觉有清意"（张端义《贵耳集》卷中），就不俗。这首诗中当然已经有了梅，但诗人还觉得不够，因而将俗赋予了新的含义，即有雪有梅，若无诗，也还是俗。这就将主客体更加融为了一体。当然，诗是因梅雪而发的，所以主体还是这两种自然之物，若退一步说，无论是梅还是雪，单独的个体，就更无法带来“十分春”了。这是诗人给出的结论，即梅和雪各有特点，各有重要性，它们共同构成了早春的风景。这个和事佬做得很好，后世读者基本上都是同意的。

但仍然有人希望分个高下，而且要做翻案文章。如明末清初诗人释函可《雪花歌》:“天上纷纷雪，山中树树花。尽道梅花胜似雪，我见雪花胜梅花。梅花开必著梅树，雪花下来随所寓。不择高低长短枝，有风即去无风住。纵使风吹树尽空，在地还与在树同。本来清白谁能污，一任飘飘无定踪。梅花虽好能几日，开落荣枯情不一。君不见罗浮山下梅花村，师雄卧处生荆棘。”作者认为雪花胜过梅花，因为它比梅花更无所依傍，随风来去，能上天入地，飘逸自由，而且本质清白，无物可污。这又给雪赋予了一种特别的精神。

说到这里，似乎已无剩义，但是，还是有人要在梅和雪的关系上说点什么。清初词人周清原，字雅楫，号浣初、蓉湖，江苏武进人。监生。康熙十八年（1679）召试博学鸿儒，官至工部右侍郎。卒于康熙四十六年（1707）。著有《浣初词》。他写了一首《菩萨蛮·雪梅图》:

> 梅花未放枝头雪。雪花点缀枝头月。花色两相和。是谁颜色多。　　劝梅休恨雪。且耐寒威冽。待得暖风来。雪开花也开。

第一句可能意有双关。梅花尚未开放，枝头都是白雪。枝头有雪，雪也就是花，而在月光的映照下，更为妩媚多姿。雪月交相辉映，也是文人们很喜欢的图景，所以南宋诗人曾几《书徐明叔访戴图》就写道：“小艇相从本不期，剡中雪月并明时。不因兴尽回船去，那得山阴一段奇。”当然，再加上梅，三者并写，更创造出美好的意境，如南宋词人张孝祥的《卜算子》：“雪月最相宜，梅雪都清绝。去岁江南见雪时，月底梅花发。　　今岁早梅开，依旧年时月。冷艳孤光照眼明，只欠些儿雪。”张孝祥今昔对比，写去年人在江南，景色宜人，三美皆具，今年则有梅有月，尚欠下雪，言下之意，有点遗憾。周清原这首词的上片虽然将梅雪月三者都提到了，但梅却是一个“缺席的在场”，很像是卖个关子，且听下回分解。所以上片三四两句还是就雪和月着笔，雪花和月色，哪个更有动人的颜色，给人的感觉是要顺着这个脉络谈雪和月。但是下片一转，又回到雪，而且补充了上片没有明说的细节，即尚未绽放的梅花被雪覆盖住了。梅花被覆盖住，失去了光彩，当然可能有所不满，于是下面就宕开一笔。词人告诉梅花，不要怨恨雪，因为雪虽然带来了寒冽，但却是为花所做的酝酿。沿着此意一路去写，推出了最后两句的别致解读。待到暖风吹来，天气和暖，雪融梅绽，那就是真正的春天。这首词在雪花和梅花之间回环往复，无论在句式上还是语意上，都造成了多层叠加的效果。“雪开花也开”一句描写雪之融化与花之绽放，同用一个“开”字，更是对语词歧义性的自觉运用。这首词所写的可能只是一个特定时间点的场景，也许更多带有想象的成分。不管是“花色两相和”，还是“雪开花也开”，都能看出，词人一方面抒发了对自然变化的感受，另一方面，似乎也是想借助自然物象来说明倚伏相生的人生哲理，以及自己参透祸福，顺应世情的人生态度。

周清原是一个不怎么知名的词人，但他的这篇作品，放在中国文学的梅雪系列中，也能有着自己的特色，值得一并品读。

风尘相惜铜城驿

康熙五十七年（1718），杨士凝赴北京参加会试，没有考中。暮春时分，返回南方。途中住宿铜城驿（在山东东阿县），看到墙壁上有四首题诗，一下子如电光石火，激起了心中巨大的波澜。

时间回到前一年，相同的季节，杨士凝仍然南北奔波，一个晚上，他在这里投宿，想到科场蹭蹬，老大无成，心中充满感慨，于是在墙壁上题诗四首：

才名役我逐风尘，长短离亭送暮春。
刺眼狂夫怜不悟，转头风月属他人。

当窗多半十三余，一点狂情未破除。
偷嫁东风毋太早，使君非是惜明珠。

无地寻芳也便休，十年心事在眉头。
此时草长江南好，深巷莺花暗画楼。

乱蜂狂媒系人思，浪说名花有几枝。
庭院海棠春不管，悄无人处月斜时。

虽然到了秋天杨士凝就考中了举人，但此时他仍然很落寞。他说自己到处奔波，饱尝离愁别恨，不仅不入时人之眼，而且即使青楼寻欢，也碰不到惺惺相惜之人，更谈不上对自己心灵的抚慰。所以他惋惜那些太早“偷嫁东风”者，感慨自己十年之间竟然“无地寻芳”，遗憾所谓名花，不过是“浪说”而已，于是对月光西斜时庭院之中孤独寂寞、无人理会的海棠再三寄意。

对于杨士凝来说，可能这不过是一时的感慨，写完也就忘了，可是，有一个人读到这四首诗后，却心有灵犀，勾起满怀伤心事，遂提笔和了四首。关于和诗的地点，杨氏《芙航诗襭》原诗之题和再和之题，都作铜城驿，而其为此事所写的一首《薄幸》，小序中则说：“康熙戊戌暮春，余下第南归，过界河驿，壁间有女郎络珠和余感春诗，并跋云：‘江上女子络珠拜和原韵四首，托词见志，情不自禁。倘宿因已尽于此，当向梦魂图晤，一结后缘尔。掷管呜咽，不知所云。’”或说是在铜城驿，或说是在界河驿（在今滕州市），二地相隔二百里左右。事实上，界河驿也在来往南北二京的官道上，杨士凝那年赴京考试，应该也曾住过界河驿，因此，写词的时候可能记忆发生了错误。

和诗的作者叫络珠，是一个青楼女子。诗是这样写的：

千点杨花碾路尘，生来游冶不知春。

从今省得魂归处，揉碎心肠结可人。

拼守春风十载余，旧愁新恨两消除。
杜郎重过东山道，怜取吴儿是络珠。

生不相逢誓不休，可知红泪咽心头。
凭谁为我埋香骨，静锁春风燕子楼。

壁头新句费相思，应向章台折一枝。
今夜妾来君已去，误人偏是落花诗。

络珠从杨诗中读出了渴求知音之感，而她本人流落风尘，也非常盼望能够碰到知音，于是，她对着这个想象中的人，表达了内心情愫。第一首说自己生来就在青楼，漂泊无定，现在终于明白归宿何在。第二首回应作诗人的“十年心事”，用杜牧诗语意，愿意为这个知音苦苦相守，期待有一天作诗人重过此地，能够感受自己的一番痴情。第三首立誓今生定要相逢，否则死不瞑目。第四首回应作诗人的“名花”句意，表示自己就是对方欲折的“章台一枝”，只可惜造化弄人，自己到来，对方却已离开，现在读到四首诗，就倍感有缘无分，悲从中来。

杨士凝读了络珠的和诗后，自然是心旌摇曳，不胜其情，不仅依韵一和再和，又写八首，而且还填《薄幸》一调，再三致意。这段文字的艳遇也迅速流传开来，20 多年间，“艺林好事者盛传此事，以为美谈”（杨士凝《薄幸》小序），他的朋友庄大椿、汤自奇等都有和诗。

这个经历，初看就是一段类似艳遇的轶事，但放在那个特定的社会中，又不是那么简单。

杨士凝到京城参加会试，落第返乡，重新住进铜城驿，看到络珠的和诗后，即作《铜城驿店壁题句下见女郎络珠和韵诗，感其意，绩和四首》，其第三首有云“沦落湖山谁解得，爱才强半属青楼”，说出了他感动的重要因由。

渴望理解，向往知音，人们在社会生活中非常需要这样的精神追求，所以钟期弹琴、卞和泣玉才那么引起人们的共鸣。但是，理解和知音却又非常不易得，甚至可遇而不可求，因此，在温柔富贵乡中寻找心灵的相通，就成为古代文人的一种“愿望的达成”。

这当然也是有着长期的文化传统的积淀的。唐末杜光庭有一篇著名的小说《虬髯客传》，写隋炀帝的重臣杨素傲慢待人，一日，布衣李靖来谒，相貌奇伟，复有辩才，引起了杨素家妓红拂女的关注。小说这样写：“当公之骋辩也，一妓有殊色，执红拂立于前，独目公。公既去，而执拂者临轩指吏曰：‘问去者处士第几，住何处？’公具以对，妓诵而去。公归逆旅。其夜五更初，忽闻叩门而声低者，公起问焉，乃紫衣带帽人，杖揭一囊。公问谁，曰：‘妾，杨家之红拂妓也。’公遽延入。脱去衣帽，乃十八九佳丽人也，素面画衣而拜。公惊答拜。曰：‘妾侍杨司空久，阅天下之人多矣，无如公者。丝萝非独生，愿托乔木，故来奔耳。’”后李靖协助李世民争得天下，官至尚书左仆射兼任同平章事。红拂女是风尘中人，却能识李靖于微时，有见识，具胆略，是典型的英雄美人传奇，满足了落魄士人的某些心灵想象，因此这个故事一直流传不息，并成为舞台上搬演的重要剧目。另一个广为流传的故事是宋代梁红玉和韩世忠的故事。据罗大经《鹤林玉露》丙编卷二记载：“韩蕲王之夫人，京口娼也。尝五更入府，伺候贺朔。忽于庙柱下见一虎蹲卧，鼻息齁齁然，惊骇亟走出，不敢言。已而人至者众，往复视之，乃一卒也。因蹴之起，问其姓名，为韩世忠。心异之，密告其母，谓此卒定非凡人。乃邀至其家，具酒食，至夜尽欢，深相结纳，资以金帛，约为夫妇。蕲王后立殊功，为中兴名将，遂封两国夫人。”这里说梁红玉本是镇江的青楼女子，曾经五更时入官府伺候朝会之事，忽然看到庙柱旁边卧着一只老虎，起初吓了一跳，后来发现是一个小卒，名叫韩世忠。梁红玉认定韩非凡人，就和母亲商量，邀至家中，不仅“资以金帛”，而且“约为夫妇”。后来韩世忠果然为一代中兴名将，当然，梁红玉作为夫人，在事业上的名头也不差，韩世忠在黄天荡与金兵相持时，“战将十合，梁夫人亲执桴鼓，金兵终不得渡”（《宋史·韩世忠传》）。这个故事也不乏虚构演义之处，但梁红玉出身娼家，却是不少人都同意的，她也很有可能识韩世忠于微时，因而成为文人津津乐道的话题。

杨士凝的朋友们显然也都看出了其中难得的知己之感，于是在这个方面说出自己的感受。如庄大椿就指出，这个故事的意义就是使人“知风尘中故有人在”（庄和杨诗之序），而且认为“爱才饶和诗千首，未抵萧娘蘸笔时”（庄大椿和诗之第四首），即使再多的人欣赏杨士凝的才华，再多的人和其四首诗，也比不上络珠落笔时的深情。汤自奇则更直接指出络珠和诗的意义：“何物妖娆双慧眼，解从尘土辨明珠。”（汤自奇和诗之第二首）杨士凝写诗之际，科第不顺，正处于前程茫茫，到处奔波的窘境。《聊斋志异》的作者蒲松龄一生都奔波在科举考试的路上，他在小说中，并不否定科举制度本身，而是往往将矛头指向考官，认为是考官有目无珠，才埋没了包括他在内的无数有才华的士子，使得他们无法一展抱负，为国家效力。杨士凝在身世落拓的时候，正需要别人肯定其才华，而这个肯定又来自风尘女子，当然也就能够引起许多的联想。事实上，杨士凝也有意无意地提到类似的意思。康熙六十一年，他作《再用感春诗韵酬庄五书年》，里面提到“洛川魂梦动陈思”，乃是用的曹植写《洛神赋》的典故。虽然《洛神赋》的主旨较早的说法是“感甄说”(《文选》李善注引《东观汉记》)，但后来人们也多认为“纯是爱君恋阙之词”(潘德舆《养一斋诗话》卷二)。所以，杨士凝在这里注入一点比兴寄托之意，也不无可能，这样也就一定程度上跳出了单纯的男女艳情。

这一点在诗词的传统中，也有可说者。辛弃疾《水龙吟·登建康赏心亭》:“楚天千里清秋，水随天去秋无际。遥岑远目，献愁供恨，玉簪螺髻。落日楼头，断鸿声里，江南游子。把吴钩看了，栏杆拍遍，无人会，登临意。　休说鲈鱼堪脍，尽西风，季鹰归未？求田问舍，怕应羞见，刘郎才气。可惜流年，忧愁风雨，树犹如此！倩何人唤取，红巾翠袖，揾英雄泪！”辛弃疾“一世之豪，以气节自负，以功业自许”(范开《稼轩词序》)，其“所作大声镗鞳，小声铿鍧，横绝六合，扫空万古”(刘克庄《辛稼轩集序》)，但是，在拍遍栏杆，无人理解登临之意，又在入世与归隐之间无法取舍之时，最后期待投向“红巾翠袖”的怀抱，希望在温柔乡中，得到心灵的宁静和感情的慰藉。在他看来，也许只有“红巾翠袖”才是他的知音，但是，我们却不知是否真有这位“红巾翠袖”。不过五代后蜀何光远《鉴诫录》中所记载的罗隐的故事，却是历代文人雅士所津津乐道的："罗秀才隐，傲睨于人，体物讽刺。初赴举之日，于钟陵筵上与娼妓云英同席。一纪后，下第，又经钟陵，复与云英相见。云英抚掌曰：'罗秀才犹未脱白矣。'隐虽内耻，寻亦嘲之：'钟陵醉别十余春，重见云英掌上身。我未成名卿未嫁，可能俱是不如人。'"黄周星《唐诗快》评云："'未成''未嫁'，足伤心矣；又接'可能'一句，不觉令人迸泪。"洪亮吉《北江诗话》卷四则敏感地指出："'我未成名君未嫁'，同伤沦落也。"在古代文人看来，青楼女子的未遇良人与读书人科第不顺，原可以相提并论，彼此的惺惺相惜也是题中应有之意。如果说，罗隐的故事提供了唐代文人的一段佳话的话，杨士凝的故事则为这段佳话增添了清代的加强版。

而且，杨士凝的这段佳话又是借助题壁诗这种具有深厚文化积淀的传播形式展开的，这又被赋予了一层传奇的色彩。

白居易曾写过一首诗，诗题很长：《微之到通州日，授馆未安，见尘壁间有数行字，读之，即仆旧诗，其落句云："绿水红莲一朵开，千花百草无颜色。"然不知题者何人也。微之吟叹不足，因缀一章，兼录仆诗本同寄。省其诗，乃是十五年前初及第时，赠长安妓人阿软绝句。缅思往事，杳若梦中。怀旧感今，因酬长句》："十五年前似梦游，曾将诗句结风流。偶助笑歌嘲阿软，可知传诵到通州。昔教红袖佳人唱，今遣青衫司马愁。惆怅又闻题处所，雨淋江馆破墙头。"白居易已经明确交代了这首诗的本事。元和十年（815），元稹被贬通州（今四川达州附近），在一所房屋的墙壁上读到了一首诗，原来是白居易 15 年前刚刚考中进士时，在长安青楼狎游，赠妓人阿软的七言绝句，却不知是谁来到四川通州，题在这里。宇文所安对这段本事非常感兴趣，他指出："这首诗不属于通常诗人要保存的那一类作品，实际上它只是为那个时刻而写的，当歌唱结束，笑语沉寂，欲望餍足，它也就随着歌声而蒸腾消失掉了。"而在这里，"诗已经变成了在通州破墙头的一首特殊的题诗。它在那里存在的形象，在风雨中显得破败而疲惫，并不说明文本有混杂多样的可重复性，而是标志着那个无名氏在墙上题写此诗时那无可推测的情景和心境，标志着他的阴郁孤独，这一定与所题诗的含意有某种关系"。"对某个人来说。它们一定会有某种特定的含意，为此他或她才在通州的那堵墙壁上题写这首诗。"(《迷楼：诗与欲望的迷宫》第一章《诱惑》)我们知道，白居易也恰好是这一年被贬为江州司马的，而且他在江州，曾经由于听到浔阳江畔动人的琵琶声，写下了千古名篇《琵琶行》，而那位琵琶女，当年在长安"名属教坊第一部"，现在在白居易眼中，却"同是天涯沦落人"。就此而言，白居易看到自己当年的赠妓诗被题在偏远的通州，想起当年的"红巾翠袖"，以及这位不知性别的题者（也许是一位女子），会不会也兴起一种知音之感？与此不同的是，铜城驿站墙壁上的诗是和作，而杨士凝也知道作者的身份。虽然其间有相当的不同，但结合白诗来阅读杨诗，或许也能别有所会。

直寻与本色

说沈祖棻《薄幸》

抒写离别之思是词中常见的题材，古往今来，此一题材的写作者不知凡几，但运用之妙，却存乎一心。真正有才华的词人，能够在这个老题材中，写出新内涵、新感受。本文要介绍的《薄幸》就是这样一篇作品。

隔年离绪。算未寄、零笺寸楮。任涨落、春潮秋汐，休望空江鱼素。便明朝真有书来，还应只是闲言语。记酒后分曹，人前障扇，惯当寻常相遇。　忆咫尺逢迎地，犹自怕珠帘鹦鹉。只今天涯远，相思无益，也知愁被多情误。昔盟难据。剩重温暂理，欢娱梦里都非故。幽怀漫数，肠断从君信否。

这首词写于抗日战争时期，当时词人漂泊于巴山蜀水之间。起句直奔主题。隔年，见出分别时间之长，在这种状况下，当然期盼能够收到远方的来信，可是春去秋来，潮涨潮落，盼来盼去，仍然愿望成空，音讯全无。楮，一种树，皮可造纸，古代也以之代称纸。“空江鱼素”，出自古诗《饮马长城窟行》:“青青河畔草，绵绵思远道。远道不可思，宿昔梦见之。……客从远方来，遗我双鲤鱼。呼儿烹鲤鱼，中有尺素书。”在古人看来，鱼既然能在江河中游，就可以替人传递书信，而古代的书信通常用绢帛书写，长一尺左右，因此称为“尺素书”。这里的感情，是由于长期收不到书信，而带有几分失落，所以用了“算”字，用了“休”字，正是处于浓郁感情中的人所常有的一种心灵活动。但下面一转，词情全变，进入另外一个境界。上面提到，日复一日，苦望书信，此却透过一层说，即使真的盼来了书信，上面也不过是一些一般的家常话而已。但这种平常，在特定的情境中，就变成了不平常。分曹，李商隐《无题》有“分曹射覆蜡灯红”之句。障扇，指用扇遮风、挡光，或遮尘。这是回忆以往相聚之时的甜蜜情事，那时觉得那么普通，那么寻常，现在却感到是如此珍贵，难以再来。这种表现手法，从李商隐《无题》“此情可待成追忆，只是当时已惘然”，以及纳兰性德《浣溪沙》“被酒莫惊春睡重，赌书消得泼茶香。当时只道是寻常”来，但又有了新的语意内容。

过片承上忆旧。虽然生活艰苦，居处狭小，但在这里，有过美好时光。词人回忆当时的相见，说不尽的柔情蜜意，词中的表述是:“犹自怕珠帘鹦鹉。”在《水龙吟》一词中，词人回忆当年和丈夫书信往来的美好生活，也有“学写鸳鸯，暗瞒鹦鹉”的描写。前者出自欧阳修《南歌子》:“等闲妨了绣功夫，笑问鸳鸯两字怎生书?”后者或用朱庆馀《宫词》:“含情欲说宫中事，鹦鹉前头不敢言。”那些充满情意的话，都是属于他们自己的小秘密，所以要避开鹦鹉，怕被学舌。可是现在，相隔天涯，音信全无，空有相思，向谁倾诉呢？在这种状态中，乃备感“愁被多情误”。大凡一种感情郁结于心，则往往循环往复，再三致意。或许是迟迟得不到远方的信，给心灵带来的刺激太深，于是就有“昔盟难据”一句。这个“昔盟”，就是当年分别时千叮万嘱的及时来信的约定，可是在炮火连天的日子里，这是多么地靠不住，于是，只能在梦中达成重逢的愿望了。然而，由于严酷的社会环境，常年的颠沛流离，沉重的生活负担，即使在梦中，也已经无法重现昔日的欢娱了。这么多的痛苦，这么多的柔情，积压在心头，于是终于逼出了篇末的“肠断”二字，使得全篇达到了高潮。

这首词写漂泊流离中对感情慰藉的期盼，从一个侧面写出了当时知识分子的生活影像、心灵活动，有着感人的力量。其中“便明朝”二句，写得尤其有思致。

南朝梁代的钟嵘论诗，非常赞赏“直寻”二字，即不加雕饰，即景会心，直接抒写内心的感受。他在《诗品》中说：“至乎吟咏情性，亦何贵于用事？‘思君如流水’，即是即目；‘高台多悲风’，亦惟所见；‘清晨登陇首’，羌无故实；‘明月照积雪’，讵出经史。观古今胜语，多非补假，皆由直寻。”清末民初的王国维在其名著《人间词话》中，也以“不隔”作为重要的审美标准。沈祖棻词中的“便明朝”二句，正是这种理论的非常生动的说明，其效果，就如张戒在其《岁寒堂诗话》卷上对元稹、白居易等人的乐府诗的评价，是“道得人心中事”。文学表现力的崇高境界之一，就是能够写出人人心中所有，而笔下所无的感情。沈先生这二句，正是人们日常生活中所经常发生的，人同此心，心同此理，但一经作者拈出，顿时让人感到深有会心。这来自对人生的深细体察，深刻表现，但出语又是如此质朴，如此自然，如此日常，如此本色。《西厢记》中，莺莺见到张生，有一段唱词："不见时准备着千言万语，得相逢都变作短叹长吁。他急攘攘却才来，我羞答答怎生觑。将腹中愁恰待申诉，及至相逢一句也无。只道个'先生万福'。"和这首词中所写的有点相似。但是，前人表达这种感情，是以未见时的千言万语，对比见面时的说不出话，或只能说出极简单的话，写出人生的一种常态；而沈先生则将盼信的急切和信中内容的日常加以对比，写出人生的另一种常态，是她根据自己的生活所作的调整。另外，前人所写，是实有之事，已发生之事，而沈先生所写，则是悬想之事，揣测之事，也有自己的表现角度。这些，都能看出她在接受传统时，所展示出的个人特色和创造力。她的这首词之所以能够达到如此的高度，和这一点也是分不开的。

战火重起动殷忧

——说沈祖棻《浣溪沙》（何处秋坟哭鬼雄）

抗日战争，艰苦卓绝，最后终于胜利，自是举国欢腾。但人们尚来不及细细品尝胜利的喜悦，内战烽火又燃遍大江南北，给人民带来痛苦，给社会带来灾难。这对当时的知识分子产生了极大的心灵刺激，于是沈祖棻先生写下这首《浣溪沙》：

何处秋坟哭鬼雄，尽收关洛付新烽。凯歌凄咽鼓鼙中。　谁料枉经千劫后，翻怜及见九州同。夕阳还似靖康红。

起句惊心动魄，满含悲怨。李贺《秋来》诗云："桐风惊心壮士苦，衰灯络纬啼寒素。谁看青简一编书，不遣花虫粉空蠹。思牵今夜肠应直，雨冷香魂吊书客。秋坟鬼唱鲍家诗，恨血千年土中碧。"沈氏用李诗，点出所哭者为"鬼雄"，此语又出自李清照《夏日绝句》："生当作人杰，死亦为鬼雄。至今思项羽，不肯过江东。"所谓"鬼雄"，指的就是抗战中牺牲的勇士。那么，他们的牺牲，换来的是什么呢？南宋毛珝有《甲午江行》一诗:“百川无敌大江流，不与人间洗旧仇。残垒自缘他国废，诸公空负百年忧。边寒战马全装铁，波阔征船半起楼。一举尽收关洛旧，不知消得几分愁。”沈词“尽收”句即从此来。端平元年（1234），宋蒙联军势不可挡，灭掉金国，从此结束了宋金对峙的局面。可是，宋蒙联合灭金后，南宋紧接着便面临着一个更强大的敌人——蒙古，所以毛诗有“不知消得几分愁”之说。沈氏化用此句，非常精彩：南宋是结束了一场战争，又迎来另一场战争，现在的情形也同样如此，所以，只能无奈地感叹:“凯歌凄咽鼓鼙中。”

下片议论复加感叹。“千劫”，佛教语，指旷远的时间和无数的生成住灭，这里是说抗战的漫长，但这一切都是“枉经”，徒然获得抗战胜利，现在倒是把侵略者赶出国门，是中国人的天下了，却仍然要经受战火。“九州同”，陆游《示儿》:“死去元知万事空，但悲不见九州同。王师北定中原日，家祭无忘告乃翁。”“靖康红”，《宋史·天文志》:“靖康元年闰十一月庚申，日赤如火，无光。”这一年发生的重要事情有：秋八月，金兵破太原。闰十一月，金兵攻打首都汴京，围城一个月后，城破。可见，汴京被围这个月出现的“靖康红”，应是兵象。也许，词人写作时，真的看到了类似“日赤如火，无光”的景象；也许，这只是一种比喻性的写法。无论如何，都表现了作者心中深深的忧虑。

陆游的《示儿》是一首感人至深的作品，但其中所悬拟的场景，也能让人生出另外的感慨。程千帆先生对这首词的笺释说:“此首谓方欣胜利，已起内战，国家之前途可危而无望。陆游临终示儿云:‘死去元知万事空，但悲不见九州同。’此云

‘翻怜及见九州同’，其悲苦盖过于前贤矣。”南宋灭亡后，林景熙曾写《书陆放翁诗卷》后，有这样的描写：“青山一发愁蒙蒙，干戈况满天南东。来孙却见九州同，家祭如何告乃翁。”林氏读陆游诗，想起陆游对“九州同”的期待，而现在真的“同”了，却是“同”于异族之手，不禁悲从中来。沈祖棻的思路，是从此生发。不过，林景熙是写战火熄灭，九州之同，而沈祖棻先生是写“九州同”后，战火又起，指向仍有不同，有着独特的时代体验和现实意义。

新名词与旧风格

说沈祖棻《浣溪沙》（碧槛琼廊月影中）

抗战期间，沈祖棻先生漂泊西南，即所谓大后方。作为一个深具忧患意识的人，她固然对战事的发展时刻萦怀，对沦陷区的故乡非常牵挂，而对她栖身的城市，特别对其中的某些不良风气，也非常敏感，因而用自己的笔，作了深刻的揭露。

> 碧槛琼廊月影中，一杯香雪冻柠檬。新歌争播电流空。　风扇凉翻鬓浪绿，霓灯光闪酒波红。当时真悔太匆匆。

在词人看来，国难当头，应该不分前方后方，大家万众一心，同仇敌忾，一切都以抗战为主，但她目之所见，却有令她深深失望者。“碧槛琼廊”，见居处之华美。在这样华美的环境中，人们纵情享乐。怎样享乐呢？作者写了一些具有现代生活色彩的事物。“一杯”句指冰淇淋，具体说是加柠檬的香草冰淇淋。韦庄《浣溪沙》有“暗想玉容何所似，一枝春雪冻梅花”，沈先生稍加改动，成为对冰淇淋的生动表述。“香雪”固然是描写冰淇淋之味道，这一神来之笔，也许和作为苏州人的作者对“香雪海”的记忆有关。“新歌”句指收音机中或留声机中传出的歌。不说“声流空”，而说“电流空”，可见这一娱乐形式给她带来的深深刺激，而一个“争”字，则形象地表现了当时人们享乐的热情。“风扇”句写烫头，那被烫起的头发，如波浪般翻卷，电吹风吹过，带来些凉意。“霓灯”句则写霓虹灯闪闪，映在酒杯中，酒波也漾着红光。作者就是用这四种事物，来写当时大后方一部分人的醉生梦死。所谓“当时真悔太匆匆”，就像李后主的《浣溪沙》:“红日已高三丈透，金炉次第添香兽。红锦地衣随步皱。　　佳人舞点金钗溜，酒恶时拈花蕊嗅。别殿遥闻箫鼓奏。”真是后悔时间过得太快，恨不得夜以继日过着这种享乐生活。

19世纪末，一些批评家和诗人看到社会形势的变化，痛感中国古老的诗歌传统必须进行革命，才能适应那个迅猛发展的时代。正如梁启超指出的:“支那非有诗界革命，则诗运殆将绝。”(《夏威夷游记》)而“欲为诗界之哥仑布、玛赛郎，不可不备三长:第一要新意境，第二要新语句，而又须以古人之风格入之”(《新大陆游记》)。梁启超之所以这么说，是因为“当时所谓新诗者，颇喜挦扯新名词以自表异。……此类之诗，当时沾沾自喜，然必非诗之佳者，无俟言也”(《饮冰室诗话》)。什么叫“挦扯新名词”呢？比如谭嗣同《金陵听说法》:“而为上首普观察，承佛威神说偈言。一任法田卖人子，独从性海救灵魂。纲伦惨以喀私德，法会盛于巴力门。大地山河今领取，庵摩罗果掌中论。”其中喀私德是Caste的译音，指印度社会的等级制；巴力门是Parliament的译音，指议会。可以说是彻头彻尾的新名词，虽然在中国诗歌传统中提供了非常新鲜的因素，但却缺少诗意，确实“非诗之佳者”。

在梁启超看来，诗界革命的成功之作，应该是新意境、新语句加上旧风格。按照这个标准来看沈祖棻先生的这首词，堪称典范。她写了冰淇淋，写了收音机或留声机，写了烫头发，都是新事物，但却又是那么的典雅，那么的有诗意，正可以为梁启超的话作一注脚。所以，她的老师汪东评云:“如此用新名词，何碍?”在汪先生看来，旧文体中不是不能出现新名词，关键看怎样用。沈祖棻的这首词提供了范例。

后记

这本小书的内容很杂，除了时间跨度从先秦一直到现代，而且讨论的内容五花八门之外，也镌刻着岁月留下的各种不同的印痕。这里有求学过程中的课程练笔，有课堂讲授时的灵机触发，有承担大型项目时的工作心得，有海内外漫游时的偶然发现，有鉴赏热潮时的友朋邀约，有学术讲座时的发言实录，有从事古文献整理时产生的副产品……种种印痕叠加在一起，就折射出几十年的岁月，就如宋人李纲《山居遣兴四首》之二所说的："但将笔墨作生涯。"前人编刊自己的诗集，往往以"聊以纪时"言之，对我来说，这本小书中的不少文字，也有这样的可以盘点行迹的功能，所以，虽然不免小言詹詹，仍然愿意整理出来，立此存照。书中所写，就性质而言，有的是知识性的介绍，有的则具有一定的专门性。就所涉及的问题而言，有的大些，有的小些。就篇幅而言，有的长些，有的短些。由于带有札记的性质，也带有一定的随意性，因此就以"丛札"名之。

感谢同门蒋寅教授的邀约，让我在大疫宅居的日子里，能够另外理出一个头绪，腾出时间将不少尘封已久的文字找出来，重新回味过往的这些岁月。说是尘封已久，并不完全是夸张。有些稿子是很久以前所写，当年随手搁置，现在要找出来，不是那么容易；而有一些文字虽然已经发表了，但发表在什么地方，却已经忘记，当时又并没有保留底稿，需要费一番翻检的功夫才能落实。

在整理书稿的过程中，丛书的筹划者王静先生建了一个微信群，让所有作者聚在一起，便于联络。点开一看，发现其中多半都是老朋友，而且有的已经多年没有见面了。在这个非常时期，大家能够以这种方式相会，真是令人非常高兴的事。为此，要谢谢王静先生的创意。责任编辑陈冠英先生在编辑过程中的认真负责也给我留下了深刻印象，在此一并致谢。

2022 年 5 月 10 日于南京半江楼